ひきこまり
吸血姫の悶々
4
Hikikomari
the Vampire Coun
no
Monmon
JN131215

「カルラ――……」

「ガンデスブラッドさん。
よろしいですか？」

決定する儀式
始まる!!
天照楽土 五剣帝
アマツ・カルラ
ムルナイト帝国 七紅天大将軍
テラコマリ・
ガンデスブラッド

次期大神を
天舞祭
天照楽土 五剣帝
レイゲツ・カリン
カリンの食客
フーヤオ
白極連邦 六凍梁
プロヘリヤ・ズタズタスキー

列核解放【逆巻の玉響】

烈核解放【孤紅の恤】
『──からら。
ゆめをとりもどそう』

Hikikomari
Vampire Countess
no
Monmon

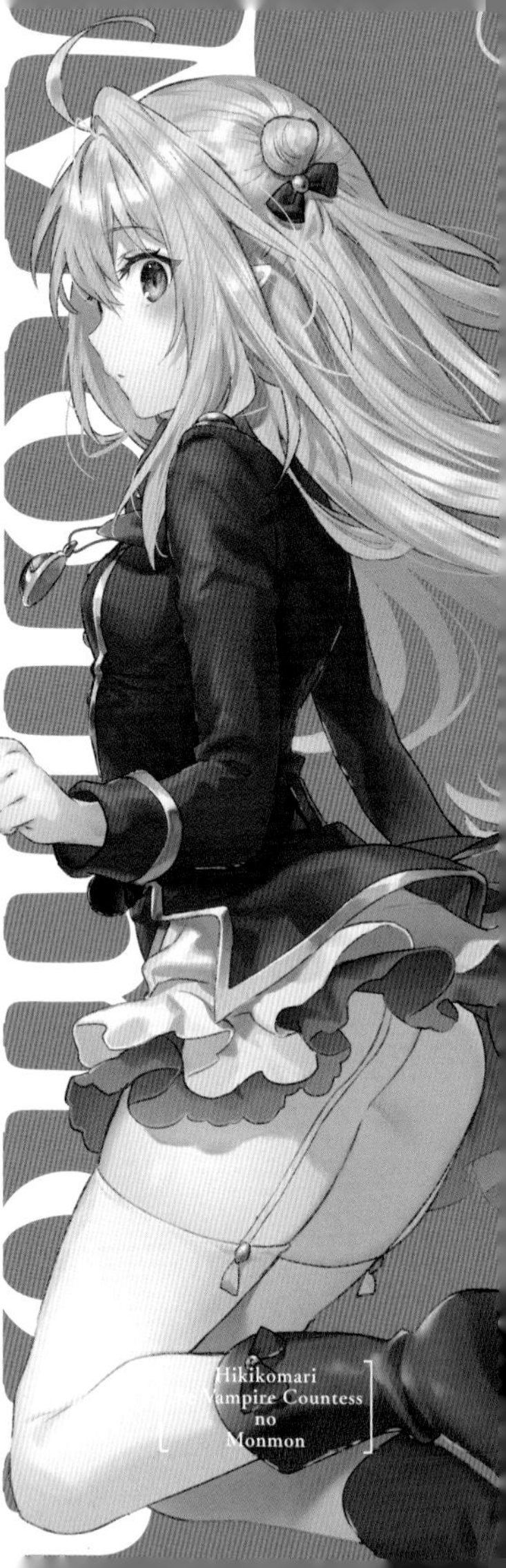

GA文庫

ひきこまり吸血姫の悶々４

小林湖底

GA文庫

カバー・口絵　本文イラスト
りいちゅ

【0】ぷろろーぐ

読書の秋。芸術の秋。食欲の秋。

スポーツの秋という言葉も存在するらしいが私には一ミリも関係ない。ようするに秋は引きこもるべき季節なのだ。夏は色々とイベントが盛りだくさんだったので秋こそは引きこもりの神髄を発揮する予定である。

「窓よし。扉よし。ちゃんと施錠されているな」

これで邪魔されることはあるまい。

変態メイドがお手洗いに行っている隙に自室を要塞化したのだ。あと扉には念のため「今日の仕事はもういいから外で遊んできてね」という命令を書いた張り紙を張っておいた。

安心安全が確保されたことを確認すると、私は本棚から『アンドロノス戦記』の最新刊を取り出してぼふん！　とベッドに飛び込んだ。つい先日発売されたばかりの続編である。ちなみにこの本の著者は七紅天フレーテ・マスカレールのお姉さんらしい。フレーテに頼んだらサインとかもらえるのかな。いや話しかけた時点で殺されそうだな。やめておこう。

「よーし！　ヴィルも締め出したし今日は仕事もないはずだから思う存分楽しむぞ！」

「すみません。私はここにいますし今日も仕事はありますので思う存分楽しめません」

「おわあああっ⁉」

ありえない声が聞こえて私はベッドから転げ落ちてしまった。

幻聴か？　疲れてるのかな——そう思って恐る恐るベッドの上を見る。

何故か変態メイドがイルカの抱き枕（二代目）を押しのけるようにして私のベッドに寝転がっていた。

「な……なんでお前がここにいるんだよ⁉　張り紙見なかったの⁉」

「見なかったことにしました」

「見てるじゃねえか！」

「見ても従う義理はありません」

「…………」

この明け透けすぎる答弁に諦めを感じてしまっている自分が情けない。こいつは本当に私のメイドなのだろうか。ストーカーの間違いなんじゃないだろうか。間違いじゃないな。

私はお澄まし顔のヴィルを睨みつけながら床に落ちた本を拾った。

「……侵入してくるのは百歩譲って見逃そう。私も心の奥底では『どうせ来るんだろうな』って思ってたしな。だがどうやって入ってきた？　まさか扉を破壊したわけじゃないよな？　前にお前が壊したときは私がお父さんに怒られたんだぞ」

「ご心配には及びません。今回は下の階の天井をくりぬいて侵入いたしました」

「何やってんだよお前えええええ⁉」

いつの間にか床にマンホール大の穴が空いていた。

下の階が丸見えである。のぞいてみると梯子が立てかけてあった。最悪である。

「明らかにこっちのほうが悪質だろ！　またお父さんに怒られるよ！　というか足を踏み外したら危ないだろ、どうしてくれるんだよっ！」

「ご安心ください。布をかぶせておきますので」

「ただの落とし穴じゃねーか！」

私は大きな溜息を吐いてしまった。これは「引きこもったらどんな手段を使ってでも侵入するぞ」という脅迫に他ならない。最近このメイドは必要以上に私を外に連れ出したがるのだ。

私は穴の周囲に本を置いて「立ち入り禁止区域」を構築しながらヴィルを睨む。

「お前、どうしてそこまで私に絡むんだよ。さすがに一人の時間が欲しいぞ」

「人生は限られているのです。外に出ないと時間がもったいないですよ」

「時間なんて腐るほどあるさ。それに私にとっては引きこもって本を読んだり書いたりすることのほうが有意義な時間の使い方だよ」

「天下万民のために働くことのほうが有意義です。というわけでお仕事を持ってきました」

「やだ！　お仕事なんて爆発しろ！」

「大したことではありません。こちらをご覧ください」

そう言ってヴィルは一枚の手紙をわたしてきた。どうせチンパンジーからの宣戦布告だろ――と期待せずに紙を広げてみると予想外の文字が目に飛び込んでくる。

〈パーティー開催のおしらせ〉

「……嫌な予感しかしないんだが」

「今回に関しては本当に危険はありませんよ。何故ならこれは平和友好のためのパーティーだからです。主催は天照楽土(てんしょうらくど)の大神(おおみかみ)」

「騙(だま)されんぞ。行ったら絶対に面倒なことが起きる」

「起きません。――コマリ様もこの間の六国(りっこく)大戦は記憶に新しいでしょう？　あのような悲劇を二度と起こさないために、各国では平和友好を目指す機運が高まりつつあります。これは六国同盟を結ぶための前段階のようなものでしょう」

「まあ……そう言われるとマトモなパーティーなのかもしれないけど……」

激動の八月は光のように過(す)ぎ去り十月も中旬となっていた。

あの戦いは世界に大きな傷跡を残したといえよう――そして特に影響を受けたのは戦争の仕掛け人であるゲラ＝アルカ共和国だ。

かの国は大統領マッドハルトの蒸発に伴い国名が〝アルカ共和国〟に変わった。新聞によれば首都は新しい国家のスタートを祝って連日お祭り騒ぎらしい。さらに先週くらいには次代のリーダーを決める大統領選が行われてネリア・カニンガムがその地位を獲得した。来月の就任式には私も招待されているので行くつもりである。

そうだ――ネリアだ。

あいつは大丈夫なのだろうか。確かにネリアは強い。私なんかとは比べ物にならないほどの戦闘能力・カリスマ性を秘めている。だけど彼女は私と同い年なのだ。十五歳で一国のトップになるなんて普通に考えたら有り得ないような気もする。

どうにも心配になってしまうな。ちゃんとご飯食べてるだろうか。

あいつが母の教え子だったというのもあるかもしれないが、なんというか、妙な親近感を覚えるのだ。一緒に核領域を冒険した仲間意識というか。血を交換し合った連帯感というか。あと先月の戦争でも最後は「まあ今日はこれくらいにしておいてあげるわ」と言って直接対決する前に引き分けにしてくれたし。観客からはブーイングが発生したけど。

「コマリ様。カニンガム殿が心配ならパーティーには行くべきですよ」

ヴィルが私の枕に顔を埋めてにおいを嗅ぎながら言った。

慌てて枕を奪い返す。油断も隙もあったもんじゃねえ。

「……ネリアもパーティーに来るのか？」

「はい。各国の要人に加えて〝六戦姫〟が全員そろう予定です」

「何だよそれ」

「最近活躍の目覚ましい六人の少女たちのことですね。――アルカ共和国のネリア・カニンガム。天照楽土のアマツ・カルラ。天仙郷のアイラン・リンズ。ラペリコ王国のリオーナ・フラット。白極連邦のプロヘリヤ・ズタズタスキー。そしてムルナイト帝国のテラコマリ・ガンデスブラッド」

「そんな野蛮な括りに私を入れないでくれ」

「喧嘩を売るのにちょうどいい機会だと思いませんか？」

「喧嘩売ってどうするんだよ⁉」

とヴィルにツッコミを入れつつ思考を巡らせる。

冷静に考えれば波乱の予感しかしない――が、平和友好が目的ならば「よし殺し合いをしようぜ」なんて展開にはならないはずだ。それにパーティーを口実にすれば他国の将軍どもから届いている宣戦布告を断ることができるかもしれない。あとネリアにも会いたい。

「……まあしょうがないな。お前がそこまで言うのなら行くのも悪くない」

「承知しました。ではさっそくドレスを見繕いに行きましょう」

「なんでだよ」

「制服での出席も許可されていますがそれでは一億年に一度の美少女がもったいないですから

ね。新しいものを買いに行きましょう」

「む。……そ、そうだな。私は一億年に一度の美少女だからな」

「はい。会場の誰もが目を奪われるようなドレスを選んで差し上げましょう。特注にしてもいいですね。一億年どころか十億年に一度の美少女にランクアップです」

「いや待て。そこまでじゃない」

「でも天照楽土のアマツ・カルラ殿は人々から〝一兆年に一度の美少女〟と言われてるらしいですよ。ここは対抗してコマリ様も――」

「張り合ってどうするんだよ。恥ずかしいな」

「今更恥も外聞もないと思いますが。というか戦闘能力の虚偽申告では張り合いまくってましたよね。まるで子供みたいに」

　あれに関しては命の危機が迫っていたから止むを得ずだ。

　それはそうとカルラのことも気になるな。

　あいつもあいつで平和を目指す私の同志なのだ。核領域の牢獄で別れてから一度も会ってないし、パーティー会場では色々とお話ができたらいいな。

「では参りましょう。一億年コーデを探しに」

「うん」

　そんなふうに考えながら私はメイドに腕を引っ張られていった。

私はこのとき思いもしなかった。このあと服を脱がされて身体のサイズを素手で測られて五時間着せ替え人形にされることになるなんて。

※

「――これではお人形です！　何が《五剣帝(ごけんてい)》ですかっ！」

長い渡り廊下を歩きながらアマツ・カルラはぷんぷん怒る。

天照楽土・東都――その中央部にたたずむ大きな屋敷。

アマツ本家である。

たまの日曜日を有意義に過ごそうと思っていたのに呼び出しがかかってしまった。

しかも当主からの呼び出しだ。もともと流されやすい性格のカルラが逆らえるはずもなかったし、加えて「早く来ないと殺す」などと言われてしまっては昼寝を取りやめにして大急ぎで参上するしかなかった。

しかし口から次々とあふれ出るのは無限大の文句である。

こんな理不尽を強(し)いたアマツ本家に対する苛立(いらだ)ち。

「だいたいですね。五剣帝というものは国を守る重要な役職なのです。本来は実力と実績を兼ね備えた方がなるべきものなのですっ！　それなのに私のような人間がのうのうと居座っていたら国の看板に泥を塗っているようなものではないですか⁉」

「同意。まさにカルラ様は汚泥」

カルラの後をついてくるのは忍者装束の少女だった。アマツ家に代々仕える忍者集団〝鬼道衆〟の長――こはる。常日頃からカルラのことを護ってくれる大切な懐刀である。

「くそざこカルラ様に務まる仕事じゃない」

そして懐刀のくせして主人に毒舌すぎる忍者でもあった。

「ええ私には務まる仕事ではありませんっ！　まったく大神様もお祖母様も何を考えていらっしゃるのかしら。雛壇に鎮座するだけのお人形に意味はない。あの方々もそれはよくわかっているでしょうに」

「呼び出し食らった理由、わかる？」

「わかりません。ですがおそらく『もっと戦争しろ』とか言ってくるのでしょうね」

「それもそうだけど。甘味処だと思う」

「ああ……」

カルラは近頃京で〝風前亭〟という和菓子屋を営んでいた。

もちろん将軍アマツ・カルラが店主を務めていることは内緒だ。しかし市井ではそれなりの人気を博しており東都の雑誌が取材に来たこともあった。京いちの和菓子屋になるという夢が現実のものとなりつつあるのだ。

「……風前亭の存在がバレたのかしら。だとしたら『店を畳め』と言われるかもしれません」

「言われる前に畳む？」

「それでは本末転倒ですっ！」カルラはこはるを振り返って拳を握った。「――そうだわ、今日こそガツンと言わなくちゃ。私はネリアさんやテラコマリを見て学んだのです。自分の意志をはっきり持つべきだと！　そういう人にこそ神様は微笑んでくださるのだと！」

「ガツンと言っちゃえカルラ様」

「言っちゃいます！」

「じゃあ練習。『将軍なんてやりたくない』！」

「え？　で、でも……」

「気弱なカルラ様には予行演習が必要。いざお祖母様に会ったらコクコク頷くだけの赤べこになるのが目に見えているから。ほら繰り返して。『将軍なんてやりたくない』！」

「しょ、将軍なんてやりたくない！」

「もっと声を張り上げて。――『お菓子屋さんに転職します』！」

「お菓子屋さんに転職します！」

「いい調子。――『もう家の方針には従いません』！」

「もう家の方針には従いません！」

「『お祖母様なんてくそくらえ』！」

ぐっ

「お祖母様なんてくそくらえ!!――は～～～～、なんだか行けそうな気がしてきました。この勇壮なる心持ちでお祖母様に嘆願すればきっと」

「――誰が糞を食らうんだ？」

死神の声が聞こえた。カルラは建付けの悪い戸板が開くようにギギギと振り返る。

いつの間にか背後に祖母が立っていた。

刃物のように鋭い視線と眉間に寄りまくった皺（しわ）が印象的なアマツ家当主。もうすぐ七十になるはずだが往年「地獄風車（じごくかざぐるま）」と恐れられた将軍としての力は衰えを見せず、先日味噌汁をこぼした召使いの額に貫手（ぬきて）を炸裂（さくれつ）させて脳味噌汁をぶちまけたという噂（うわさ）。ちなみに十年前まで天照楽土国主・大神をやっていた傑物（けつぶつ）でもある。

カルラは身が竦（すく）む思いで祖母の視線を受け止めた。

この人と相対すると身体が震えて上手（うま）く言葉を発することができなくなってしまうのだ。

カルラは顔を真（ま）っ青（さお）にしながら自分の忍者のほうを振り返り、

「……ちょっとこはる⁉　お祖母様がいたなら教えてくださいっ！」

こはるは「んー」と少し考えてから祖母のほうを向いて、

「存在感がなくて気づかなかった――ってカルラ様が言ってたよ、お祖母様」

「こはるお願いほんとに黙っててお菓子あげるから」

「存在感がなくて悪かったね。それにしても遅いと思って迎えに来てみればなんだ？　人の陰口ばかり叩いて。将軍としての自覚は足りているのか？」

　鋭利な言葉に胸を抉られた。カルラは祖母を振り返って素直に頭を下げる。

「……ごめんなさい」

「お前は国の命運を背負っているんだ。天照楽土を盛り上げていくべき天津の娘なんだ。それだのに『将軍なんてやりたくない』とは片腹痛い。やっぱり自分の立ち位置というものが理解できていないようだね」

「………………」

「そんなことでは駄目だ。天照楽土はいずれ六国を引っ張っていく覇権国家になるんだ。お前が腑抜けているようではどうにもならん。倦まず弛まず努力をしろ」

　まったくもって家の呪縛とは煩わしいものだと思う。

　カルラは昔から祖母に「次代を担うリーダーになれ」と強要されてきたのだ。

　だが――こんなところで挫けるわけにはいかない。のらりくらりと生きていくのもそれは一つの手だが、本当に願いを叶えたければ肚を決めることも重要なのである。

「お祖母様」

　カルラは不退転の決意で祖母を見据えた。

「私が和菓子職人になることを認めてくださいませんか」

「うちは代々国を守ってきた一族だ。お前には使命ってものがあるんだよ」

「ではこれを食べてみてください」

懐(ふところ)から包みを取り出した。祖母を説得するにはこれしかないと思っていたのだ――つまり自分の実力を見せつけて黙らせること。怪訝(けげん)な目をする祖母の前で包みを開いてみせながら、

「私が作った果物羊羹(ようかん)です。モチモチした食感の中に桃や林檎が入っていてしゃきっとした瑞々(みずみず)しさが味わえます。私の最高傑作……になっているはずです。どうかこれを召し上がってくださいませんか。そして私の実力を認めてくださるならば将軍を辞任する許可を」

ぱちん、と腕を叩かれた。

カルラが丹精を込めて作った羊羹は綺麗(きれい)な弧を描いて吹っ飛んでいく。

べちゃ――と中庭の飛び石に羊羹が着地するのを見届ける前に激しい雷が飛んできた。

「将軍をやめるだと⁉　どの口がそんなことをほざくんだ、えぇ⁉」

あまりの剣幕に涙が出そうになった。しかしカルラは拳を握って祖母を睨み、

「――ひ、ひどいです！　食べ物を粗末にするなんて信じられませんっ！」

「そう思うのなら烈核解放(れっかくかいほう)を使ってみな。お前なら元通りにすることができるだろう」

「わけがわかりませんっ！　そういうスゴイことができるのはネリアさんとかテラコマリみたいな特別な人たちだけです！　お祖母様は私を過大評価しているのです！　無理強いしすぎなんです！　もっと孫娘を労(いたわ)ってみようという気にはならないんですか⁉」

「お前が腑抜けたことをしているから厳しくせざるを得ないんだよっ！　聞けば近頃勝手に京

で菓子を売っているそうじゃないか！　誰の許しをもらってそんなことをしてるんだ⁉」

「お祖母様にとやかく言われる筋合いはありませんっ！　ちゃんと朝廷に営業許可をもらってますからねっ！　そうですよねこはる⁉」

「ごめんカルラ様。許可もらうの忘れてた」

「無許可⁉　あれ違法営業だったの⁉」

「通報は忘れないから安心して」

「そこだけ働き者になるのはやめてくださいっ‼　このおとぼけさん〜っ‼」

「オトボケはお前だよッ‼」

「ぐえっ」

胸倉をつかまれた。常識的に考えれば孫娘にこんなことをする祖母がいるはずもないのだが昔から幾度もボコボコにされた覚えがあるので今更驚かない。体調不良を理由に大神を辞任してから十年——未だにカルラの祖母はアグレッシブでドラスチックな御仁だった。

「天津は国のために働く〝士〟だ。何度も言わせるんじゃない」

こりゃ殺されるな。そう思った。

「わ、わかってます。わかってますけど……」

「ふん、そんなに将軍を辞めたいのなら辞めさせてやるよ」

「え？　ええ⁉」

「大神からの通達だ」

勢いよく突き放された。次いで胸元に力強く紙を押し付けられる。

祖母は鬼のような目つきでこちらを睥睨し、

「天照楽土が六国を集めてパーティーを開催することは知っているだろう？」

「は、はい」カルラは手紙を受け取りながら頷いた。

「そこで大神のやつが〝天舞祭〟の開催を宣言するようだ。詳しいことはそれに書いてあるから後で読んでおきな。今日はお前と話して疲れてしまったよ」

祖母は「そろそろ覚悟を決めるがよい」と言い残して去っていった。

何が何だかわからなかった。隣でこはるが頬を膨らませて憤慨している。

「呼び出しておいて失礼」

「まあ……あれがお祖母様ですから」

「お茶菓子の一つも出してくれないなんて……」

「そこですか」

「仕方ないからカルラ様のお菓子を食べる」

こはるが地面に落ちた羊羹を拾い始めた。カルラは慌ててその手をつかんで止める。

「やめてください。お腹を壊しますよ」

「でも、カルラ様が頑張って作ったのに……」

そこまで言ってこはるは「しまった」というふうに口を噤んでしまう。

カルラはふと笑みを浮かべる。

「おうちに帰ったらいつでも作ってあげますよ」

「……お菓子がもったいないから食べるのであってカルラ様の料理が食べたいわけじゃない」

「そうですか。でもそれを食べるのはやめましょうね」

「うん。……それはそうと手紙読めば」

ぶっきらぼうな物言いに苦笑してしまった。この子も素直じゃないなあ――そんなふうに心温かいものを感じながら手紙を開いて達筆な文字を目で追っていき、

「……は？」

そうして心は一気に凍りついた。

こはるが硬直したカルラの横から手紙をのぞき見る。

「なになに。『天舞祭開催：候補者者天津迦流羅與玲霓花梨也』――あ。将軍やめられるってそういうこと。よかったねカルラ様」

「――う、」

「う？」

「うー！　うー！　ううう――――――――――っ！」

カルラは手紙を放り捨てて唸った。

天舞祭。それは天照楽土の未来を決める一世一代の大イベントだった。まさか自分が参加することになるなんて思ってもいなかった。こんな理不尽あってたまるかと思う。

「なんで……なんで天舞祭なんか……」

「国を改めたいって書いてある。あとテロリストに対抗するためだとか」

「テロリストなんかどこにいるのよーっ！　天照楽土は平和そのものじゃないーっ！」

カルラの唸りは秋風に攫われて東都の空に吸い込まれていった。

天照楽土の五剣帝である以上は大神の決定に逆らえない。逆らったら爆発して死ぬことになる。そんなのはたとえ世界がひっくり返っても嫌だった。

思えば自分はいつでも誰かの言いなりだ。

この苦悩から解放されて夢を叶えられる日は本当に来るのだろうか――カルラは地面に落ちた羊羹の残骸を片付けながらそんなことを考えるのだった。

※

テロリストはすぐそばにいた。

金色にかがやく下弦の月が夜空にかかっている。

天照楽土・東都――〝花の京〟と呼称される風雅な街並みは夜の闇に包まれて寝静まって

いた。自分の国がテロリストに脅かされていることなど気づかずに夢の中。

「――平和ぼけも極まれりだな」

国主たる大神がおわす桜翠宮の屋根に立つ人影があった。

腰に刀を佩いた小柄な少女だ。彼女は東都の風景を眺め下ろしながら懐の通信用鉱石を取り出した。口うるさい上司は夜更けになると必ず状況確認の連絡を寄越してくるのだった。

『調子はどうですか？　特に問題ありませんか？』

落ち着き払った男の声。少女は少し不快に感じながら答えた。

「この時点で問題が起きているようなら絶望的だろう。まだテラコマリ・ガンデスブラッドも来ていないんだぞ」

『お気をつけください。今回の敵は烈核解放を持った化け物揃いです』

「心配するな。烈核解放だろうが何だろうが私が始末してあげるよ」

鉱石の向こうで溜息を吐く気配がした。

『……ゆめゆめ忘れてはなりませんよ。我々の目的は殺戮ではなく天照楽土の魔核を獲得することです。これが達成されればおひい様も喜んでくださることでしょう』

「おひい様ね……」

〝神殺しの邪悪〟はしばしば言う――「死こそ生ける者の本懐である」と。

ゆえにテロリスト集団〝逆さ月〟は人間に無限の生命を与える魔核を破壊しようと企んで

いる。まったくご苦労なことだな――と思ったが、己(おのれ)の胸元にも契約魔法によって逆さ月の紋章が刻まれていることを思い出す。月を象(かたど)ったおどろおどろしい紋章だ。

　月とは吸血鬼の国のトレードマークのこと。

　それとは完全に〝逆〟の方向を行く組織――それが逆さ月。

『ところで天津覺明(かくめい)には感づかれないようお願いします。面倒なことになりますから』

「派閥争いってやつか？　同じ〝朔月(さくげつ)〟なのにご苦労なことだな。そういうジメジメしたものには巻き込まないでくれよ」

　少女は通信用鉱石を魔法で宙に浮かせながら腕を組んだ。

　秋を迎えた東都の夜は少し肌寒い。しかし胸の内にわだかまる殺意の炎を冷ますのにはちょうどよかった。

「――自由にやっていいんだな？」

『こちらに従っていただきます。まずは計画通りに進めることが重要ですので』

「言っておくがお前の計画は穴だらけだぞ。相手を本気で殺すためならばどんな手段でも躊躇(ためら)わずに使うべきなのだ。流儀にこだわって失敗しているようでは目も当てられない」

『プライドのせいで雁字搦(がんじがら)めになっているあなたが言うことでしょうか』

「ふん。せいぜい私のやりたいようにやらせてもらうよ」

『くれぐれも無理のないように――』

通信用鉱石を屋根に叩きつけて破壊した。

報連相など不要なのだ。少女のやるべきことは最終目標を達成することだけ。過程がどんなものであっても成果さえ挙げれば上も文句は言ってこないだろう。

涼しい風が少女の髪を撫でる。

東都にたたずむ樹齢八百年の桜が葉擦れの音を響かせている。

秋を迎えたはずなのに満開の桜色。この樹は桜翠宮に併設されている〝天託神宮〟の本尊であり、一年中花を開かせている魔法の桜なのだった。風情もへったくれもありゃしない。

「……さむい」

少女は思わず身震いをした。

読書の秋。スポーツの秋。食欲の秋――色々と言われているが少女にとってはどれも的外れだった。秋に似合うのはやはり芸術だ。

血液と悲鳴によって世界を彩る革命活動。

「――強さを求めることは芸術に似ている。お前もわかるだろう、テラコマリ・ガンデスブラッド」

天照楽土主催のパーティーは核領域で開かれる。

【転移】の魔法でどこぞの都市に連行された私はそのままヴィルに腕を引っ張られて巨大な宮殿の前へとやってきた。辺りには豪華絢爛な衣装に身を包んだ各国の要人たちがたむろしている。私のほうをチラチラ見てヒソヒソ話している人が目につくのは何故だろうか。

「――相変わらずコマリは人気だな！　不埒者に狙われないように朕がしっかり守ってあげようではないか。ほら手をつなごう。腕を組もう。あっちの木陰で語り合おう」

「やめろ触るな！　この不埒者ー！」

ひっついてくる金髪美少女を押し返しながら私は辺りの様子を観察した。

ムルナイト帝国の参加者は三十人くらいだろうか。私の顔見知りでは――皇帝。ヴィル。サクナ。あとはあまり馴染みのない政府高官とか皇帝の護衛とかである。

「……他の七紅天は招待されていないのか？　私とサクナだけ？」

「ペトローズもいるぞ。先に会場に行って料理を食べているのだろう」

「第一部隊の隊長か……そういえば会ったことないな」

「会ったことはあると思うが。とはいえ名指しで招待されている七紅天はコマリだけだ。あとは朕が適当に選んだ。きみもサクナと一緒のほうが楽しいだろう？」

意外と配慮のできる皇帝である。ちらりと背後を振り返れば後ろをついてくる白銀の少女――サクナ・メモワールが笑みを浮かべて小さく手を振った。可愛い。それはともかく。

「名指しで招待って……どういうことだ？　なんで私が？」

「天照楽土のお偉方がコマリをご所望だそうだ。まあきみは世間で大人気の七紅天大将軍だから無理もない」

「私なんかよりフレーテやヘルデウスを誘えばいいのに……」

「フレーテのやつも行きたがっていたのだがな。これ以上七紅天を連れてくると国家の防衛上よろしくないので『コマリのかわりにお前は留守番していてくれ』と言っておいた」

え？　それって帰ったら殺されるやつだよね？　やっぱり配慮できてなくね？――そんな感じで身震いしていると隣のヴィルが「ご安心ください」と笑って言った。

「ちゃんとフレーテ・マスカレールには出発前に挨拶をしておきましたので」

「無用な挑発をしたわけじゃないだろうな」

「『ざまあ』って言っておきました」

「思った以上に無用な挑発じゃねーか‼」

余計なことしかしないメイドである。串刺しにされる未来しか見えない。

そういえばフレーテのやつ、ゲラ＝アルカの騒動が終わってから様子が変なんだよな。今までみたく単純に見下すわけじゃなくて、いや見下してるんだけど、見下しつつも警戒心をにじませている妙な感じ。怖いのであいつには極力近づかないようにしよう。

周囲の視線を感じつつも宮殿の内部へと足を踏み入れる。

壮麗なホールには受付らしき場所があった。出席者の名前を書くシステムらしい。使い慣れない毛筆で「こまり」と綴っていると、既に署名を終えた皇帝が背後から私の肩をモミモミしながら頬ずりをしてきた。

「悪いが朕はこれから別行動だ。ちょっと仕事を頼まれてしまってな」

「仕事？　こんな日に？――おい離れろ。字が上手く書けないだろ」

「知り合いから偵察の依頼が入った。朕がいなくて寂しいと思うが我慢してくれ」

「別に寂しくなんかない」

「そうですよ陛下。コマリ様には私がついていますので」

「やめろ抱きつくな！　ああ『こまり』が『こまりん』になっちゃった！」

私は皇帝と変態メイドを引き離しながら叫んだ。相変わらずＴＰＯというものをわかっていない連中である。いきなり後ろのサクナが「わ、私もついてますから」と服をつまんできた。やめたまえ。こんなやつらと張り合っていたらきみも変態になってしまうぞ。

「――ま。そういうわけで朕はここで失礼する。きみたちは心置きなくパーティーを楽しんでくれたまえ。せっかく天照楽土の連中が歓待してくれているのだからな」

「ところで陛下。どちらに」

「心配するなヴィルヘイズ。問題が起きなければ何も問題はない」

皇帝は「ではまた後で会おう」と呵々大笑しながら去っていった。暇なように見えて忙しい人だな――そんな感じで適当に考えていると、不意に受付テーブルの向こう側に立っていた人がジーッと私の顔を見ていることに気づく。

和装の少女だった。

虹色の髪飾りが印象的な和魂種であるが――ん？　あれ？

どこかで会ったことがあるような気がしないでもないような、

「テラコマリ・ガンデスブラッド殿ですよね？」

急に声をかけられて筆を落としそうになってしまった。

「そ、そうですけど。どちら様でしょう？」

「失礼。私は玲霓花梨。天照楽土五剣帝」

凛とした声音には刃物のような鋭さが感じられた。というか実際になが～い刀を装備している。天照楽土には〝士〟という身分が存在するらしいけど彼女もそんな感じなのだろうか。

それにしても〝レイゲツ・カリン〟である。

聞き覚えがある名前なのだが思い出せない。ここで迂闊に「初めまして！」とか言って

「会ったことありますよね？」などと返されたら切腹モノである。誰だっけ。誰だっけ――必死で記憶を掘り起こしているとレイゲッツ・カリンさんが少し残念そうに笑って言った。

「フォール防衛戦のときに『防御グループ』として参加していた者であります。あまり活躍できなかったので覚えがないのも無理のないことでしょうが……」

「あ、ああ！」

私はようやく思い出した。メイドにベッドごと連行された意味不明なあの事件。私の周りをぐるりと取り囲んでいた将軍たちの中にこの少女の顔もあったような気がする。

私は慌てて謝罪をした。

「すまない。一緒に戦った仲間の顔を覚えていないなんて失礼にもほどがあった」

「いや気にすることはありませぬ。ガンデスブラッド殿の勇姿に比べれば私の存在感など露ほどのものだったでありましょう。ところで――ようこそお出でくださった。本日は六国泰平を願っての平和祈念パーティーです。戦いのことなど忘れてお寛ぎくださると嬉しい」

「そ、そうだな！　戦いのことなんて忘れていいんだよな」

「はい。忘れてしまってけっこうであります」

レイゲッツ・カリンは鷹揚に微笑んだ。

「忘れてしまってけっこう」などと言いながらしっかり武装しているのはご愛敬だろう。将軍とかそういう類の連中はデフォルトで物騒なのである。もう慣れた。

「それにしてもガンデスブラッド殿には感服いたしましたぞ」

「え？　何が？」

「アルカの楽園部隊を一掃した黄金の烈核解放」

またそれか。

私が黄金の魔力をまとって大暴れしたという偽情報はあらゆる人間の共通認識となっているらしい。最初はヴィルの妄言かと思っていたのだが――いやまあ今でも思っているのだが――こうも色々な人から「すごかった」とか「尊敬します」とか言われたら薄気味悪いものを感じざるを得ない。

「そうだな。すごかったな。しかし生き残るためにはその薄気味悪さも利用しなければならないのだ。

「ふふふ――羨ましい。才ある者とはかくも輝かしいのですな。私の周りには天才が多くてどうにも肩身の狭い思いを禁じ得ませぬ。なあフーヤオ」

レイゲツ・カリンが隣に視線を向けた。

私は今更そこに〝人〟がいることに気がついた。

しばし目を奪われてしまった。何故なら彼女のお尻の辺りから大きな金色の尻尾が生えていたからだ。もふもふだ。もふもふなのだ。所在なげにゆらゆらと左右に揺れるもふもふ。触ってみたい。揉んでみたい。

「――フーヤオ。客人に挨拶をしろ」

レイゲツ・カリンが棘のある声でそう言った。フーヤオと呼ばれた狐耳の少女は――まるで午睡から醒めたばかりのような緩慢な動作で右手を差し出してきた。

かと思ったら、

ずょん。

何かが切り替わるような気配がした。

「――初めましてフーヤオ・メテオライトです！　五剣帝レイゲツ・カリンの食客です！　よろしくお願いします！」

「え？　あ、ああ」

妙にテンションが高かったので少し驚いてしまった。

「私はテラコマリだ。こちらこそよろしく」

「はいよろしくお願いします！　お会いできて光栄ですよテラコマリ様っ！」

左手を差し出されたので左手で握手に応じる。

硬い手だった。きっと常日頃から刀を振るっているからこうなってしまうのだろう。

フーヤオはにこりと笑った。あまりに無垢な笑顔だったのでドギマギしてしまう。

そういえば獣人とマトモに接したのはこれが初めてかもしれない。チンパンジーとかキリンには常に命を狙われていたし。いやベリウスがいたか。そういえばあいつは狼なのか？　犬なのか？――と適当に考えていたら、握手の体勢のままぐいっと腕を引っ張られてしまった。

目の前にフーヤオの端正な笑顔があった。

甘やかな吐息が頬にかかる。

「テラコマリ様！　気をつけたほうがいいですぞ」

狐耳がぴくぴくと動いた。触ってみたい。

「レイゲツ・カリン様は見た目ほどお人好しではありませんので！」

「え？」

「天照楽土に関わるとロクな結果にならないってことです！　大神様も何かを企んでいる節がありますしな！　死ぬ覚悟がなけりゃ不用意に首を突っ込まないのが賢明ですぞ」

「――フーヤオ。何をこそこそ話しているのだ？」

「いえいえ！　なんでもありませぬよカリン様！」

ぱっと手を離されてしまった。意味がわからない。何故意味がわからないのかというと話をまったく聞いていなかったからだ。私の意識はずーっと左右にゆさゆさ揺れる黄金の尻尾に釘付けになっていた。後で触っていいか聞いてみようかな。

うずうずした気持ちを抑えているとレイゲツ・カリンがにこりと笑ってこう言った。

「うちの狐が失礼いたしました。――それではパーティーをお楽しみください。きっと至上の享楽を味わえることでしょう」

☆

贅の限りを尽くしたような会場だった。

誰も彼もが気品溢れる立ち居振る舞いの上流階級。そこここにあるテーブルには豪勢な料理がところせましと並んでいる。奥のピアノから聞こえてくるのは白極連邦で最近流行りのクラシックだろうか。とにかく〝貴族の宴〟といった様相のパーティーである。

そもそも人いきれが苦手な私にこういう催しは似合わない。

しかも周囲の人間たちが私のほうを見てヒソヒソ噂話をするのでさっそく帰りたくなったのだがヴィルに手を握られて退路を防がれてしまった。

「離せ」

「迷子になったらいけません」

「誰が迷子になるか！――だいたい今更逃げるつもりなんてないよ。ここに来るって決めたのは私自身だからな。今日のところは大人しくパーティーを楽しもうじゃないか」

「では一緒に踊りましょう。私がエスコートします」

「恥ずかしいからやだ」

「じゃあコマリさん。お団子食べます？」

「食べる」

サクナが「あーん」してきたみたらし団子をぱくりと口に含む。甘くてモチモチで美味しかった。これを食べるためにパーティーへやって来たといっても過言ではない。

お返しに私もテーブルから餡団子を持ってきてサクナに差し出した。彼女が恥ずかしそうにしながら「いただきます……」と団子を食べようとした瞬間——突如として現れたヴィルが串にかぶりついて横取りをしてしまった。

「あああっ！　ヴィルヘイズさん！　ずるいです！」

もぐもぐごくんと飲み込んで、

「……先にコマリ様を横取りしたのはメモワール殿ですよ。これから言葉巧みに騙……説得して一緒に踊ろうと思っていたのに」

「コマリさんは『やだ』って言ってました。強要するのはよくありません」

「メモワール殿もわかっていませんね。コマリ様はちょろいので『休暇を差し上げます』と言えば私のお願いを何でもきいてくれますので」

「そんな安直な策略に引っかかるわけないだろうが」

「そうですよ。コマリさんは希代の賢者なんですから」

「それもそうですね。……ところでコマリ様。急な報告で申し訳ないのですが、皇帝陛下から一週間ほどお休みが下賜されることになったそうですよ」

「え？　なんで……？」

「近頃は働き方改革が進んでいますからね。コマリ様の労働時間を精査してみると少々働きすぎだということが判明しました」

「精査するまでもなく超絶ブラックだろ」

「というわけで一週間休まないと法律違反になってしまいます」

「そうなの⁉」

「これで休めますよ。嬉しいでしょう？」

「うん！」

「嬉しさのあまり踊り出したくなったでしょう？」

「うん‼」

「承知しました。では僭越ながらこのヴィルヘイズがエスコートをいたします」

「うん!!!」

「コマリさん騙されてますよ⁉　働き方改革なんて聞いたことありませんし実はコマリさんの労働時間は他の七紅天と比べて少ないくらいですから！　ヴィルヘイズさんの嘘です！」

「ちっ……あと少しだったのに……」

「また騙したなお前ええええええええええ‼」

私はヴィルに詰め寄ってぽかぽかと殴打を食らわせてやった。

相変わらずふざけたメイドである。ぬか喜びさせやがって――！

そんな感じで激怒の感情をもてあましていたとき、

「――コマリ！　久しぶりね」

不意に名前を呼ばれて振り返る。

そこにいたのは――桃色の髪をツーサイドアップにした少女。

アルカ共和国の大統領ネリア・カニンガムだった。その向こうには「げっ……」みたいな感じで表情を歪めているガートルード・レインズワースもいた。

「ネリア！　久しぶ――」

私が右手を挙げて挨拶をしようとした瞬間のことだった。

満面の笑みを浮かべて近づいてきた〝月桃姫〟はあろうことかそのままの勢いでギューッとハグをぶちかましてきたのである。あまりに突然だったので避けることもできなかった。ヴィルやサクナやガートルードが鳥類のような悲鳴をあげた。

「元気だった？　私はとっても元気よ」

「そ、そうか。それはよかった。ところで離してくれないか？」

「私のメイドになってくれたら離してあげる。メイドになったらもう手離さないけどね」

「まだそんなこと言ってるのかよ。私にメイドなんか務まるわけないだろ」

「そうですよネリア様！　テラコマリがうちのメイドになったらドジをしまくるに決まっています！　一日五枚のペースでお皿が割れますよ！」

失礼な。私だって皿洗いくらいできるぞ。やったことないけど。

と思っていたらネリアが耳元で「冗談よ」と囁いてスッと離れていった。ヴィルとサクナが私の両脇を固めて警戒心のにじむ視線をネリアに向ける。

「あら？　そんなに怖い顔をしなくても大丈夫よ。私とコマリは血を分け合った仲だもの」

「お馬鹿を仰らないでくださいカニンガム殿。コマリ様があなたの血を飲んだことは状況証拠的に否定できませんが、コマリ様の血をあなたが飲んだという証拠がどこにあるのです？　そもそも翦劉のあなたが他種族の血液を摂取する正当性がありません」

「事実よ。コマリと仲を深めるためにやったの」

ヴィルは「は～」と肩を竦めて溜息を吐いた。

「お話になりませんね。こういう輩を放っておくと面倒なことになりますよコマリ様。ようするに『知らない誰かに勝手に婚姻届を出されて知らない間に結婚してた』みたいなことですからねこれ。カニンガム殿は外堀から埋める気ですよ」

「いや本当だけど」

「!?!?!?」

場に衝撃が走った。よくわからないが私は一応補足しておくことにする。

「あれは夢想楽園の地下だった。ネリアが自分に自信がないって言うから……色々あって血を交換することにしたんだ。まあこいつとはもともと姉妹みたいなもんだったし。あ、姉妹っていっても血がつながってるわけじゃないよ。こいつがお母さんの教え子だったから」

「わかりましたコマリ様いますぐ私にもコマリ様の血を飲ませてくださいそうしないと禁断症状で今にもコマリ様のスカートの中に頭を突っ込んでしまいそうです」

「な、なんでだよー⁉」

わけのわからぬ奇行を始めるヴィル。その後ろではサクナが「本当に飲ませてたんですね……」と絶望的な表情をしていた。ネリアが「あっはっは！」と笑って私の手をつかみ、

「あなたは本当に人気者ね。でも少しは周りの人間の気持ちも考えたほうがいいわ」

「え？」

「私が言うことじゃないかもしれないけれど、的外れな自己評価は時として面倒ごとの火種になる場合もあるから。あなたは自分が思っている以上に優れた人間なのよ」

「まあ一億年に一度の美少女という点を考慮すればそうなのかもしれないが」

「的外れもいいところね」

「え……違うの⁇」

「そういうことじゃないわよ——って何で泣きそうな顔してるのよ⁉　違う違う！　コマリは可愛いから！　一億年に一度の美少女だから！　よしよーし」

何故かネリアに頭を撫(な)でられてしまった。

こいつは何を言ってるんだ。一億年に一度の美少女であることを否定されたくらいで私が泣

くわけないだろうが。子供扱いしやがって。一瞬だけショックを受けてしまったではないか。

ネリアは「まあそれはともかく」と無理矢理に話題を変えた。

「美少女云々は置いといてパーティーを楽しみましょう。あっちにはあなたの好きなプリンもあるわ。甘いものでも食べて機嫌を直してね」

「べつに機嫌を悪くしたわけじゃないぞ？　まあプリンは食べるけどな」

私はネリアに腕を引かれて人混みの中に連行されていった。

ここは素直に身を任せておこう。せっかく来たのだから楽しまなきゃ損だ。

「――そういえば大統領の仕事はどうなんだ？」

抹茶プリンを味わいながら軽い気持ちでたずねてみる。

カスタードプリンを食べていたネリアは「そうね」とスプーンを動かす手を止め、

「大変といえば大変ね。今のアルカ政府はぼろぼろだから――まずはその立て直しから着手しなくちゃいけない。人材が不足しすぎてるのよ。しょうがないからマッドハルト政権の中枢にいた連中も使ってあげてるわ」

「大丈夫なのか？　そいつらひどいことしてたんだろ」

「危険度の少なそうなやつから再登用していくつもりよ。謀反しようものなら即刻ぶちのめしてやるから問題はない」

「自信満々だな」

「そもそも私は圧倒的な支持率を誇る大統領だからね。私に逆らうことは民意をないがしろにすることを意味する。武力でクーデターを起こしたらどうなるかくらい自分たちがわかっているはずだから、腹の内で何か企んでいても下手なことはできないはずよ」

なんだかネリアは前に会ったときよりも大人びたような気がする。いや――風格が備わったと表現するのが正しいのだろうか。さすが大統領である。そういえばアルカの国名は〝ネリア＝アルカ共和国〟とかになったりしないのかな。なったら面白いのに。

隣で聞いていたガートルードが「大丈夫です！」と笑顔で言った。

「ネリア様に歯向かう者は私がすべて始末します！」

「ふふ――期待しているわ。あなたが新生アルカ共和国の筆頭八英将なんだから」

「はい。八英将といってもまだ私しかいませんけれど……」

「アバークロンビーとかは使えそうね。あとはコマリをうちの将軍にするってのはどう？　七紅天と八英将の兼任なんて前代未聞で面白いと思うけれど」

「全然面白くない！　私は七紅天だけで精一杯だ」

ネリアは「あら残念」と笑った。本音を言えば七紅天だって今すぐやめたいのだ。私に似合う職業なんて小説家ないし哲学者くらいのものである。

「まあとにかく私の近況はそんな感じよ。マッドハルトがろくな引継ぎもせずに消えちゃったから天手古舞の大騒ぎ。忙しくってお茶会をする時間もないわ」

「へえ。大変だなぁ」

「他人事ではありませんよコマリ様」

隣で饂飩を食っていたヴィルが口をはさんできた。

「コマリ様もいずれはムルナイト帝国の皇帝になるのです。カニンガム殿の苦労を参考にして心構えをしておくのがよろしいかと」

「気にしないでくれネリア。このメイドの得意技は世迷言を吐くことなんだ」

「ヴィルヘイズの言っていることは世迷言とは程遠いわね」

ネリアはニヤリと笑った。なんだか嫌な予感がした。

「ねえコマリ。〝六戦姫〟って括りを知ってる？」

「まあ……ヴィルに聞いたけど」

「どこかの新聞社が言い出したみたいね。端的にいえば『最近活躍の目覚ましい六人の少女たち』のことらしいけれど――ようするにこれって『各国の次期国家元首最有力候補』ってことでしょう？　その中にコマリもちゃんと入っているわ」

「入っているからといって皇帝になるわけじゃないだろ」

「まあそうだけどね。――ところでこのパーティーにはその六戦姫が全員来ているらしいわ。今後のために観察して分析を加えておくことは有意義だと思わない？」

「人のことジロジロ見るのはどうかと思うけど……」

「いいからいいから」

ネリアは何故か楽しそうだった。

そういえばこないだの六国新聞に「カニンガム大統領の趣味は人間観察」とか書いてあった気がする。街中を闊歩して優秀そうな人材を直接スカウトしているらしい。大統領府で働くメイドの人数はマッドハルト時代の六倍まで膨れ上がっているとかなんとか――おそろしいやつである。まあソースが六国新聞なので眉唾ではあるが。

「まずあれがラペリコ王国の一団ね。六戦姫はリオーナ・フラット四聖獣大将軍」

ネリアが視線で示す先には獣人の集団がいた。

その中央にいるのは快活な笑みを浮かべる少女だった。頭からは猫耳が生えている。お尻から猫の尻尾も生えている。毛並みはきれいなブラウンだった。

「……ちょっと気になってたんだけどさ」

「何？」

「チンパンジーとかキリンみたいに完全に動物の姿をしているやつと、女の子に動物の耳とか尻尾が生えてるだけのやつがいるだろ？　あれはどういう理屈なんだ？」

「生命の神秘ね」

ものすごい神秘である。よくわからんがそっとしておこう。

ネリアはカスタードプリン最後の一かけらを口に含みながら続けた。

「基本的にラペリコ王国は欲望のままに動く野獣の集団。でもリオーナは別よ。あいつはそれなりに話が通じるし、ラペリコをもっと理性的な国にしようと努力している。ちなみに彼女の二つ名は『自然界唯一のツッコミ役』」

「わけがわからん」

「私もわけわかんないわね。とにかくリオーナとは仲を深めておいたほうがいいわよ。あいつはマトモなだけじゃなくて普通に強いから。次期国王になるのは確実と言われているわ」

私はそのリオーナのことをじーっと観察してみた。

目を細めて美味しそうにビーフストロガノフを頰張（ほおば）っている。

ふと彼女のもとにカピバラ男の三人組が血相を変えて走り寄っていった。

「リオーナ様。大変です」

「ん？　どしたの？」

「バナナがどこにもありません」

「バナナぁ？　我慢してよそれくらい。ほらここにお肉があるよ」

「しかしラペリコ王国を招待しておきながらバナナを用意していないなど前代未聞です。これは我が国に対する宣戦布告といっても過言ではないでしょう」

「そうだそうだ！」『バナナを寄越せ！』『天照楽土はどこまで無礼なんだ！』——

「お、落ち着いて！　今日は平和友好のパーティーなんだから！」

「先に平和を乱してきたのは向こうです。我々には大義名分があるかと」

「ねーよ!!　ほらブドウもリンゴもあるでしょ。おやつ食べたいなら他のにしてよ」

「バナナはおやつに入りませんッ!!　メインディッシュです!!」

「遠足じゃないんだぞ!!　おいやめろ魔法を唱えるなぁっ!!」

「厨房（ちゅうぼう）を制圧してきます。リオーナ様はここでお待ちください」

「待てこらあああ!!　そんなだから『ギャグ時空の国』とか言われちゃうんだよぉーっ!!」

…………………。

…………。

……なんか親近感を覚えるな。上司と部下のやり取りに強烈なデジャヴを感じる。

猫耳少女とカピバラの追いかけっこが始まった。

辺りの人間たちが「またラペリコか」「いつも賑（にぎ）やかだなあ」みたいな生暖かい視線を向けている。一部始終を見ていたヴィルが「やれやれ」と肩を竦め、

「所詮（しょせん）は獣人ですね。すぐに暴力を振るいたがる脳筋ばかりです」

「それ、うちが言うと完全にブーメランじゃないか？」

いずれにせよリオーナとは仲良くなれそうな気がするので後で話しかけてみよう。

「相変わらずおかしな連中ね。でもあの猫耳が王様になったらラペリコはもっと面白くなる気

がするわ。国際社会での存在感も増すんじゃないかしら?」

「まあチンパンジーが国王になるよりマシな気はするけどな」

「――あ。ほら見てコマリ、あっちは仙人どもよ」

「仙人……?　ああ」

反対方向を見れば今度はオリエンタルな衣装をまとった集団が目についた。今まであんまり関わりのなかった南方のユートピア・天仙郷の神仙種だった。その中でもひときわ目立つのがヒラヒラした孔雀みたいな衣装の少女である。

ふと目が合った。

感情の読めない視線がこちらを射貫く。なんだか気まずくなってしまったので私は愛想笑いをしながら手を振っておいた。少女も無表情で手を振り返してくれた。

「……あの子が六戦姫のひとりなの?」

「そうよ。天仙郷の次期天子にして三龍星大将軍アイラン・リンズ。目が合っただけで敵の心臓を爆発させる実力者ってことで有名ね」

「はっはっは。ちょっとお手洗いに行ってこようかな」

「まあそう慌てなくてもいいわ。リンズは生粋の平和主義者としても有名だから。いきなり攻撃してきたりしないわよ」

「そうなの……?」

「そうよ。ちなみに夭仙郷の君主は世襲だから次の天子はあの子で決定ね。今のうちにコネを作っておいたほうがいいわ。メイド服でもプレゼントしようかしら」

「そんなことしたらコネを作る前に嫌われるぞ」

ネリアを窘めながら私は再びアイラン・リンズのほうを見る。

彼女は見知らぬ男性に声をかけられていた。

男性――といってもリンズと同じ神仙種ではない。純白の衣服と純白の髪が特徴的な長身の蒼玉種である。あれ。誰だっけ。なんか新聞とかで見たことがあるような――

「あれは白極連邦のやつらね。アイラン・リンズと話しているのは書記長よ」

「書記長?」

「白極連邦書記長。ようするに皇帝や大統領と同格の国主」

私はびっくりして彼の姿を凝視した。

言われてみれば風格があるような気がする。とはいえムルナイトの皇帝と違ってそこまで覇気がある感じはしない。柔和な笑みがそういう印象を抱かせるのだろうか――と思っていたら隣で忠犬のように侍っていたサクナが耳打ちをしてきた。

「気をつけてくださいコマリさん。あの人はゲラ=アルカ共和国と結託してムルナイトを潰そうとした悪い人です」

「え?　そうなの?」

「メモワール殿の言う通りです」今度はヴィルが反対側の耳に息を吹きかけてきた。「白極連邦の書記長といえば戦争好きで有名ですからね。しかもマッドハルトとは違って薄汚い策略を平気で弄する馬鹿者です。見ているだけで目が汚れるので見ないでください」

「いや初対面の人間にそこまで言うことないだろ……」

散々な言われようの書記長に同情しながら視線を戻す。

すると書記長が「おや？」とこちらに気づいた。アイラン・リンズに別れを告げると笑みを浮かべながら近づいてくる。

「おや。これはこれはテラコマリ・ガンデスブラッド閣下ではないか。噂に聞きし深紅の吸血姫にお会いできるとは俺の運も捨てたものではないな」

「え？　あ、こ、こちらこそ」

「そちらもそう思ってくれているとは嬉しい限りだ。俺は白極連邦の共産党書記長。お会いできて恐悦至極だよガンデスブラッド閣下」

笑顔とともに右手が差し出された。

私は少し緊張してしまった。相手が若い男性だったから——というよりも一国の君主だったからである。ここで失礼があったらおそらく確実に戦争に発展するだろう。穏便に済ますためにお世辞の準備をしておこう。その服かっこいいですね‼——よし完璧だ。

「ああ。よろしく書記ちょ」

「汚い手でコマリ様に触らないでいただけますか書記長」

ぺちん。

ヴィルが横から書記長の手を弾いていた。

私は目が点になった。書記長の目も点になっていた。一秒くらい無言の時間が流れ——何故かネリアが「ぷっ」と噴き出したところで私に理性が戻ってきた。

「お——お前ええええ⁉ 何やってんだよ⁉」

「この男は軟派野郎としても有名です。コマリ様に触れさせるわけには参りません」

「そういう問題じゃねえだろ！ 相手はでかい国のえらい人なんだぞ！ ごめんなさいで済んだら戦争なんて起こらないんだよ！——す、すまなかった書記長。このメイドは後できちんとくすぐりの刑に処しておくから許してやってくれ」

「あっはははははは！ 愉快だなあムルナイト帝国は」

書記長はお腹を抱えて笑っていた。これに対してヴィルはクナイを片手に持って怖い顔をしている。おいマジでやめろ。これ以上問題を大きくするな。あとサクナも何でステッキ構えてるの？ なんかみんな警戒心高すぎじゃない？ この人そんなにヤバイやつなの？

「おやおや。残念ながら俺は嫌われているみたいだな。気持ちはわからないでもないがね。では緊張をほぐすために世間話でもしようではないか」

「そうだな。プリンの話でもするか」

「プリン！　それはいいな。実は俺の部下にもプリンが大好きなやつがいてね――プロヘリヤという子なんだが知っているか？」

頭上にハテナマークを浮かべていると隣のネリアが口を開いた。

「六凍梁のズタズタスキー将軍よね。よく知っているわ。先の大戦ではムルナイトの城塞都市が彼女にボロボロにされたって話だから」

「さすがカニンガム大統領。きみの言う通り先日ムルナイトの城塞都市フォールをズタズタにしたズタズタスキー将軍だ。あの子もプリンが好きでね。きっとガンデスブラッド閣下とは個人的な関係に限ってならば仲良くなれることだろう」

「へ、へえ。そのプロヘリヤって人もここに来てるの？」

「ああ。あそこでBGMを奏でているよ」

次の瞬間だった。

いきなりドジャーン!!　と雷でも落ちたかのような音が響き渡った。周囲の人間たちがびっくりしてステージのほうを見る。ピアノの前に真っ白い女の子が立っていた。真冬に行軍でもするのかというほどの防寒着。どうやら鍵盤を叩いたのは彼女だったらしい。

「――やってられん！　何故この私が愚民どものためにピアノを弾かなきゃならんのだ！　ずーっとエンターテイナーではパーティーに招待された甲斐も皆無だ！　プリン食べたい！」

「落ち着いてくださいズタズタスキー閣下。書記長がピアノを聴きたいと仰せで……」

「この譜面を寄越したのは書記長か⁉　あの男の趣味か⁉――何が『月影の湖』だ。本当の『月影の湖』はこんなものじゃない。調が変わっているうえに意味不明なフレーズが追加されている。なんだこのフィルインは。なんだこの無意味なアップテンポは。アレンジされすぎていて原曲の影も形もないではないか！　伝統を破壊したがりな白極連邦の悪いところが凝縮されている！　こんな下品な編曲では古典が可哀想だ。まったくあの男は――」

「あの、閣下。書記長があそこで聞いておられますが……」

プロへリヤがこっちを向いた。

彼女は悪びれもせずに己の国主を睨みつけ、

「書記長！　いつになったら私は解放されるのですかな。このままでは指が疲れて腱鞘炎になってしまいます。強制労働は人道に反しますぞ」

「これはすまなかったなプロへリヤ！　しかしパーティーの参加者はきみの美しい音色にうっとりしていたぞ。これこそ白極連邦の芸術だ――俺としてはもう少し素晴らしい演奏を聴いていたかったのだが」

「あなたのために演奏などしたくはありません」

「では皆のために演奏してもらおう。きみは人民の代表だ」

「…………仕方ないですな。書記長がそこまで仰るのなら弾いてやらぬこともない。ただし私の好きなようにやらせてもらいますが」

「原曲のままに演奏するのかね？　それでは少し地味だと思うが」

「私は『古典の幸福は古典のままに演奏されること』などと頭の固いことはほざきません。単にあなたのアレンジが原曲の良さを壊しているから気に食わんのです。芸術とは破壊よりも創造であるべきだ。なので『月影の湖』は私がもっと可愛くドレスアップいたしましょう」

そう言ってプロヘリヤは部下が持ってきたプリンを一口食べてからピアノの前に座る。

ほどなくして優雅で力強いクラシックを奏で始めた。音楽にそれほど造詣が深くない私でさえ「はぇー」と感嘆してしまうほどの技巧。滑らかな十六分音符の連打が骨の奥まで響いてくるような感覚である。よくわからないけどすごい。

「どうだい。うちのエースは」

「どうと言われても……すごそうだな。色々と」

「そうだ。すごいのだよ色々とね。——プロヘリヤはガンデスブラッド閣下と戦ったとしても負けはしないだろう」

ヴィルとサクナが何故か身構えた。ネリアは面白そうに口の端を歪めている。ちなみに空気と化していたガートルードは直立しながらコクコクと舟を漕いでいた。おい。

書記長はにやりと笑って腕を組んだ。

「ところでアマツ・カルラ閣下やレイゲツ・カリン閣下とはお会いしたかね？」

「え？　ああ……カルラとはまだ会ってないけど、レイゲツ・カリンさんとは会ったよ」

「そうかそうか。ではガンデスブラッド閣下ほどのお方ならばもう気づいているのだろうな」

気づいてないんだけど。何の話だよ。

「このパーティーは序曲にすぎない。この後のお祭りだって序曲にすぎない。白極連邦とムルナイト帝国――どちらが覇権を握るか楽しみだな」

わけがわからなかった。えらい人はどうして遠回しな物言いを好むのだろうか。とりあえずヴィルはクナイをしまってくれ。そんなに敵視する要素ないだろ。

書記長は「あっはははは！」と豪快に笑い、

「怖い顔をしないでおくれ。冗談だ。ただのゲームの話だよ」

それだけ言って踵を返すと手をひらひらさせながら去っていった。今度はラペリコ王国の一団のところに向かったらしい。なかなか社交的な人である。

ネリアがパスタをくるくるしながら言った。

「あれは絶対に何かを企んでいるわね。気をつけたほうがいいわ」

「承知しました。やつの後頭部にピザをぶちかましてやりましょう」

「やめろ！　食べ物を粗末にするな！」

「まあ気をつけたほうがいいのは書記長に限った話じゃないけどね。これは平和友好が目的のパーティーだけど、本気でそんなことを考えている人間がどれだけいるかわからないから。ほらコマリ、重要人物の顔を覚えておきなさい。あそこにいるのはラペリコの――」

「いやまあ。覚えたいのは山々だけど新キャラが多すぎて頭がパンクしそうだ」

思えば会場に着いたばかりなのに知らない人物がたくさん登場した。

サムライ少女のレイゲツ・カリンとその部下のフーヤオ・メテオライト。猫耳将軍のリオーナ・フラット。天仙郷のアイラン・リンズ。そして白極連邦の書記長とプロヘリヤ・ズタズタスキー。いくら私が希代の賢者とはいえ一度に覚えられる顔と名前には限りがあるのだ。

とりあえず人と話すのは疲れたから私もパスタを食べよう。

そう思って視線をテーブルのほうに向けたとき——ふと見知った顔を見つけた。

烏の濡れ羽のような黒髪がきれいな和風少女。アマツ・カルラである。

しかし初対面のときとは雰囲気が違うような気がした。会場の隅っこで顔を真っ赤にしながら忍者の女の子に何かをまくし立てているのである。その様子からは鬼気迫るナニカが感じられた。ようするにめちゃくちゃ必死なのである。

なんか尋常じゃない空気だな。トラブルだろうか？

私はパスタの皿を片手に彼女に近づいていった。べつに首を突っ込むつもりはないが挨拶でもしておこうかと思ったのである。ところが——

『諸国の皆さん。本日はようこそお出でくださいました』

凛とした声が響き渡った。

辺りがしんと静まり返る。ピアノの音も止まる。いつの間にかステージの上に和装の女性が立っていた。彼女が拡声魔法を行使してしゃべったのだ。

『私は天照楽土の大神。皆さんとこうして饗宴をともにすること一日千秋の思いで待ち望んでおりました。今日は平和友好を祈念するパーティーです。ゆっくりまったりお楽しみくださいね』

その女性――天照楽土大神は、確かに一国の君主らしいオーラをまとっていた。

衣服は上質な着物。艶やかな黒髪には太陽を象った簪が添えられている。穏やかな口調と優しげな佇まいは見る者に癒しの感情を与えてやまない――が、一つだけおかしな点（おかしいと言ったら失礼だが）を挙げるとするならば、顔面に巨大なお札のようなものを張りつけて素顔を隠していることであろう。

なんなんだあれ。新しいファッションかな。そういえば夭仙郷にあんな妖怪がいたような気がする。キョン……なんだっけ。思い出せない。まあいいか。

不意に会場の和魂種たちが「大神様万歳！」『大神様万歳！」と拍手喝采を轟かせた。

大神は騒ぎ立てる和魂たちを笑顔で制しながら言葉を続ける。

『さて突然ですが近年の六国は危機にさらされているといっても過言ではないでしょう。先日の六国大戦は氷山の一角にすぎません。スパイ活動の活発化。暴力事件など犯罪件数の増加。

そしてテロリストの勢力伸長（しんちょう）。我々は協力してことにあたらなければなりません――』

なんか難しい話が始まってしまった。

パスタを食べながら聞いていたが私にはサッパリ理解できない。

よくわからないので次はお菓子を求めることにしよう。辺りを見渡してみるとたくさんの和菓子が載ったテーブルを発見する。せっかく天照楽土主催のパーティーなんだから和菓子を食べないともったいないな。

というわけで羊羹（ようかん）を手に取ろうとしたのだが――伸ばした腕を突然つかまれてしまった。

隣に忍者の女の子が立っていた。

じーっと私のことを見つめている。

「あ。えっと……カルラのところの子だよね？」

「うん。天照楽土第五部隊〝鬼道衆（きどうしゅう）〟の長（ちょう）・峰永（みねなが）こはる」

「私はテラコマリだ。よろしく」

「よろしく」

にぎにぎと握手をする。独特な空気の子である。

「テラコマリ。ちょっとこっちに来て。カルラ様が困ってるから」

「ん？　ああ。でも羊羹食べてからでいい？」

「お納めください。胃袋に」

爪楊枝に突き刺さった一口サイズの羊羹を突き出された。それをぱくりと食べてから先導する忍者の子についていく。というか引っ張られていく。何故そんなに急ぐのかわからない。

カルラは壁際に突っ立ってオロオロしていた。

私の存在に気がつくと「あっ」と声をあげて凛とした態度を作り上げる。

あれ？　さっきまでの余裕のない雰囲気は見間違いだったのか？

「あらガンデスブラッドさん。六国大戦以来ですね」

「そうだな。元気だったか？」

「ええ元気百倍ですとも。ところでちょっとお聞きしたいことがあるのですが――ガンデスブラッドさんは殺戮(さつりく)が大好きだということで間違いはないのですよね？」

一瞬言葉がつまった。あまりにも唐突かつ際(きわ)どいラインの質問だったからだ。

しかし私はすぐに〝将軍様モード〟に切り替える。

「その通りだ！　私ほど血に飢えた猛者(もさ)はいないだろう」

「な、なるほど！　まあ私も似たようなものなんですけどね。ところでところでもう一つだけお聞きしたいことがあるのですが」

「なんだ」

「最近暇ですか？」

「え？」

なんだその大雑把な質問は――と思っていたら大神の力強い声が聞こえてきた。

『――このような問題を解決するために天照楽土は鋭意努力してきたつもりです。しかし我が国の体制は凝り固まっており思うように動くことができません。国主の私が申し上げるのもなんですが天照楽土は昔ながらの因習に縛られた斜陽国家。どこかで新しい風を吹き込む必要があります。そこで私は次のリーダーにこの国の未来を託してみようかと考えました』

「……次のリーダー？　カルラ、あの人は何を言ってるんだ？」

「こ、答えてください！　暇ですか⁉　とりあえず一週間ほど！」

「えぇ⁉　いや暇であってほしいけどメイドのせいで多忙になるのは確実で――」

『端的に言えば私は近々大神を辞任しようかと考えています。そのためには後を継ぐべき人物を選ばなければなりません。つまり――ここに次の大神を決める〝天舞祭(てんぶさい)〟の開催を宣言いたします！』

会場にどよめきと歓声が巻き起こった。

……ん？　あの人「辞任する」とか言った？　なんで？　どうして？――わけがわからず硬直する私の手をギュッ！　とカルラが握りしめ、

「そういうことなんです！　次の大神を決めるお祭りが始まってしまうんです！　だから――だからテラコマリさんには是非(ぜひ)とも私に協力していただきたいのです！」

「ちょっと待て話が全然見えないんだけど――え？　カルラも候補なの？」

『候補者は既に決定しております。五剣帝レイゲッツ・カリンと五剣帝アマツ・カルラ。我が国を代表する将軍たちです。――両者とも壇上へ』

大神の声に従って刀を装備したサムライ少女が壇上へと上がっていった。

受付のところで話した和魂種――レイゲッツ・カリンである。

彼女は自信満々に会場を見渡すと、拡声器を片手に声を張り上げるのだった。

「五剣帝レイゲッツ・カリンです！　大神候補になったからには誠心誠意努力いたします。天照楽土のために――そして六国の平和のために！」

うおおおおおお！　カリン様万歳！――そんなふうに歓声があがった。

カリンはそれに応えるようにして笑顔で手を振っている。

『皆様ご存じの通り〝天舞祭〟とは大神を選定する神聖なる儀式であると同時に国を挙げてのエンターテインメントでもあります。お祭りの最終日には候補者同士による殺し合いも行われますので六国の皆さんもお楽しみにしていてください。――カリンさん、決意表明を』

「アマツ・カルラ殿は私が一刀のもとに斬り伏せて差し上げましょうぞ！」

うおおおおおお！　カリン様万歳！――再び歓声が巻き起こった。

私はカルラに「行かなくていいの」と聞いた。

カルラは私に「行かなくていいの」と答えた。

「だめ。行かなくちゃだめ」

「いやァ————!!　こはる引っ張らないで!!　あそこに行ったら私が出場することが決定してしまいます!!　殺されてしまいます!!　そんなの絶対に——」

「よくわからないけどカルラって最強なんじゃないの？」

「——絶対にレイゲツ・カリンさんを斬り刻んで蕎麦粉にしてあげます！　さあ行きますよこはる！　ガンデスブラッドさん！」

「は？　なんで私まで——おいっ」

私はずるずるとカルラに引っ張られていった。本気で状況が理解不能である。いったい何が起きているんだ？　また面倒なことに巻き込まれそうになっているんじゃないか？——頭の中で私の危険センサーが警報を鳴らしている。でもカルラの力に逆らえない。

あれよあれよという間にステージの上に連れてこられてしまった。

目の前には「来たか」みたいな顔をしたレイゲツ・カリンが立っていた。

そういえばフーヤオの姿が見当たらないな。そんなことは心底どうでもいいな。

「——カルラ。ついに決着をつけるときが来たな」

「そ、そうですね！　でも大神になるのはこの私ですから！」

カルラが啖呵を切ったことによって会場のボルテージはどんどん上がっていった。天照楽土だけではない——六国のあらゆる人間たちが面白そうにことの成り行きを見守っている。

あ、ヴィルのやつ私を無視して干瓢巻きを食べてやがる！　ふざけんな！

『カルラも気合十分のようですね。これは面白くなりそうです』

お札の奥で笑みを浮かべる気配がした。

冷静になれテラコマリ。状況を整理しよう。

天照楽土の大神が後継者を選ぼうとしていることはわかる。そして後継者を選ぶための〝天舞祭〟が開かれようとしていることもわかる。さらに天舞祭とやらが蛮族じみたイベントであり最終的に殺し合いで決着をつけるらしいことも理解はできる。

だが――何故私はここにいるんだ？

これはカルラとカリンの問題じゃないのか？

『さて、候補者は出揃いましたね。しかし天舞祭は娯楽という側面も持ち合わせています。わざわざ全世界の皆様にご足労いただいたのにこれで終わりではあまりに情緒がありません』

嫌な予感がした。私はカルラの顔を見た。

引きつった笑みを返された。

『六国は融和していくべきであるという考えのもと、今回の天舞祭は全世界参加型の祭典にする予定です。すでに国主には通達されているかと思いますが――それぞれの国は将軍を一人ずつ出してアマツ・カルラあるいはレイゲツ・カリンの陣営についていただきます』

嫌な予感は確信に変わった。

私は会場にいるヴィルを見下ろした。やつは無表情でサムズアップを返してきた。また私の知らないところで話が進んでいたらしい。帰りたい。引きこもりたい。

『それではレイゲッツ・カリン陣営のお二方、壇上へどうぞ』

次の瞬間――だらららららんっ！　という稲妻のようなグリッサンドが鳴り響いた。何事かと思って目を見張る。グランドピアノを飛び越えるようにして大跳躍した少女が軽(かろ)やかなステップで壇上に降り立った。白色の魔力が冷気となってひんやりと駆け抜けていく。

暑そうな軍服に身を包んだ蒼玉種――プロヘリヤ・ズタズタスキー。

「わはははは！　白極連邦最強の六凍梁プロヘリヤ・ズタズタスキー閣下推参(すいさん)だ！　価値を創造する戦争とはまさに芸術活動に似ている！　新しい時代を作るための天舞祭――これは音楽を奏でるのと同じくらいに心躍るイベントではないか！　よかろう！　私は愚民のために銃を取ることも厭(いと)わんぞ！」

何を言っとるんだこいつは。

しかし会場の蒼玉種たちは「プロヘリヤ様～っ！」と大喜びである。

ここにいたら死ぬな。とりあえず逃げよう――と思っていたら目の前をシュバッ！　と何者かが高速で通り過(す)ぎて尻餅(しりもち)をつきそうになってしまった。

そいつは壇上を跳ねるようにして進むとプロヘリヤの隣にだんっ!!　と直立し、

「――ラペリコ王国のリオーナ・フラットだ！　獣人種のことを皆に知ってもらえるように頑張るぞ！　とりあえずバナナで動く種族だと思ったら大間違いだ。そういう変な勘違いをしているやつは一人ずつ息の根を止めていくからな！」

猫耳少女がポーズを決めて殺戮宣言をしていた。それに呼応するようにして野獣どもが遠吠えを始める。興奮したカピバラたちが会場を爆走し始める。

どうやら敵陣営は着々と集まってきているらしい。

いやいや。何だよ「敵陣営」って。べつに私はカリンと戦うわけじゃないんだから敵も味方もないだろうに。私には関係のないことだ。オムライスを探す旅に出よう。

「待って。テラコマリ」

忍者のこはるに行く手を阻まれた。

「カルラ様が困ってる」

「ごめん。私はオムライスを……」

「おねがい」

潤んだ上目遣いでお願いされてしまった。

やめてくれ。そんな純粋な目で私を見るな。最近気づいたけど私は頼まれたら断れない性格なんだ。でもこれは命に関わる問題なんだ。心苦しいけど心を鬼にするしかない！――そう思って全力ダッシュしようとした矢先、

「待って。コマリ様」

メイドのヴィルに行く手を阻まれた。

……は？　何だこいつ？

「カルラ様が困ってる」

「困ってねえよ」

「おねがい」

「潤んだ上目遣いでお願いしても無駄だぁっ！　こら抱きしめるな！　というかお前なんで教えてくれなかったんだよ！　天舞祭とかいうやつのこと絶対知ってただろぉーっ！」

「教えたらコマリ様は来るのを嫌がっていたでしょうからね」

「よくわかってるな!!　嫌がったところで力ずくで連行されるんだろうけどな!!」

あれ？　じゃあ最初っから回避不能じゃん。

『レイゲツ・カリン陣営は揃いましたね。対するアマツ・カルラ陣営ですが――カルラ。そちらはどうなっているのですか？　天仙郷とムルナイト帝国にお手紙を出しましたよね？』

「はい。お手紙を出したのですがアイラン・リンズ氏はご都合が悪いようで。他の三龍星の方も色々とお忙しいみたいです」

ヴィルの拘束から逃れようとしていたとき――ふわりと杏のようなにおいが鼻腔をくすぐった。いつの間にかアイラン・リンズがすぐそばにいたのだ。

彼女は申し訳なさそうに身を縮こまらせて口を開いた。

「婚儀の準備があるので……」

婚儀？

この子結婚するの？

「……だそうです大神様。つまり夭仙郷は不参加ということになります」

『そうですか。それは仕方ありませんね――ちなみにアルカ共和国は最初から不参加でよろしいのですよね？　ネリア・カニンガム大統領』

「そうね。うちは国内のことで忙しいから。悪いけど今回は遠慮させてもらうわ」

ネリアがワイングラスを揺らしながら優雅に答えた。

最悪である。さっきネリアの誘いを受け入れて八英将になっておけばよかった。というかこいつも事情を知ってたんだな。教えてくれよ。

『承知いたしました。――ではムルナイト帝国はどうですか？』

会場の視線がいっせいに私のほうを向いた。

カルラがにこやかな笑みを浮かべながら近づいてくる。

そのまま私の肩にぽんと手を置く。

しゃん、と鈴の音が間近で聞こえた。

そうして和風将軍は予想通りの爆弾を投下してくれるのだった。

「先ほどお返事をいただきました！　テラコマリ・ガンデスブラッド七紅天大将軍が私の陣営に加わってくださるそうです！」

次の瞬間。

うおおおおおおおおおおおおおおおお‼――と会場が沸騰した。沸騰するのはお湯だけにしてほしかった。言うまでもないことだが了承した覚えはない。つーかカルラから天舞祭についての正式な説明を受けた記憶すらない。

周囲の人間の反応は様々だった。

「へえ……」とレイゲツ・カリンが目を細める。

「ごめんね」とアイラン・リンズは何故か謝っている。

「相手にとって不足はないな！」とプロヘリヤは自信満々。

「絶対に勝つから！」とリオーナは瞳を輝かせて息巻いている。

そして私は――

「――ま、待て！　私も用事があるんだ」

『用事ですか？　それはどんな』

「それは……その……えっと……け、結婚だ！」

場が静まり返った。まずいと思ったが後には引けなかった。後先のことを考えていたら絶対に死ぬことになるのだ。止まるわけにはいかなかった。

「私もアイラン・リンズさんと同じで結婚の予定があるんだ。だから参加できない」

「何を仰っているのですかコマリ様。相手などいないでしょうに」

「相手は……あれだ！　お前と！　ヴィルと結婚するから！」

「はい？　私は結婚なんてするつもりはありませんけれど」

「はあああああああああああああ!?!?!?」

　こいつ――普段あれだけ私と結婚したいとか言っておきながら！　この土壇場でそんな裏切り行為を働くのか!?　ふざけやがって……普通にショックだったぞ！　もうお前とは一生結婚してやらんからな！　いや最初からするつもりなんて全然なかったけど！

『ではアマツ・カルラ陣営はガンデスブラッド将軍ということで。人数に少々偏りがありますが実力的には問題ないでしょう』

「む。それはどういう意味かね大神」

『失礼しましたズタズタスキー閣下。ハンデ解消のためにガンデスブラッド将軍には助っ人を呼ぶ権利を与えます。――ガンデスブラッド将軍、よろしいですよね？』

　よろしいはずがなかった。

　私はヴィルの拘束を力ずくで脱出するとカルラの腕を引っ張って会場の壁際まで走っていった。そして壁ドン。何故かカルラはめちゃくちゃ慌てた様子で「あわあわ」言っていた。

「カルラ！　これはどういうことだよ!?」

「すみません殺さないでくださいまだケチャップにはなりたくありません！」

「意味わかんないよっ！　なんで私が参加することになってるんだ!?」

「そ、それは……ガンデスブラッドさんの力が必要だと思ったからです」

何故かカルラは弱々しい表情をしていた。

「いえ！　べつに実力的には私ひとりで問題ないくらいなんですけど。カリンさんには二人も協力者がいるのに私に一人もいないのはちょっと……」

「カルラ様、友達いないから」

「ちょっとこはる！　そういうこと言わないの！――しょうがないんです！　だってネリアさんは忙しそうだし。夭仙郷のアイラン・リンズさんには断られちゃうし……頼れるのはガンデスブラッドさんだけで」

意外な一面を垣間見た気がした。そんなことを言われてしまったら協力したくなってしまうではないか。とはいえ命がけの戦いである。そう易々と頷くわけには――

「私もタダで協力しろとは申しません」

カルラは真剣な表情でまっすぐ視線を合わせてきた。

「天舞祭で生き残れた暁にはガンデスブラッドさんの願いを叶えて差し上げます」

「願いと言われても」

「たとえば――『黄昏のトライアングル』を出版するというのはどうですか？」

「⁉」

雷が落ちたかのような衝撃だった。

『黄昏のトライアングル』。それは私が書いた小説のタイトルだった。こないだ変態メイドの無駄な働きによってカルラに読まれてしまったアレである。

「私の家は出版社も営んでいます。社長にちょっと声をかければ書籍にすることも難しくはないと思いますが――すみません。別の願いがあるならば言っていただけると」

「ちょっと待って。本当に……本になるの？」

「ええまあ。それにあの内容ですからね。出版社のほうも読んでみれば案外ノリノリで『出しましょう！』ってなるのではないでしょうか」

「…………………」

まさに降って湧いたような話だ。

そしてこれは私の運命を決定する人生最大の岐路でもあった。

承諾すれば作家デビュー。しかし天舞祭に参加することによって死ぬ。当然のことながら私は死にたくない。だが――こんなチャンスを逃してしまってよいのだろうか？

「コマリ様。悩む必要はありませんよ」

「うわあっ!?」

いつの間にかヴィルが私の隣にいた。急に出てくんなよ。

「アマツ・カルラ殿は宇宙を破壊するほどの大将軍です。コマリ様を自陣営に引き入れた理由は単に『誰もいないと寂しいから』というだけのもの」

「だから何だよ。殺し合いになることは変わらないだろ」

「まあそうですけど、我々は戦力としてまったく期待されていないのです」

「……ん？　つまり？」

「つまりアマツ殿に任せていれば死ぬ可能性はありません」

「…………」

なるほど。

なるほどなるほど。

言われてみれば納得である。天舞祭とやらで戦いになったとしても私が戦う必要はないということだな。敵は全員カルラが宇宙一の戦闘能力を発揮して薙ぎ倒してくれると。

つまり私が死の運命を迎えることは万に一つもあり得ない。

そうと決まれば選択肢は一つだった。

「――よしわかった！　本の出版を条件に協力しようではないか！」

「ほ、本当ですか⁉　ありがとうございます‼」

私はカルラの腕を引いてステージの上へと戻る。

怪訝な表情をした将軍たちがこちらを見つめていた。だが臆する必要はないのだ。こっちには宇宙最強のアマツ・カルラ大将軍がついているのだから。

「待たせたな諸君！」

私は久方ぶりに全力の将軍様モードを発揮して、

「テラコマリ・ガンデスブラッドはアマツ・カルラ陣営として天舞祭に参加しよう！　私が参戦を表明した時点でカルラの勝利は約束されたも同然！　さあ恐怖に震えるがいいレイゲツ・カリン陣営の将軍たちよ！　この私が小指一本でぐちゃぐちゃにしてオムライスの具にして皆様方に振る舞ってやろうじゃないか！　死にたくなければ今のうちに降伏するがよいっ！」

一拍置いて、

うおおおおおおおおおおおおおおおおおおお‼——

再び場が沸騰した。今度はどれだけ沸騰しようが構わなかった。なぜなら私に勝利は約束されているのだから！　カルラがどんな敵でも小指一本で薙ぎ倒してくれるのだから！

……このとき、私はまだ知らなかったのである。

〝天舞祭〟が単なる戦争ではないことに。

そして——お祭り騒ぎの裏側で、不埒者どもが生き生きと暗躍していることに。

☆

「はあ。結局参加することになってしまいましたね……」

宮殿の中庭。四阿(あずまや)に設置された椅子(いす)に腰かけながらアマツ・カルラは溜息を吐く。

天舞祭の開催が宣言された後も宴は続いている。今頃会場はダンスパーティーで盛り上がっているのだろうが、生きるか死ぬかの瀬戸際で暢気に踊っている余裕はなかった。

「既定事項だよ。カルラ様はお祖母様から逃げられないから」

淡々とそう言ったのは鬼道衆のこはるだった。会場からくすねてきた和菓子を美味しそうに食べている。主人が壁にぶち当たっているというのにお気楽なものだ。

カルラは再び大きな溜息を吐いて言った。

「大神様もどうかしています。私ごときがあの方の後継者になれるとは思えません」

「レイゲツ・カリンを倒せば否が応でもなれる」

「まったくもって遺憾の極みです！　どうして後継者争いがドストレートな殺し合いなんですか⁉　いつから天照楽土はムルナイト帝国みたいな野蛮国家になったんですか⁉」

「昔からそうだって聞いた」

「ふざけています！　今の大神様はお祖母様からゆるやかに譲位されたって聞いたのに！」

「それは対抗馬がいなかったから」

「え？　そうなんですか？」

「今の大神様が就任するときは天舞祭も行われなかったらしい」

「ずるくないですか？　なんで私にはカリンさんがいるんですか？」

「大丈夫だよカルラ様。テラコマリが味方についたから」

「……まあ。確かに」

一週間ほど前。天舞祭のルールが発表されたとき――

実は事前にカルラ陣営とカリン陣営でドラフトが行われていたのである。

つまり「どっちがどの国の将軍に声をかけるか」というクジ引きだ。

これによってカルラ陣営はアルカ共和国・夭仙郷・ムルナイト帝国に声をかける権利を獲得した。だがアルカには「忙しいから」という真っ当な理由で断られ、夭仙郷には「婚儀の準備があるから」というこれまた真っ当な理由で断られ、ムルナイト帝国には「とりあえずコマリ様に聞いておきますね」という曖昧な返事でナアナアにされていた。

一方でカリン陣営には着々と色よい返事が到着しているご様子。

カルラは焦った。生きた心地もしなかった。なんとか今日になって（強引に）テラコマリを懐柔することができたからよかったものの、もし彼女に断られていたらカルラは一人で化け物どもの相手をする羽目になっていたはずである。

そう考えてみるとテラコマリは本当に救世主に等しい。

アルカの領土を凍土に変え――核領域の一部を黄金郷に変えてしまった規格外の吸血姫。

あの子が本気を出せばレイゲツ・カリンなど敵ではないだろう。

たぶん小指一本で勝利することができる。

だってテラコマリは宇宙一の最強将軍だから。

「……なんだか余裕な気がしてきましたね」

「超余裕」

「ですね。テラコマリに任せておけば楽勝です！」

希望に満ち溢れた表情で拳を握る。

しかしカルラは知らなかった。

カルラが頼りにしているテラコマリもカルラを頼りにしているという絶望的な状況に陥っていることに。

ふと着物の内側にしまってあった通信用鉱石が光った。

大神直通のものである。同じ会場にいるのだから直接会って話せばいいのに――少し疑問を抱きながらも魔力を込めて応答する。

「はいカルラです。どうかなさいました？」

『やるべきことが終わったので挨拶をしておこうかと思いまして』

「天舞祭開催の宣言ですか。おかげ様で大変なことになってしまいましたよ」

『それもそうですが。ちょっと会場をうろついていたテロリストと接触してきました』

「テロリスト……？」カルラは思わず目を丸くした。「大丈夫なんですか」

『心配はいりません。ムルナイト皇帝陛下の協力もあって計画通りに済みましたから。いきなり斬りかかられたので死ぬかと思いましたけど』

「斬りかかられた⁉　本当に大丈夫なんですか⁉」

『斬られましたけど治したので大丈夫です』

「…………」

絶句するよりない。パーティー会場の警備体制はどうなっているのだろうか。

まあこの人が大丈夫と言うのなら本当に大丈夫なのだろう。これから「テロリストを退治してください」という命令が下っても困るので聞かなかったことにする。

大神は『ところで』と話題を変えた。

『ついに天舞祭参加を決めてくださったのですね。ありがとうございます』

「まあ……どうせ避けられないことでしょうから」

祖母の悪そうな笑顔が目に浮かぶ。

あの人の思惑通りにことが進んでいるのはちょっと不愉快だった。

『カルラなら心配はないでしょう。とはいえカリンさんも実力者ですからね。どっちに転んでもおかしくはありません。気をつけてくださいね』

「大神様はどちらの味方なのですか？」

『天照楽土に明るい未来をもたらしてくれるほうの味方です。――ところでカルラに一つお願いがあるのですが』

「なんですか。野蛮なことはしませんからね」

『簡単なことです。——天舞祭の開催期間中、私は忙しいのであまりカルラに構ってあげることができません。ご了承くださいね』

「はあ」

『それと私を見かけても不用意に話しかけないでください。下手をすれば命が危うくなりますので』

「……はい？」

「妄想癖の強い思春期の若者みたいなこと言ってる。痛々しい」

「ちょっ、何言ってるんですかこはる⁉」

『それだけ守ってくれればあとは大丈夫でしょう。テラコマリ・ガンデスブラッドさんと仲良く頑張ってください。カルラならできます』

「できるとは思えないのですが」

『あなたの感覚ではそうかもしれません。しかし周りの人はあなたの活躍に期待しているのです。私がいなくてもしっかりやってくださいね——では』

ブツリと通話を切られてしまった。

意味不明である。意味不明であるが言わんとするところは多少理解できた。ようするに今回は大神の手助けは受けられないということである。前回の六国大戦のときには〝目〟を通して大神から色々と助言をもらっていたのだが、今回は一人で頑張れと。

「まあ大丈夫ですよね。こっちにはテラコマリがいるので」

「テラコマリのご機嫌取りをしたほうがいい。逐一菓子折りを献上するとか」

「そうですね――ってこはる。さっきからお菓子食べすぎですよ」

これでは夕飯が食べられなくなってしまうではないか。

そう思ってカルラはこはるの手からどら焼きを取り上げた。

忍者の少女は頬を膨らませて、

「……だってカルラ様のお菓子より美味しいから」

「そうですか。ところで今回のパーティーは私もパティシエとして料理を提供しています。テーブルに並んでいる和菓子は全部私が作ったものだったんですけど」

「…………」

こはるが立ち上がった。

カルラに背を向ける。耳まで真っ赤になっている。

思わず笑いそうになってしまったがお腹に力を入れて堪えておいた。

「まあそれはさておき、天舞祭で生き残るための作戦を練っておきましょう」

「カルラ様も知ってるでしょ。私は天邪鬼」

「考えるべきは『いかに降伏するか』でしょうね。攻撃される前に土下座をすれば――」

「私の『美味しい』は『美味しくない』の意味。『美味しくない』は『美味しい』の意味」

「……では普段『美味しくない』って言ってるのも『美味しい』って意味なんですね」

「…………………」

「せっかく私が流そうと思ったのに墓穴を掘るのはやめませんか？」

こはるは「うるさいカルラ様」と毒づいて宮殿のほうへと駆けていった。

その後ろ姿を見つめながらカルラは大きな溜息を吐く。

懸念事項はこれから待ち受ける戦いである。

テラコマリが仲間になったとはいえ悩みの種が完全に潰えるわけでもない。レイゲツ・カリンは幼い頃から何かとカルラのことをライバル視してきた少女だ。忠義を重んじるサムライみたいな恰好をしているくせに意外とせこい手を使ってくるから油断ならない。

「とりあえず死なないように頑張りましょう」

だって死ぬと痛いから。

カルラは消極的な目標を立てると、「う～ん」と伸びをしながら天を仰ぐ。

抜けるように高い空からは、秋の足音が感じられた。

魔核（まかく）の効果範囲は意外と曖昧（あいまい）である。

たとえばムルナイトの魔核はムルナイト帝国全域＋核領域全域で効果を発揮する。しかし実は隣国のラペリコ王国とか白極連邦（はっきょくれんぽう）とかの領土にも吸血鬼が蘇生できるゾーンがあったりするのだ。まあ「複数の魔核はお互いの効果を打ち消し合わない」という特性上、そういう〝重複地帯〟が国境付近にできるのは仕方のないことなのである。

が、今回はそんな〝重複地帯〟に期待することはできない。

何故（なぜ）なら国の中心都市とはふつう領土の中央部に造営されるものだから。

ムルナイト帝国の帝都は吸血鬼のテリトリーであり、ラペリコ王国の王都は獣人のテリトリーであり、白極連邦の統括府は蒼玉（そうぎょく）のテリトリーであり、アルカ共和国の首都は翦劉（せんりゅう）のテリトリーであり、夭仙郷（ようせんきょう）の京師（けいし）は夭仙のテリトリーであり――

そして、天照楽土（てんしょうらくど）の東都、俗に〝花の京（みやこ）〟と呼ばれるオリエンタルな古都は、まさに和魂（わこん）による和魂のための大都市だからである。

いまさら何故そんなことを再確認したかというと。

「……なあヴィル」

「なんですか」

「私は自分の部屋のベッドで寝たはずだ。それなのに何故か畳の上に敷かれたお布団で朝を迎えている。これっておかしいと思わないか？　夢でも見ているのか？」

「夢ではありません。コマリ様が寝ている間にコマリ様の身体を天照楽土の東都まで連行したのです」

「やっぱりそうなのかよ!!」

「ベッドは持ってきていないのでご安心ください」

「ベッドとかそういう問題じゃないよっ!!　もおおおおぉぉぉ～～～～～～～～っ!!」

十月十六日。

例のパーティーの三日後である。

私の身に起きたことを端的に説明するならば「目が覚めたら異世界にいた」である。畳や障子や床の間なんて異世界のアイテムとしか思えなかった。意味がわからなかった。

「前々から寝ている私の身体を勝手に移動させるなって言ってるだろっ！　これじゃあ誘拐事件じゃないか！　私が通報したら一瞬で警察に逮捕されるぞお前！」

「逃げ切るので大丈夫です」

「はい逃走罪も追加ー！　捕まったら刑務所行きだ！」

しかしヴィルは涼しい顔をしていた。私に通報する気がないことを熟知してやがるのだ。こうなったら防御を固めるしかない。ベッドの周りに静電気の発生する鉄柵を用意するとか――いや駄目だな。間違って私が触ったらバチッとなって痛い。目が覚めてしまう。

「それはそうと天照楽土ですよ。外国に長期滞在するのは初めてですよね」

「っ――そ、そうだ！　どうしてくれるんだよ⁉　ここってムルナイトの魔核で復活できない危険地帯なんでしょ⁉　もし殺されたらそのまま死ぬことになるじゃん‼」

「コマリ様は私が守ります。それはともかく着替えさせたいので服を脱いでください」

「勝手に脱がせるなぁっ！」

私はヴィルから距離を取った。そうして自分が浴衣（？）を着ていることに気がついて絶望した。なんだこの寝巻き。また変態メイドのやつが着替えさせたのか……？

まあいい。とにかく状況確認が先決だ。

私は心を落ち着かせながらヴィルを睨んだ。

「……言いたいことは山ほどあるけど言ったところでどうにもならないのは理解している。だから事の成り行きを説明してくれ。ここは本当に天照楽土なのか？」

「はい。より正確に言うと天照楽土の東都の中央部、アマツ本家の一室です」

「アマツ本家？　なんだそれ」

「アマツ・カルラ殿のご実家ですよ。これから一週間、コマリ様はここに宿泊することになっています。――これをどうぞ」

着替えを手渡された。変態メイドが見ているけれど今更気にしてもしょうがない。

私は光の速さで浴衣を脱ぐと光の速さでいつもの軍服を身につけていった。

「だいたい何で東都に拉致(らち)したんだよ。聞いてないぞ」

「天舞祭(てんぶさい)が開催されるからです。コマリ様もご存じでしょう?」

「ああ……」

天照楽土のリーダーを決めるお祭り騒ぎだっけ。そういえば私はカルラ陣営で参加することになっているのだった。ヴィルに文句を垂れるのもお門違いな気がしてきたな。いちおう私は自分の意思でカルラに協力すると決めたのだから。

「……その天舞祭ってのは具体的に何をするんだ? 流れに全然ついていけてないんだけど」

「それはこの方に説明していただきましょう」

「この方? いったい誰(だれ)が……」

ヴィルの視線の先を目で追って――そして心臓が爆発(ばくはつ)するかと思った。

私が寝ていた布団の隣にもう一つの布団が敷かれている。

そこに見覚えのある少女が寝ている。

見覚えのある五剣帝(ごけんてい)大将軍がむにゃむにゃと寝ている。

……は? なんで? ここって私に与えられた部屋なんだよね?

「アマツ・カルラ殿です。まだお休みだったので無理矢理連れてきました」

「頼むから拉致するのは私だけにしてくれよおおおお‼」

「起きてくださいアマツ殿。朝ですよ」

「ふぇ〜〜〜？　こはるぅ？　もうちょっと……あと五時間んん……」

「おいヴィルほっぺたを引っ張るんじゃない！　殺されるぞ！――あ、」

ぱっちりとカルラが瞼を開いた。

漆黒の瞳と視線が交錯する。彼女は夢でも見ているかのような様子でしばしボーっとしていたが、私の顔を眺めているうちにだんだん状況を理解したのだろう、いきなりガバッ！　と布団を翻すような勢いで立ち上がり、

「て、ててテラコマリ⁉　なんで⁉　ここは私の部屋のはずです！」

「ここはコマリ様の部屋です。拉致してこいと命じられたので拉致しました」

「やめろ嘘を吐くんじゃねえ」

「拉致⁉　もしかして殺すつもりですか⁉　お味噌汁の具にするんですか⁉」

「そんなわけないだろ！――いやごめん私が悪かったよ謝るから！　だから逃げなくても大丈夫だよ！　私はカルラと仲良くやっていきたいと思ってるんだ！」

押し入れに退避しようとするカルラを必死で説得して止める。

しかし彼女はすぐに冷静さを取り戻したらしい。

いつもの凜とした雰囲気をまとうと「ごほん」と咳払いをして、

「―― 怖い夢を見ました。それを引きずっていたみたいです。べつにガンデスブラッドさんのことが怖かったわけではありません。私は最強なので」

「そ、そうか」

「寝巻きのままではみっともないので着替えてきます。お話はその後ということで」

カルラはそう言って部屋を出て行った。

なんか申し訳ないことをしてしまったような気がする。

ヴィルが「ふむ」と顎に手を当てて、

「……寝ているときでも外さないのですね」

「え?」

「アマツ殿が腕につけている鈴、あれは神具ですよ。引っ張ってみても取れませんでした。不思議ですね」

こいつは何を言っているんだ。

とりあえずカルラには誠心誠意謝罪する準備をしておこう。

しばらく待っているとカルラが戻ってきた。

いつもの和服姿である。彼女曰く「朝餉の用意ができていますのでお話はそこにて」とのことだった。というわけで客間（?）に移動してご飯をいただくことにする。

部屋には三つの膳が用意されていた。

私とヴィルが並んで座り、その対面にカルラが腰を下ろす。

「あれ？　あの忍者の子は一緒に食べないの？」

「こはるですか？　家のしきたりで忍者と卓を囲むことは許されないのです。特にここは本家ですので……お祖母様に見つかったら大目玉を食らってしまいます」

なんだかよくわからないルールである。まあいいか。

目の前に並んでいるのは天照楽土らしい和風な料理だ。白米にわかめのお味噌汁。あとは焼き魚とかおひたしとか漬物とか。「いただきます」と食前の挨拶をしてから箸をつける。

おいしい。ご飯がほかほかだ〜。

……いや何を暢気に味わっているんだ私は。

いきなり知らない場所（しかも魔核の効果範囲外）に拉致されてのんびり朝ごはんを食べるなんて正気の沙汰じゃねえぞ。慣れって怖いな。拉致耐性なんぞ欲しくはなかったのに。

「——さて。このたびは天舞祭の〝協力者〟を引き受けてくださり誠にありがとうございました。ガンデスブラッドさんのおかげで私も安心して戦いに臨むことができます」

カルラが居住まいを正してそう切り出した。

しかしさっそく口元にご飯粒がついている。深窓の令嬢という雰囲気なのに要所要所でポンコツ臭が溢れるのは何故なのだろうか。まあこの子がすごい人物であることに変わりはないのだが……こういうところに親近感を覚えるんだよな。

「アマツ殿。天舞祭についての詳細をご教示願えませんか。面白そうだったのでコマリ様をむりやり参加させましたが、詳しいことは何一つ存じ上げていないのです」

「『面白そうだったので』？　詳しく聞かせろヴィル」

「そうですね――天舞祭とは正確にいえば〝選挙〟です」

　誰も私の話を聞いてくれない。

「選挙ですか？　殺し合いではなくて？」

「殺し合いは一つのイベントにすぎません。天舞祭の開催期間中、つまり一週間ほどですが、この間、候補者は演説や討論を繰り広げて国民に信を問うのです。そして最後の日に殺し合いをして――その結果も加味して最終的に国民投票が行われます」

「なるほど。殺し合いはさして重要ではないのですね」

「いえ重要ですよ。天照楽土は他の国家と比べればまだ穏やかな国ですが、それでも武力に対する信仰には根強いものがあります。過去の天舞祭でも、最終日の決戦で勝利したほうがそのまま大神に就任することが多かったとか」

「でもカルラなら大丈夫でしょ。最強なんだから」

「…………………」

え？　なんで沈黙するの？

「……これが運営委員会から預かったプログラムです。ご確認ください」

カルラから一枚の和紙を渡された。

そこには確かに〝討論会〟とか〝演説会〟とか書いてあった。もちろん最終日には〝死闘〟という物騒すぎる項目もあるが、単に殺し合いをするだけのお祭りではないことがわかる。

まあ死闘が始まってもこっちにはカルラがいるからな。

始まった瞬間にものすごいビームで敵が吹っ飛ぶはずである。

「ん？　ちょっと気になったんだが……最後の死闘は東都でやるの？」

「いえ。他国からの参加者もいるので最終決戦に限っては核領域で行われるとか」

「そうか。それが妥当だな」

「頼りにしてますよガンデスブラッドさん。いえ私だけでも戦力的には十分なんですけれど」

「こちらこそ頼りにしているぞカルラ。まあ私がいれば全員小指でひとひねりなんだけどな」

わはははは。

ふふふふふ。

お互いに笑い合う。ヴィルがぼそりと「なんだか嫌な予感がしますね」と不吉なことを呟いていた。私の心を乱すような発言は慎んでくれ。お前は未来を視ることができる能力者だから洒落にならんのだ。

「……でも、最後の戦い以外で私は何をすればいいんだ？　応援演説とか？」

「そうですね。基本的にはお手伝いをしていただけると助かりますが……まあそこそこで大丈夫です。とりあえず戦いだけ頑張ってもらって私が生き残れれば……」

「ん？　なんか言った？」

「なんでもありません。とにかくガンデスブラッドさんにはアマツ・カルラ陣営として一週間ほど天照楽土に滞在していただきます。もちろん小説の件は忘れておりませんので、くれぐれも、くれぐれも……くれぐれも！　途中でムルナイト帝国に帰ったりしないでくださいね」

「わ、わかっているさ！　これはちゃんとした取引だからな」

本の出版は私の悲願なのだ。よっぽど危険な目に遭わない限りは取引を反故にしたりはしないつもりである——そんな感じで改めてワクワク感を募らせていたとき、

「おや、ガンデスブラッドの娘じゃないか。よく来たね」

急に空気が張り詰めた気がした。

振り返る。開け放たれていた戸のところにお婆さんが立っていた。

誰だろう？——疑問に思っているうちに彼女はずかずかと部屋に入ってきて私たちを見下ろした。刃物のような視線が注がれる。

「よく大神の催しに付き合う気になってくれたもんだ。カルラのことはよろしく頼むよ」

「は、はあ……えっと。……カルラ。この人はどちら様？」

小声で問いかけると小声で返答が返ってきた。

「私の祖母です。アマツ本家を束ねるご当主様」

「そうなんだ。じゃあしっかりご挨拶しておかないと」

「聞いたことがあります。たしか十年ほど前まで大神を務めていた方ですよね」

「はい。先代大神です」

「え？　めちゃくちゃ偉い人じゃん」

「大神になる前は五剣帝として活躍されていたとも聞き及んでおります。ちょっと刀を振り回すだけでぽんぽん生首が飛んでいったとか」

「よくご存じですね……往年のあだ名は〝地獄風車〟。粗相があれば比喩でも冗談でもなくぶん殴られるので気をつけてください。私は幼い頃から実際にボコボコにされてきましたので」

「そうなの⁉　失礼のないようにしないと……」

「ご機嫌取りをしておくべきですね。アマツ殿、お祖母様の趣味嗜好を教えてください。適当に『けっこうなお点前で』とか言っておけば気をよくするのがお年寄りというものです」

「お前それ馬鹿にしてないか？」

「してません。私のお祖父さんは適当に褒めておけばお小遣いをたくさんくれます」

「やっぱり馬鹿にしてるだろ。家族はちゃんと大事にしろよ」

「大事にしていますよ。それにもらったお小遣いはきちんとコマリ様に貢いでいるので無駄遣いもしてません。コマリ様の水着とかドレスとかの財源は私のお祖父さんです」

「やめろ!! 後で全部返す!!」

最悪な金の流れだった。ヴィルは無表情でカルラのほうに向き直り、

「それはそうとアマツ殿。お祖母様のご趣味は何でしょう?」

「そうですね……お祖母様は和歌も茶道もたしなむ文化人ですが、最近は骨董品集めにご執心です。この家にもお祖母様が買ってきた焼き物がたくさん飾ってあります。たとえば――」

カルラは客間の隅っこを指差して、

「あそこにあるのは、戦国時代の名工・干柿衛門の作といわれる百億円の壺です」

「へー」

私は真顔でその壺を眺めた。

何故だか途轍もなく嫌な予感がしたけど気のせいだと思いたい。

「――何を話しているんだ? お前たち」

「いえ! 何でもありませんお祖母様!」

カルラはびくりと身を震わせて背筋を伸ばした。

カルラの祖母は「ふん」と鼻を鳴らし、

「天舞祭の準備はできているのか? レイゲツの小娘なんぞに負けたら承知しないからな。二度とうちの敷居は跨げないと思え」

「だ、大丈夫です！　ガンデスブラッドさんがいますから」

「あ？　それはどういう意味だ？」

鋭い視線が突き刺さる。

カルラは狼狽しながら言葉を続けた。

「えと。私だけじゃなくてガンデスブラッドさんもいるので……だから、そう簡単にカリンさんに後れを取ることはないかなぁって……」

「よそ様を頼りにしてるんじゃないよっ!!」

ビクッ!!　と肩が震えてしまった。私もカルラも——ヴィルさえも。それほどまでにすさまじい迫力だった。あまりに突然だったので理解が追いつかなかった。

「お前は一人で国を背負って立つべきリーダーだ。甘ったれたことを抜かすんじゃない」

「も……申し訳……」

ふとカルラが何故か私のほうをちらりと見た。

悲愴感あふれる瞳に決意が宿る。彼女はキッと自分の祖母を見上げると、

「申し訳ありました！　今回の天舞祭はチーム戦のようなものです！　ガンデスブラッドさんは私の仲間なんです！　仲間を頼りにすることの何がいけないので——」

私はそのとき世にも信じがたい光景を目撃した。

目にもとまらぬ速さで飛んできた薙刀がカルラの背後の欄干に突き刺さっていたのだ。

誰もが言葉を失っていた。ヴィルが驚きのあまり味噌汁を畳にこぼしていた。

カルラは「え？」と吐息を漏らして振り返り——ことの次第を理解した瞬間、顔を青くして祖母のほうに向き直った。

「な、何をするんですか！　当たったら死にますよ！」

「死んでも蘇るだろうが！　御託を述べる前に天舞祭の準備をしな！」

「っ……、」

ものすごい剣幕だった。さすがに口をはさまずにはいられない。私は思わず立ち上がり、

「お、お祖母さん！　そこまですることないでしょ！　カルラだって——」

「あァ？　ぶん殴るぞ小娘」

座った。

カルラはきゅっと口を引き結んで目をうるうるさせていた。

そりゃあ誰だって泣きたくもなる。

「お、お、お祖母様は……薙刀で自分のおうちを壊すのが趣味なのですか……!!」

「そんなわけないだろう」カルラの祖母は呆れたように溜息を吐いた。少しだけ頭を冷やしてくれたようである。「——カルラ。お前だって自分の力に気づいているんじゃないのか。大神になるべきなのはお前なんだよ。頼むから大人になってくれ。夢を諦めて現実を見てくれ」

「現実なら見ていますとも！　私は現実的な手段でお菓子屋さんになりますので！」

「それじゃ私が困るんだよ。天津の〝士〟として生まれた以上……天照楽土の呪縛から逃れることはできないんだ。お前は黙ってお国のために働いていればいい」

それはあまりにも酷な話のように思えた。

私はカルラのほうを見た。両手の拳を握って何かを堪えるように震えていたが――やがて瞳を潤ませながら祖母を睨み返すのだった。

「ッ、……お祖母様の、お祖母様のばかぁぁあああああ～～～～～～～～～～～!!」

まさに脱兎のごとし。

カルラはキラキラと涙をこぼしながら部屋を飛び出してしまった。

「あぁぁぁぁ～～～～」という絶叫が吸い込まれるように遠ざかっていく。

あまりに急展開すぎてどう反応したらいいのかわからない。その場に残されたのは私とヴィルとカルラの祖母のみ。気まずすぎてこぼれた味噌汁を片づける気にもなれなかった。

「……騒がしくてすまなかったね」

不意にカルラの祖母が頭を下げた。

私は慌てて立ち上がった。

「い、いや。でも……家庭の方針に首を突っ込むつもりはないけど……ちょっとはカルラの言い分も汲んであげたらいいんじゃないかなって。あと薙刀を投げるのはどうかと思う」

「時代錯誤なことはわかっているさ。でもあの子は何を言ったって聞かないんだ。ちょっと脅かしてやろうと思っただけだよ」

「何か事情があるのですね。先ほど『お菓子屋さん』と言ってましたが……」

ヴィルがどこからともなく取り出した濡れ雑巾でゴシゴシと畳を拭っていた。あんまり詳しくないけどそれって掃除方法として間違ってるよね？　シミができるやつだよね？

カルラの祖母は深々と溜息を吐いてその場に腰を下ろした。

「……まったく我儘なことだよ。あの子は将軍なんか辞めて菓子職人をやりたいと抜かしているんだ。まあ詳しいことは本人から聞きな」

「そういえば……」

――誰も彼もが好きで将軍をやっているわけではありませんよ。

初めて会ったときのカルラの言葉が記憶の底から掘り起こされた。

あの様子では将軍も大神もやりたくないと思っているに違いなかった。

彼女が今まで形だけでも「大神を目指します」と宣言していたのは目の前の祖母を恐れてのことだったのだろう。おぼろげながら事情が理解できてきた。

そうなると私はどうすればいいのだろうか。

カルラの夢を応援するべきか？　当初の予定通りカルラの選挙を支援するべきか？――そんな感じで頭を悩ませていると、カルラの祖母が改まった態度で私の顔をじっと見つめ、

「――ガンデスブラッドの小娘。少し頼みたいことがある」

「な、なに？」

「カルラを勝たせてやってくれないか」

私は息を呑んだ。その眼差しが本気だったからだ。

「あの子はロクでなしもいいところだが、まさしく君主の器だ。資質という点に限って言うならば歴代の大神に引けを取らないだろう。この国を導いていけるのはレイゲツの小娘なんかじゃない。うちのカルラなんだ」

「そんなこと言われても……」

「カルラは心がきれいなんだ。でも頼りなくってしょうがない。だからお前さんに力を貸してほしい。お礼ならいくらでもするよ」

「ではアマツ殿を大神にするかわりに私が畳をダメにしたことを許してくれませんか」

「ヴィル。お前は何を言っているんだ」

「契約成立だ。カルラのことは頼んだよ」

「違う！　このメイドは勝手なことしか言わないから今のはなかったことにしてくれ！――まずはカルラとも話してみないとだろ。私はあいつの気持ちを蔑ろにしたくはないし」

「気持ちも大事だが世界平和も大事なんだ。カルラが大神をやらなきゃ世界は大変なことになる。お前さんにはカルラ陣営として協力してほしい。少しの間でいい――あの子の面倒をみてやってくれんかね？」

「………」

真摯な瞳で見つめられる。私は頼まれたら断れない性格なのだ。自分で言うのもなんだが脅迫されるよりも真っすぐなお願いをされるほうが効いてしまう。

私はついに折れてしまった。

「……わかったよ。でもカルラとも話してみてから決める」

カルラの祖母はにっこりと笑った。

「それがいい。そのうえで協力を断るならお前さんの秘密を全世界にバラすがね」

「へ？　なんつった？」

「お前さんが『実は弱い』ということを全世界にバラすと言ったんだ」

「…………………………、」

突然の衝撃的脅迫に固まる私。

そのときだった。

「ぁぁあああ〜〜〜〜!!」という絶叫が吸い出されるように近づいてきた。

廊下の奥からドタドタと駆けてくる者がいた。

忍者のこはるである。何故かカルラを抱えて猛スピードでこっちに向かってくる。

「ちょっとこはる！　はなしなさいっ！」

「お祖母様！　大変！」

「大変なのは私のほうです！　これ米俵の担ぎ方ですからね⁉」

「じゃあおろす」

「ぐべっ」

カルラが畳の上に放り落とされた。顔面が痛そうである。

こはるは主人のことを無視したままカルラの祖母の前で片膝をついた。

「報告。レイゲツ・カリンがさっそく路上で演説を始めている模様」

「そうか。好きにやらしときな」

「それだけじゃない。アマツ家のネガティブキャンペーンをしまくってる。詳しく聞いてないけど『アマツに任せていたら天照楽土は滅ぶ』とか……」

「なんだって……？」

カルラの祖母の顔色が変わった。未だに畳の上に寝そべっているカルラのもとへずんずん近づくと、彼女の頭をむんずとわしづかみにして、

「――カルラッ！　今すぐ行って言い返してこいッ！　レイゲツに馬鹿にされたままじゃうちの面子が丸潰れだ！　あの小娘に一泡吹かせてやりなッ！」

「嫌です！　カリンさんは顔が怖いので嫌いです！――ちょっ、やめてっ、いきなり担がないでくださいこはる！　これじゃあ荷物みたいです！」

「その通り。カルラ様はお荷物だから担いでいく」

「お荷物を担いでいってどうするんですか！　絶対に殺されてしまいますぅ――――っ!!」

「――だそうです。私たちも行きますよコマリ様」

「行くの!?　というかさっき脅迫されたの何だったの!?　お祖母さん私の実力のこと見抜いていたの!?　ねえちょっと――」

私はなすすべもなく引っ張られていった。


初めて見る〝花の京〟はまさに異世界じみた風景だった。

舗装された巨大な大通りの両脇には東洋チックな木造建築が並んでいる。

アマツ家と反対の方向には巨大な城らしきものがあった。新聞の写真で見たことがある――たぶんあれが大神の居城〝桜翠宮〟なのだろう。樹齢八百年を超えるという有名な桜の木がここからでも見える。季節外れのピンク色がきれいだった。

ヴィルに手を引かれながら殷賑を極める街路を駆け抜けていく。

街路樹に吊るされた短冊。着物を着た人々の群れ。道に櫛比する物売りの屋台――ムルナイトにはない雑多な空気が感じられる。綿飴のお店を見つけたので後でのぞいてみようかな。

「あそこ。レイゲツ・カリンが拡声器持ってスピーチしてる」

先導するこはるが指を差した。

広場にはたくさんの人が集まっていた。

その中心にいるのは例のサムライ少女である。隣では狐少女のフーヤオ・メテオライトが紙吹雪(かみふぶき)を散らしながらカリンの存在を際立(きわだ)たせていた。

『――。――――。――天照楽土を必ずや繁栄に導いてみせましょう！　アマツ・カルラになど任せてはいられません。彼女のような平和ぼけした人間は国を破滅に導くだけです！』

演説の内容が聞こえてくる。

どうやらカルラのことを色々と貶(けな)しているらしい。選挙って自分の良いところをアピールするもんじゃないのか？　相手の悪口を言うのはどうかと思うのだが。

「おいカルラ。放っておいていいのか？」

「い、いいわけありません！――こらぁ！　カリンさん！　そうやって人の悪口ばっかり言っていると罰(ばち)が当たりますよ！」

『おや！　ご覧ください皆さん。アマツ・カルラがご到着のようですぞ』

人々の視線がいっせいにこちらを向いた。

カリンは拡声器を放り捨てると悠揚迫(ゆうようせま)らぬ所作(しょさ)でこちらに近づいてくる。

その表情は自信満々。あれは完全にカルラを見下しているな。

「よく来たなカルラ。少し遅かったが」

「あなたは何をやっているのですか！　私が国を破滅に導くですって？　名誉棄損にもほどがあります！」

「選挙とはこういうものだ。相手を蹴落とすのに手段を選んではいられない」

「そういうせこいことをする人間に大神は任せられません！　私が止めますから！」

フッ、とカリンが冷笑を放った。

「これが人徳というやつなのかね？」

「？　どういう意味ですか」

「力もないのに周りから持ち上げられて天狗になっている。いいご身分だな」

カルラが一瞬だけ動きを止めた。

「な、何を言ってるんですか。そんなこと……」

「嫉妬してしまうな。いや嫉妬ではない。怒りだ。ろくに実績もないくせに大神からの信任も厚い——腹立たしいにもほどがある。お前は国を背負う士としての自覚が足りないんだ。お前みたいな粗忽者が大神になったら天照楽土は滅びるだろう」

「ッ……」

「許さない。そんなことは絶対に許さない。私はお前を正面から叩き潰すために天舞祭に参加しているのだ。だからどんな手段を使ってでもお前を倒す」

レイゲツ・カリンの瞳には本気の色がうかがえた。

カルラに対する憎しみ。そして天照楽土のことを憂える混じりけのない愛国心。

なんとなくレイゲツ・カリンの正体がつかめた気がした。

このサムライ少女は——あの青いテロリストと同じにおいがする。

「いつまで日和(ひよ)っているつもりだアマツ・カルラ。私は本気でお前のことを殺しに行くぞ」

「ま、待ってください。私は……」

「——潤いますぞ！　潤いますぞ！　懐(ふところ)が潤いますぞ！　さあさレイゲツ・カリンに清き一票を！　カリン様が大神になった暁には天照楽土は世界一の大国になるでありましょう！」

にわかに狐耳の少女——フーヤオが大声をあげた。

そうして私は気がついた。彼女がばらまいているモノは紙吹雪なんかじゃなかった。紙幣である。ようするにお金である。

これを見たカルラが仰天してカリンを見つめ、

「な、なんですかこれ⁉　有権者に対して賄賂(わいろ)を贈るなんて違法ですよ⁉」

「それがそれが違法ではないんですよぉ！」

フーヤオが満面の笑みでカルラに近づいてきた。

彼女の手には一枚の紙があった。細かい部分は見えなかったが——『許可証』と書かれていることだけはわかる。

「大神様からの勅許(ちょっきょ)です！　レイゲツ・カリン陣営に限って賄賂が許可されました！」

「そんなことあります⁉　大神様はいったい何を……」

「大神様も私のほうが後継者に相応(ふさわ)しいと思っているのだろう。だがそんなことはどうでもいいのだ。たとえ大神様に認められたとしても私は止まらない——お前を倒すまではな‼」

ひゅん！　と眩い閃光が走った。

遅れて突風が巻き起こる。

動体視力が壊滅的な私には何が起きたのかもわからなかった。いつの間にかカリンが刀を鞘に納めるような動作をしている。気づけばカルラがその場に尻餅をついていた。

「え……」

彼女のほっぺたに赤い筋ができていた。あふれ出した血がたらりと肌を滑り落ちていく。そうしてようやく理解する。カリンの居合がカルラの頬を切り裂いたのだ。

「な、何を」

「カリン。許さない」

忍者の少女が怒気をあらわにして駆け出した。その手には鋭利なクナイ。目にもとまらぬ速さで振り上げられた得物がカリンの首筋に狙いを定め、
きん！　という甲高い音が響いた。

こはるの手からクナイが弾き飛ばされていた。

驚愕して硬直する忍者の胸に吸い込まれていったのは刀の峰である。

「え——ぐふっ、」

「カリン様に無礼があってはなりませんよ！」

カリンとこはるの間にフーヤオが割り込んでいたのだ。強烈な一撃をもろに食らったこはるの身体はそのまま背後に吹っ飛んで――辛うじてヴィルが受け止めた。

私は唖然とするほかなかった。

いきなり襲いかかってくるなんて無礼にもほどがあるだろ。

「――この程度の攻撃すら防げないとは。やはりアマツに国政は任せられぬ」

「い、いきなり何をするのですか！　こはるに謝りなさいっ！」

「いやですねえカルラ様！　先にカリン様に手を出したのはそちらの忍者ですよ？　しかしまあ頼りないですな。鬼道衆はもちろんアマツ・カルラ様ご本人も頼りない。あなたの本当の実力を目にした者はいない――誰もがその才能を恐れている。しかし現実ではカリン様に手も足も出なかった。幽霊の正体見たり枯れ尾花というやつでしょうかねぇ」

「そんな……ことは……」

辺りの人間たちは怪訝な顔をしてカルラを眺めていた。

「カルラ様は何故無抵抗なのだろうか」「本当に抵抗する力がないのでは」「そんなお方に大神が務まるのか」「少しは言い返したらいいものを」――そんな声が上がり始める。

しかし私は不自然さを感じてしまった。

作り物めいた悪意が充満している気がするのだ。

「――これは買収されていますね」

ヴィルがこはるを介抱しながら呟いた。

「彼らはアマツ殿がレイゲツ・カリンに手も足も出なかったことを誇張して吹聴することでしょう。そうするように強いられているのです」

私はびっくりしてカリンのほうを見た。

彼女は地面に座り込むカルラを見下ろして悪意のにじむ嘲笑(ちょうしょう)を向けていた。

「戦いの日が楽しみだな。お前の首は私がもらい受けよう。——行くぞフーヤオ」

「あいあいさーカリン様」

君主の座の奪い合いはどこの国も陰鬱(いんうつ)なものになりがちだという。

他者を蹴落とし合う闘争。それは天照楽土においても例外ではないのかもしれない。カリンが必要以上にカルラを貶(おとし)めるのも理解できないことではなかった。

だが。私はこのサムライ少女のやり方があまり好きになれなかった。

「——む？　ガンデスブラッド殿ではないですか」

いつの間にかカリンが私の目の前にいた。

彼女はカルラに向けるものとは打って変わって友好的な表情を作って一礼をする。

「あなたも大変ですな。あのような木偶(でく)の坊(ぼう)のお守を任せられるなど。よろしければ今からでもレイゲツ・カリン陣営に鞍替えしませぬか？　私としては大歓迎——」

「悪いがお断りする」

びくりとカリンの肩が震えた。

「――何故？」

「カルラのほうが大神に相応しいと思ったから」

「…………、」

カリンが何故か恐れたように一歩引いた。

私は自分が何を口走っているのかもよく理解していなかった。

ただ――心の底で思ったことが自然と口を衝いて出ただけだった。

カリンは「あははは」と何かを誤魔化すように笑った。

「ガンデスブラッド殿の目も曇っておられますな。どちらが大神に相応しいかは天舞祭の結果によって決まること。せいぜいカルラの応援役に勤しんでくだされ。――では失礼」

☆

「――もう最悪ですっ！　なぁにが『お前の首は私がもらい受けよう』ですか！　よッくわかりました、やっぱりこの国には生首大好きのバーサーカーしかいないみたいですねっ！」

「カルラ様落ち着いて」

「これが落ち着いていられますか！　こはるだって怪我させられたんですよ!?　あんな物騒な

やつを野放しにしていたら私の命がいくつあっても足りませんっ！　今度会ったら――」

「テラコマリが見てる」

「今度会ったら私の煌級魔法で脳みそを爆発させてあげますからねっ！」

カルラは私に向かって物騒な宣言をした。

そうして気まずそうに目をそらしながら「ごほんごほん」と空咳をする。

東都の外れ――甘味処〝風前亭〟。

カリンと別れた私たちは作戦会議も兼ねて一休みをすることにした。あと朝食をロクに食べないで連れ出されたのでお腹すいた。

というわけで店内のテーブルで羊羹をかじる。

朝ごはんのかわりにお菓子を食べるって背徳的だよね。

「――で、アマツ殿。我々はこれからどうするのです？」

ヴィルが店内を見回しながら聞いた。カルラは「決まっています」と息巻いて、

「もちろんカリンさんに対抗しなくてはなりません。まずは明日に迫った討論会ですね。ここで私がいかに大神に相応しいかを主張することによって国民の信任を――」

「嘘ですね」

ぱくりと羊羹を口に運ぶ。美味しい。美味しいけれど――この味には覚えがあるような気がする。つい最近どこかで食べたような気が。

「嘘、とはどういうことですか？」

「お祖母様から聞きました。アマツ殿は五剣帝を辞めてお菓子職人になりたいそうですね。もしかしたら此度の天舞祭にもあまり乗り気ではないのでは？」

あ。思い出した。これ、この間のパーティーで食べた羊羹と同じだ――と閃きにも似た感慨を抱いていると、カルラが急にだんっ!! と立ち上がり、

「そ、そんなことはありません！　私は天照楽土のために――」

「ではお祖母様が偽の情報を我々に渡したと？」

「ま、まあ、お祖母様もお年ですからね。あの方の勘違いではないでしょうか。私はお菓子屋さんになりたいなんて言ったことは一回もありませんよ」

「とカルラ様は言っているけど実はこの〝風前亭〟はカルラ様が経営しているお菓子屋さん」

「何をバラしてるんですか⁉」

私は思わず顔を上げた。

え？　このお店ってカルラが経営してたの？――首を傾げていると忍者のこはるが小さく溜息を吐いてカルラを見上げた。

「カルラ様。本当は説明するつもりだったんでしょ」

「い、いえ……」

「じゃあなんで風前亭に連れてきたの」

「…………」

カルラはしばらく梅干しを食べたような顔をしていた。

しかしすぐに諦めたように脱力してヘナヘナと腰をおろしてしまう。チラチラと私のほうに視線を向けながら恥ずかしそうに頬を染め、やがて蚊の鳴くような声で、

「……そうです。私は本当はお菓子屋さんになりたかったんです」

「や、やっぱりそうだったのか。じゃあこのお店は本当に……」

「私が最近始めたお店です。違法営業ですけどね」

「違法営業なの⁉」

カルラは力なく「ふふふ」と笑った。ワケありな感じなので深掘りするのはやめておこう。

それにしても――まさかカルラにこんな秘密があったとは。夢に向かって努力をする姿勢は私も見習わないといけないな。違法行為はしたくないけど。

「昔……お祖母様に教えてもらっておはぎを作ったとき、お兄様に褒めてもらったことがあって。それからお菓子を作り始めて、いつの間にかプロになることが夢になっていました」

「カルラってお兄さんがいるの？」

「正確には従兄(いとこ)ですけどね」カルラはモゴモゴとそう言った。「とにかく私は小さい頃からお菓子屋さんになりたかったのです。でも家のしきたりが許してくれませんでした。お祖母様から話を聞いたのなら、その辺りは察していただけると思うのですが」

「まあ、なんとなくは……」

「アマツは〝士〟の一族。歴代の五剣帝や大神を輩出してきた名家だから」

つまりガンデスブラッド家と似たようなものか。

本人はやりたくないのに周囲の人間に持ち上げられて将軍をやらされる。シンパシーを感じてしまう境遇だ。しかもカルラの場合は将軍どころの騒ぎではなくなっている。あの怖いお祖母さんのせいで、次期大神の候補者として戦うことを強いられているのだ。

本当にやりたいことができないつらさ。

カルラの気持ちは私にもよくわかる。なんだか応援したくなってしまった。

「でもカルラはすごいよね。こんなお店を作っちゃうなんて」

「お祖母様にバレてしまったので潰されてしまうかもしれませんけどね」

「その前に違法だから朝廷に潰される」

「後で許可取っておいてくださいねっ！――まあ将軍をやっている限りは続けるのは難しいかもしれません。土日しかお店を開けないのでほとんど赤字です」

「ちなみにその羊羹もカルラ様が作った」

「へえ」

私はブロック状にカットされた水羊羹をぱくりと食べる。

しっとりした甘さが口の中に広がっていった。美味しい。

「優しい味がするな。作った人の性格が出ているのかもしれない」

「え……」

カルラは不意を突かれたように目を丸くした。冷静に考えれば自分でも何を言っているのかわからない。だが本当にそんな味がしたのだ。

「ごめん。すごく美味しいって意味だ」

「ぁ……ありがとうございます。……ガンデスブラッドさんはお好きですか？　お菓子」

「好きだよ。食べるのも好きだし作るのも好きだ」

「え、ガンデスブラッドさんも作るんですか？」

カルラが目を輝かせた。私は慌てて首を振る。

「ちょっとしたものだけどね。クッキーとかプリンとか。でもカルラには全然及ばないよ。カルラのはプロって感じがする。……そういえば前のパーティーのときもカルラのお菓子出てた？　味が似ている気がするんだけど」

「そ、そうなんです！　裏で作ってました。よくお気づきですね」

「美味しかったから覚えてるよ。にしても将軍の仕事のせいでお菓子が作れないのはもったいないな。絶対カルラには才能あるのに――」

ガタッ!!　とカルラが立ち上がった。

何事かと思って顔を上げる。彼女はぷるぷるしながら目尻に涙を浮かべていた。何か失礼なことを言ってしまっただろうか——そんな私の不安をよそに、和風少女は椅子を引っくり返して店の奥のほうへと駆けていった。そして何かの箱を抱えてすぐに戻ってくる。

「そ、その羊羹は前座みたいなものです！　他にもいっぱいありますから」

「カルラ様。それ売り物……」

「ガンデスブラッドさんは大切なお客様です！　お客様を丁重におもてなしするのは当然のことだと思いませんか⁉——さあガンデスブラッドさん。ここにあるのは私が作った傑作たちです。よければ食べていただけると……」

「そうなの？　ありがとう……わあー！　美味しそう！」

「それは七色団子です。以前こはるには『まずい』と言われてしまいましたが、ガンデスブラッドさんならわかってくださると思います。素材にもこだわった究極の一品——どうぞご賞味ください。あーん」

「あーん…………ぐえっ⁉」

「きゃっ⁉」

いきなり椅子ごと背後に引っ張られた。びっくりして振り返るとそこには頬を膨らませたヴィルが突っ立っている。なんだこいつ。危ないだろうが。

「他国の将軍と必要以上に慣れ合うのは考えものです」

「いいだろ。カルラは仲間なんだから」

「――というのは建前で本当はコマリ様が他人に餌付けされるのが我慢なりませんでした。今すぐ家に帰ってコマリ様に美味しいオムライスを作ってあげたい衝動が抑えられません」

「え？　家に帰っていいの？」

「間違えました。コマリ様を監禁してオムライスを食べさせたい衝動が抑えられません」

「犯罪じゃねーか‼」

わけのわからないことをほざきやがって。

ふと視線を元に戻せばカルラ陣営もカルラ陣営で大騒ぎをしていた。

「ちょっとこはる⁉　私の邪魔をしないでくださいっ！　ガンデスブラッドさんは唯一私のお菓子を理解してくれた方なんですっ！　ちょっ――あははは！　くすぐらないで～！」

「カルラ様のお菓子を食べすぎるとお腹を壊す。だからこはるがしまってくる」

「あっ、待ちなさい！　も～こはるったら！」

こはるは箱を店の奥に持って行ってしまった。

しっかりした忍者だな。売り物を無償で提供することに対して厳しい目を持っている。私としてはお菓子が食べられなくて残念だが、ここは風前亭のためを思って我慢しよう。

ヴィルが「そんなことよりも」と険しい声色で口火を切った。

「アマツ殿の事情は理解しました。そのご様子ですと天舞祭に参加しているのも不本意なんですよね」

「そうですね、辞退したいくらいです。辞退できないのはわかっていますけど……あ、今の発言はお祖母様や大神様には内緒でお願いしますね」

「承知しております。しかし辞退するのは難しいでしょうね。お祖母様もそうですが、対抗馬のレイゲツ・カリンが許さないでしょう」

サムライ少女の顔を思い出す。

カルラのことを心の底から憎んでいるような言動が印象的だった。

「カルラはあいつと仲が悪いのか？　喧嘩でもしてるの？」

「べつに仲が悪いということはありません。カリンさんの実家――レイゲツ家はアマツ家と対立している名家なんです。歴史上、大神は必ずこの二つの家から出ています」

「先代大神はアマツ殿のお祖母様でしたか。では今の大神はレイゲツ家の方なのですか？」

「いえ。アマツの分家の方だそうです。詳しくは知りませんが……」

妙な空気が流れた。カルラは「まあとにかく」と話の流れを元に戻す。

「アマツとレイゲツはどっちが天照楽土の覇権を握るかで何百年も争っているんですよね。そんなところに同年代の有力者が出てきたら対立するのは自然の理でしょう。まあ私はカリンさんのことなんてどうでもいいんですけど。譲れるものなら譲りたいです」

「しかしレイゲツ・カリンはアマツ殿に嫉妬していますよ。あるいは劣等感を抱いていると表現してもいいかもしれません。アマツ殿は〝六戦姫〟に数えられる最強の将軍ですからね……

そういう感情を抱いてしまうのも無理はないでしょう」

「私のどこに嫉妬する要素があるのやら……」

「嫉妬や劣等感は恐ろしいものです。あのサムライ少女に向かって『棄権する』などと言っても決して認めないでしょう」

「確かにそうですね。あの方は私を叩き潰すためだけに生きてきたって感じですからね。あと天舞祭のルールによれば棄権する場合には相手の許可が必要だそうで」

「許可されないどころか下手すりゃ殺される可能性もあるよな……」

いやその心配はないな。カルラは実力的にはレイゲツ・カリンをはるかに凌駕しているんだから——と思っていたら何故か目の前の和風少女が動揺して「どうしましょうこはる〜！」と忍者に詰め寄っていた。いまいちカルラのムーブがよくわからない。

「アマツ殿は今後どうされるのですか？」

「どうと言われましても……頑張るしか……」

「そうです。頑張るしかないのです」

カルラもこはるも頭にハテナマークを浮かべていた。しかし私は悪寒を感じてしまった。こいつが熱弁を振るい始めると最終的に死ぬ思いをするのはだいたい私なのである。

「ああいう輩は一度完膚なきまでに潰してやらないと改心をしません。なのでアマツ・カルラ殿には是非とも天舞祭で勝利していただきたく思います」

「でも、私はお菓子屋さんに……」

「辞任すればいいじゃないですか」

「はい？」

「大神になった直後に辞任してしまえば何も問題はないと言っているのです」

「……な、なるほど！」

カルラは目から鱗（うろこ）といった感じで立ち上がった。

え？　納得しちゃうの？　そんなせこい作戦でいいの？

「私が集めた情報によりますと今の大神は先代の譲位によって就任したとか。つまり大神の地位は天舞祭ナシでも継承できる、また獲得できるということです」

「そうですね。確かに『大神大綱（おおみかみたいこう）』という君主関連の法律では譲位が認められています。その際には後継者をきちんと定めておく必要があるそうですが――」

カルラはちらりとこはるを見た。

こはるが慌てて首を振った。

「大神はアマツかレイゲツの人間が就任するという慣例」

「こはる。今まで隠していたんですけど、あなたは私の妹だったのよ」

「こんなお姉ちゃんいらない」

「まあ後任のことなど後で考えればよいでしょう。我々のするべきことは当初と何も変わりがありません。アマツ殿が勝てるように我々コマリ隊は全力でサポートいたします」

「そ、そうですか！　私ひとりでも問題はありませんが感謝いたします！」

「おいおいおいちょっと待てヴィル!!」

　私は変態メイドを壁際まで引っ張っていった。

　こいつはまーた「何か問題でも？」みたいなお澄ましフェイスをしてやがる。

「今度は何を企(たくら)んでいるんだ？　カルラを応援するのは構わないが、お前の行動としては少し引っかかるぞ。カルラの後継者が実は私だった、とか洒落にならんからな」

「人聞きが悪いですね。そもそも私は普段からコマリ様のために行動しているのです。今回にしてもアマツ殿が勝利すればコマリ様の夢が叶(かな)うからこそ色々と策を考えているのですよ」

「私の夢……？　もしかして、」

「小説家になるという夢です。――覚えていますか？　アマツ殿が『黄昏(たそがれ)のトライアングル』を知ることになったのは私が原稿を渡したからです。そう、すべて計画通りなのですよ。私は最初からここまで見越してコマリ様のために動いてきました。コマリ様のために！」

「ヴィル、お前……!!」

　私はどうやら勘違いしていたらしい。

　このメイドは私に無駄な労働を強いるブラックメイドかと思っていたが、私の夢を叶えるために奔走してくれるホワイトメイドでもあったのだ。見直したぞ、ヴィル……！

「そ、そこまで考えてくれているとは意外だな」

「まあ打算的な部分もあるんですけどね。カニンガム殿に続いてアマツ殿が君主になればムルナイトの友邦が増えます。そしてコマリ様が皇帝になる日も……」

「え？　何か言った？」

「いえ何も。いずれにせよ勝利への布石は打てるだけ打っておく予定です。いくらアマツ殿が最強とはいっても万が一はあり得ますから、億が一にでもコマリ様が不利益を被らないように細心の注意を払っておきましょう」

「さすがだなヴィル。これで私の野望は叶ったも同然だ」

「後でご褒美をくださいね——おっと。それはともかく助っ人が到着したようですよ」

「え？　助っ人？」

「——さすがですね閣下!!」

己の耳を疑った。幻聴が聞こえたのかと思った。というか幻聴であってほしかった。

恐る恐る振り返る。そこには恐ろしい光景が広がっていた。風前亭の引き戸を力ずくでこじ開けて侵入してきたのは——死ぬほど見覚えのある四人組だったのだ。

「感服いたしました。ゲラ＝アルカ共和国に続いて天照楽土の君主をも擁立しようとは。我々が勝利すればこの国は第七部隊の傀儡国家も同然ですねぇ」

先頭にいたのは枯れ木みたいな体躯の吸血鬼、カオステル・コントである。

まるで犯罪計画を立案する犯罪グループの参謀のような風格だった。というかそのものだった。いま普通にとんでもねえ計画を口走ったよな？　私の聞き違いか？

「あ、あの。どちら様ですか？　今日は休業日でして……」

カルラが慌てて立ち上がって犯罪者どもに近寄った。

すごい。私がお前の立場だったらこんなやつらに話しかけることなんてできない。

「心配することはない。我々はレイゲッ・カリンを殺害しに来ただけだ」

カルラの前に立ちはだかったのは犬頭の大男。ベリウス・イッヌ・ケルベロである。おいやめろ。睨みつけるな。カルラが怖がってるだろ。こはるが臨戦態勢になってるだろ。

さらにその隣からチャラチャラしたサングラスの男が躍り出た。

「イエーッ！　睨みをきかせる犬男。見境のない野獣ってこと。怖がられてんだよ犬男。理解してんのかそこんとこ？――ゴベッ」

爆弾魔のメラコンシーがベリウスに殴られて吹っ飛んだ。吹っ飛んだメラコンシーの身体が机と椅子に激突してドガシャーン!!　とすさまじい音を響かせる。

ばか、魔核もないのに何やってんだ！　怪我するだろ！――と場違いな心配をしてしまったのだが、カルラが「きゃあああああ!!」と女の子らしい悲鳴をあげたので我に返った。

あーあ。これ完全にやばいやつだよ。

ぱっと見ヤクザとか借金取りが経営難のお店に現れた感じのシチュエーションだよ。

「誰、この人たち」

こはるが咎めるような目で私を見つめてきた。

「えーと。それはだな――――おいヴィル!!　こいつらが来るなんて聞いてないぞ⁉」

「彼らは第一の布石です」

「布石どころか爆弾岩じゃねえか！　初っ端から盤面を破壊してどーする⁉」

「コマリ様は覚えていないかもしれませんが、これはハンデですよ。レイゲツ・カリン陣営には白極連邦とラペリコ王国の助っ人がつきます。対してアマツ・カルラ陣営はムルナイト帝国のみ。この一国の差を縮めるために部下を呼び寄せることが許可されています」

「確かそんなこと言われたような気がするけど呼ぶんだったらマトモなやつにしてよ!!」

「マトモなやつがどこにいるんですか？」

「…………」

そろそろ常識的な思考回路の部下がほしいな。募集しようかな。「オムライス食べ放題！」とか「アットホームな職場！」とか宣伝すれば来てくれるかな。いや嘘は駄目だな。

カオステルが邪悪な微笑みを浮かべた。

「閣下も人が悪い。我々のことをアマツ・カルラ将軍にお伝えしていなかったのですね？」

「う、うむ。あれだな。サプライズにしようと思ってな」

言ってから思ったけど一番サプライズを受けているのは私自身である。

とにかく、もはや他人のフリを貫き通すわけにはいかなかった。

私は警戒するカルラやこはるに笑みを向けながら言った。

「こいつらはムルナイト帝国軍第七部隊、つまり私の部隊の幹部たちだ。見た目も中身も荒っぽいけど根っこは良いやつらだから心配しないでくれ」

「おや？　閣下。今日は少し覇気が足りないような気が……」

「聞けカルラよ！　この者たちはムルナイト帝国軍生え抜きのエリートどもだ！　アマツ・カルラ陣営に必ずや勝利をもたらしてくれるだろう！」

カルラはしばらく呆けていた。しかしこはるに背中をつつかれて「はっ」と声を漏らし、

「た、頼もしいですね！　私とガンデスブラッドさんの部隊が力を合わせればレイゲツ・カリン陣営なんて黄粉餅の黄粉みたいに容易く吹っ飛ばすことができるでしょう！」

「まったくだな！　これでカルラの大神就任は約束されたも同然だ！」

「あはははははは！」

「わはははははは！」

だめだ。絶対にややこしいことになる。というか既にややこしい。

おいヴィル。ちゃんと収集つくんだろうな？　こいつらが制御不能になって暴れ出したら取り返しがつかんぞ？　ネリアのときみたくガチ戦争に発展したら私は逃げるからな？

「心配いりませんコマリ様。東都は吸血鬼にとっても危険地帯です。死んだら復活もできない

状況で無茶をするほど彼らも馬鹿ではないでしょう」

「まあそうだな。いくら殺人鬼とはいえ自分の命は惜しいだろうからな――」

「おいテラコマリ！　ようはレイゲツ・カリンってやつを燃やせばいいんだろ？」

と声をかけてきたのは金髪男のヨハン・ヘルダースである。

こいつは毎回死んでるけど今回ばかりは死なないことを祈りたい。

「……まあそうだな。最後の戦いでカリンを倒せばカルラは大神になれる」

「こういうのは先手必勝が大事だよな。とりあえず手始めにレイゲツ・カリンの屋敷に火を放ってきてやったぜ」

「「は??」」

私とカルラの声が重なった。

こいつはいま何て言ったんだ？　火を放った？　犯罪の告白か？　それとも幻聴か？

不意に店の外が騒がしくなった。「火事だ！」「レイゲツの屋敷が燃えてるぞ！」「おい火消しを呼べ！」『これはアマツ・カルラ陣営の戦略か⁉』『なんて野蛮な』――

「…………………………」

「想定外です。ヘルダース中尉がここまで馬鹿だったとは」

私は頭を抱えて絶叫したくなった。

戦争の予感がした。

3　アマツVSレイゲツ

Hikikomari the Vampire Countess no Monmon

天舞祭の開催期間は一週間ほど。

その間、天照楽土の東都は常ならぬ熱気を帯びる。往来には色とりどりの露店がところせましと並ぶ。夜になると山車が引き回され花火が宵闇を明るく照らす。特に今回の天舞祭は先代大神（アマツ・カルラの祖母）の就任時以来じつに三十年ぶりのお祭り騒ぎだ。他国からの観光客も大勢押し寄せ、盛り上がりも一入である。が――

「――ねぇねぇプロヘリヤ。カリンから何か言われた？　討論会が迫ってるみたいだけど、私たちって協力しなくていいの？」

「協力しているではないか。我々がこうしてレイゲツ陣営として街を練り歩くだけで敵陣営に対する牽制となるのだ。これは立派な選挙戦略でもあるのだぞ」

「選挙戦略って……お蕎麦食べてるだけじゃん」

「お腹空いたから」

東都の蕎麦屋にて二人の少女が向かい合っている。

スプーンを駆使しながらつるつる滑る蕎麦に悪戦苦闘しているのはプロヘリヤ・ズタズタス

キー。白極連邦六凍梁にしてレイゲツ・カリン陣営の協力者である。

一方で彼女の対面に座っている猫耳少女はリオーナ・フラット。ラペリコ王国の四聖獣。こちらもレイゲツ・カリンの協力者である。

「とはいえ討論会は私も参加することになっている。レイゲツ・カリンから声がかかってな」

「えええー⁉　聞いてないよ！　なんでカリンは私だけ除け者にしたの⁉」

「討論会とは戦闘ではないのだ。私の明晰なる頭脳が評価されてのことだろう」

「私だって算数は得意だよ」

「それは立派だ。――いやしかし、蕎麦とは食べづらいものだな。なかなか口に入らん」

「私のカレーと交換する？――ってテーブルがびちゃびちゃだよ⁉」

「ふん、愚かだなリオーナ・フラット。蕎麦屋に来たのにカレーを注文するなど不風流も甚だしいではないか。私はこの蕎麦を克服したとき、さらなる高みへ至れる気がするのだ」

リオーナは思わず溜息を吐きたい気分になってしまった。

天照楽土に単身でやってきたのが昨日。ラペリコ王国の知名度を上げるために頑張るぞ！

――と気合を入れてレイゲツ・カリンに面会したはいいものの、投げかけられた言葉は「最後の戦いが始まるまで観光でもしていてください」という事実上の放任宣言。

つまりリオーナは戦闘能力以外では少しも期待されていないのである。

まあ確かに演説とか討論会に参加しろと言われても何をすればいいのかわからないけど。そう考えてみるとプロヘリヤは戦闘以外の才能もありそうで羨ましい。

「……プロヘリヤはさぁ。どうしてカリンの誘いを受け入れたの？」

「書記長からの命令があったからだ。我々白極連邦はアマツ・カルラではなくレイゲツ・カリンが次期大神になることを望んでいる」

「カリンのほうが大神に相応しいってわけ？」

「いや――むしろ相応しくないのだろうな。まったく書記長のやつは腹に一物も二物もあるから手に負えん。平たく言えば心根が腐敗しているのだ」

「ん？　どういうこと？」

「おっと話しすぎた。これは機密情報だから内緒にしてくれたまえ」

「？？？」

よくわからなかった。

プロヘリヤはお碗に口をつけて蕎麦を啜り始めた。スプーンを使うのは諦めたらしい。

リオーナはカレーを食べながらプロヘリヤの背後――窓の外の風景をなんとなく眺めた。

東都の往来はラペリコ王国の王都よりもはるかに賑わっているように見える。

「……外国の国都に来たのは初めてなんだけどさ。天照楽土って意外に都会なんだね。私は今までラペリコの王都がいちばんだと思ってたよ」

「ラペリコの王都も素晴らしいではないか。田舎の風情があって」

「それどういう意味？」

「とはいえ平時における各国都の賑わいを総合的に分析した場合、もっとも活気があるのは白極連邦の統括府で間違いないな。続いてムルナイトの帝都、アルカの首都、天照楽土の東都、天仙郷の京師と続く。現在東都がここまで賑わっているのは天舞祭の影響であろう」

「和魂の人たちにとっては重要なお祭りだもんね」

「その重要なお祭りに他国の将軍を招く政策は理解できんな。何か裏があるのか――それとも和魂とはこういう国民性なのか」

「国民性かぁ。そもそも和魂種ってどんな種族なのかな。前にアマツ・カルラと戦ったことがあるんだけど、ニンジャに不意打ちされて負けちゃったよ」

プロヘリヤは蕎麦をもぐもぐしながらこっちを見た。口元が汁だらけだ。

「わほんふほは」

「わーっ！　口からお蕎麦が溢れたよ！」

ごくんと嚥下して、

「――和魂種とは。つまり〝何でもない種族〟なのだ。蒼玉のように強靭な肉体も持っていない。獣人のように獣の特徴も持ち合わせていない。吸血鬼のように血を吸うわけでもなければ翦劉のように刀剣を操るわけでもない。もちろん天仙のように長生きもしない。一説によれば〝時間〟に対して鋭い感覚を有するというが、真偽のほどはよくわからん」

「でも強いよね。カリンとかカルラは」

「あの二人は特に種族的な強さは見せていないだろう。レイゲツ・カリンは純粋に剣技や魔法が優れているだけ。アマツ・カルラにいたってはすさまじい武勇の噂（うわさ）が飛び交うだけでその実力を垣間見（かいまみ）た者はほとんどいない。そう考えてみると何か秘密がありそうだな」

「ふーん……」

リオーナが気になるのはアマツ・カルラである。

かつてエンタメ戦争においてリオーナはあの和風将軍に敗北を喫（きっ）したのだ。しかも部下に紛（まぎ）れ込（こ）んでいたニンジャに寝首を掻（か）かれるという呆気（あっけ）ない負け方である。できることなら一騎打ちでもして雪辱を晴らしてやりたいところだが――しかし。

アマツ・カルラには最強の吸血鬼がついている。

テラコマリ・ガンデスブラッド。六国（りっこく）大戦で世界を救った英雄。

プロヘリヤは彼女のことをどう思っているのだろうか。

「――すまない。ちょっと部下と通話したいのだが」

「え？　あ、どうぞ」

「ありがとう。ちなみに私の通信用鉱石は壊れていてな。何故（なぜ）か勝手にスピーカーモードになってしまうのだ。機密情報を話すから聞こえても聞こえなかったことにしてくれ」

「買い替えればいいじゃん」

「予算がおりない」

そう言ってプロヘリヤはどこかに魔力を飛ばし始めた。すぐに応答があった。

『こちらシェレーピナ。御用ですかプロヘリヤ様』

「ああ御用だ。東都で不穏な動きはなかったかね？」

『そうですね――』

あまり聞き耳を立てるのはよくないだろう。

リオーナは両手で猫耳を伏せてプロヘリヤから視線を外した。

それにしても――とリオーナは思う。

それにしても、世の中は化け物が多すぎるのだ。あのアマツ・カルラやテラコマリ・ガンデスブラッドは普通の人間とはちょっと違うニオイがする。嗅覚魔法が得意なリオーナにはわかってしまうのだ。やつらとマトモに対峙して勝てるとは思えなかった。

しかし、それでも頑張らなければならない。

ラペリコ王国は国際的な発言力が低い国である。政府の要人がほとんど野獣なので物理的に発言ができないのだ。だからこそリオーナは祖国の地位を向上させるべくこの天舞祭に参加することを決めたのだが。はたしてどうなることやら――

「ん？」

不意に違和感を覚えた。

窓の外。金髪の少年が賑やかな大通りを歩いているのを見つける。

見た目は明らかに吸血鬼だった。確か——記憶が確かならば、あれはテラコマリ・ガンデスブラッド直属の部下だったはずだ。

だが、ニオイが違う気がする。おそらく吸血鬼のものではない。

「……まあいいか」

リオーナは深く考えることもせずにカレーを口にした。

とりあえず今日はプロへリヤと東都の観光をしよう。

せっかく来たんだし。

☆

レイゲツ・カリンの目的はアマツ・カルラを倒すこと。

そして大神に就任して天照楽土を改革すること。そのためにはどんな手段を弄することも厭わない。たとえそれが常道から外れた悪辣な手段であったとしても。

「——何だてめぇ！　テロリストか⁉　それともレイゲツ・カリンの手下か⁉」

「私の顔を知らないのか？」

「知るかよバカ！　この縄をほどけ！」

カリンは小さく嘆息(たんそく)した。

東都の路地裏。じめじめした人気のない空間である。

カリンの足元では火浣布(かかんぷ)の縄で縛られた金髪の吸血鬼がもがいていた。名前はヨハン・ヘルダース。ムルナイト帝国軍の一員にしてテラコマリ・ガンデスブラッドの手下。〝獄炎の殺戮(さつりく)者〟などという物騒な二つ名を自称する炎使いだった。

捕らえる際に頭部を殴りつけたためか動きが鈍(にぶ)い。

額の辺りから血がじくじくと溢(あふ)れている。

和魂以外の種族にとって東都は危険地帯。傷を負っても治ることがなく、命を落としても黄泉(よみ)から帰ってくることはできない。カリンにとって目の前の男は蜘蛛(くも)の巣に捕らわれた虫のようなものだった。

「お前はテラコマリ・ガンデスブラッドの部隊の者だろう？」

「ッ——てめえ！　テラコマリに手を出す気か⁉　んなことは絶対に——ぐふっ、⁉」

ヨハンがくぐもった悲鳴を漏(も)らした。

カリンの蹴(け)りが彼の腹部に命中したのだ。

「黙れ。私の質問にだけ答えろ——テラコマリ・ガンデスブラッドの弱点はなんだ？　烈核解放(れっかくかいほう)の特性は？　氷結や黄金の他にどんなバリエーションがある？」

「何を……言ってやがる！」

「いいから答えろ」

今度は顔面を蹴りつけてやった。ヨハンの身体がびくんと跳ねる。それでも彼の目から反抗的な光が消えることはなかった。鼻血を垂らしながらも激しい憎悪を突き刺してくる。

「わかった……お前はレイゲツ・カリンの手下だな。テラコマリのことが怖いんだな？　その部下を捕まえて尋問しようって魂胆だろ？　浅はかだなレイゲツ・カリンの手下め！」

「私はレイゲツ・カリン本人だッ！」

金髪をつかんで眼前で怒鳴りつけてやった。

苛立ちが募るのを感じる。カリンだって天照楽土の五剣帝だ。確かにアマツ・カルラほどの知名度はないかもしれないが、たびたび新聞でも取り上げられているし、先の六国大戦ではフォール防衛線にて少なからず活躍したはずなのだ。それなのに。それなのにこいつは。

カリンは燃え上がる怒りをぐっと堪えてヨハンを睨みつけた。

「……あの吸血鬼の情報を吐け。でなければお前を殺すぞ」

「こんなことしてどうなるかわかってんのか？　僕は事情をそんなに知らないが――これって明らかに天舞祭とかいうヤツのルール違反だろ」

「ルールなどいくらでも変えられる。私にはそれだけの力がある」

「そうかよ。じゃあ教えてやるよ……テラコマリは実はすげー弱いんだ。対策なんかしなくたって簡単に倒せるだろうよ。五剣帝レイゲツ・カリンさんにかかれば楽勝だ」

「私を侮辱するなッ！」

カリンはヨハンを地面に叩きつけた。その金髪頭を靴で思い切り踏みつけてやる。

「ぐっ」――吸血鬼が苦痛に顔を歪めるのもお構いなしだった。こいつから情報を引き出せなければ誘拐した意味もなかった。

「てめ――やめろ！　ふざけんな！　ここにはムルナイトの魔核がないんだぞ！」

「だから痛めつけているのだ。私は容赦をしないぞ――はやく吐け。吐かねば刀の錆にしてくれる」

カリンは腰に佩いていた刀の鯉口を切った。

刀身のきらめきを目にしたヨハンの顔が青くなる。火浣布の縄と〝魔封じの札〟によって魔法を使うこともできないのだ。こいつの命はカリンの掌の上。

ようやく哀れな吸血鬼は目の前の人物が本気であることを悟ったらしい。

「や、やめろ……そんなことをしたら、」

「――そんなことをしたら死んじゃうだろぉっ！」

背後から声が聞こえた。

カリンは顔色一つ変えずに振り返る。

そこに立っていたのはムルナイトの軍服を身にまとった少年。燃えるような金髪とチンピラみたいな物腰が特徴的な、カリンの足元で倒れている者とまったく同じ姿をした吸血鬼。

「は……？　僕？　なんで……？」

「なんでしょうねぇ。――ああカリン様、作業は完了であります！」

突如として現れた二人目のヨハンはヨハンらしからぬ無邪気な笑みを浮かべていた。

足元のヨハンは驚きのあまり口もきけずにいる。

「遅かったな。フーヤオ」

「申し訳ありませぬ！　ですが敵戦力についてはおおよそ把握いたしましたぞ」

「な――なんだよお前⁉　どういうことだ⁉」

二人目のヨハンがニヤリと笑った。

本人にとっては悪夢のような光景だろう。しかしこの少年は――いや少女は、今までこうしてカリンの宿敵を悪夢のうちに処理してきたのであった。

「烈核解放・【水鏡稲荷権現（みずかがみいなりごんげん）】」

次の瞬間――ぼふん！　と煙のようなものが辺りに充満した。

二人目のヨハンの姿が一瞬にして掻き消（き）える。

風に吹かれて薄れていく煙の向こうに立っていたのは――狐の耳と尻尾（しっぽ）を持った獣人。レイゲツ・カリンの懐刀（ふところがたな）、フーヤオ・メテオライトだった。

フーヤオはゆっくりとヨハンに近づいていく。

いつの間にか刀が抜かれていた。その鋭い刃先を見たヨハンが色を失って叫ぶ。

「な……なんだよそれ⁉　魔力が全然感じられなかったぞ⁉　そんなことが――」

「おやおや。本気で驚いていらっしゃる。これは本当に烈核解放を知らないようですぞ」

「そんな馬鹿な。この男はテラコマリ・ガンデスブラッドの部隊の者だぞ」

「腹心にしか己の情報を明かしていないのやもしれませぬ！　間近でガンデスブラッドを観察してみてそう感じました。次はあの青髪メイドに化けるのが妥当でありますかな？――いずれにしてもヨハン・ヘルダースは用済みです。この男でできることは終わらせたので」

　にわかに往来が騒がしくなってきた。

　火消しの鳴らす鐘の音が響き渡る。誰かが「火事だ火事だ」と叫んで西の方角へ駆けていった。この先は貴族たちの邸宅が軒を連ねる上級区のはずだが――

　カリンは訝ってフーヤオの顔を見つめた。彼女は満面の笑みを浮かべてこう言った。

「火を放ちました」

「火……？」

「風聞も大切ですからな。『アマツ・カルラ陣営は卑劣にも対抗馬の邸宅に放火したのであった！』――そう報道されれば形成は逆転しますぞ」

「なっ……フーヤオ！　お前というやつは……！」

「ご安心くださいな！　燃やしたのはレイゲツ家の使っていない蔵です。足のつくようなヘマもしておりません！　何故なら――　烈核解放によってヨハン・ヘルダースの姿で実行しましたので」

カリンは内心で舌打ちをした。

この狐はどれだけ躾をしても独断専行をするきらいが抜け落ちない。

だが、頭を冷やして考えてみれば有効な策ではある。アマツ・カルラ陣営に罪をなすりつけて貶めれば動きやすくなる。被害者を装って相手を糾弾するのもよし。復讐という大義名分を掲げて好き放題やるのもよし。冤罪が判明するというリスクもあるが——フーヤオのことだ。その辺りは抜かりないはずである。

「——さて。ヨハン・ヘルダース様。覚悟はできていますかな?」

フーヤオが刀を撫でながら問いかける。

縛られたヨハンは顔面蒼白になって悲鳴にも似た声をあげる。

「か、覚悟だと⁉　何の覚悟だよ……⁉」

「もちろん死ぬ覚悟」

ゆっくりと刀が振り上げられる。いつ見ても綺麗な構えだった——この狐少女は出会ったときから一流の戦士だったのだ。カリンが本気を出しても敵うかどうかわからない。

狐の獣人は底冷えするような声色で問いかける。

それは一見すれば何の意味もない、事務的な確認のような問いだった。

「——さあ答えなさい。死ぬ覚悟はできていますかな?」

「待て！　待てよ！　そんなことしたら本当に死ぬだろ！　やめろ――やめてくれ、」

「そうか。それは残念ですな」

目にもとまらぬ速度で刀が振り下ろされた。

悲鳴が路地裏に木霊（こだま）した。

※

「それにしてもカリン様、」

フーヤオはふっと一息を吐いて主に問いかけた。

「アマツ・カルラを何故それほど敵視するのですかな？　私には先方よりもカリン様のほうが優れているとお見受けしますが」

足元の吸血鬼の動きがきちんと停止したことを確認しながら刀を鞘（さや）に納める。

カリンは舌打ちをしてから口を開いた。

「私は〝身の程を知らぬ者〟が大嫌いなのだ。やつは大神の器ではない。それどころか将軍の器でもない。なぜならやつには戦闘能力というものが欠如しているからだ」

「まあ疑わしいといえば疑わしいですなぁ」

「それなのに――それなのにッ！　周りの人間はあいつのことを無意味に持ち上げる！　実

力や功績などどうでもよいのだ……ただ見た目が華やかだからという理由で……」

「地団駄を踏みなさるな。お召し物が汚れますぞ。――してカリン様はアマツ・カルラのことをどうしたいのですかな？　最後の戦いで殺す程度では収まりもつかぬように思いますが」

「アマツ・カルラの無能ぶりを世界に知らしめる。周囲の人間が二度とあれを担ごうとしなくなるほど徹底的にだ。そして私が天舞祭に勝利する」

「勝利したらアマツ・カルラはどうですするのです？」

「もちろん追放しよう」

「そこまでする理由があるのですかな」

「ある。――天津覺明という男の名を知っているか？」

「…………」

フーヤオは少しだけ考えてから、

「少し前の五剣帝でしたかな。行方を晦ましたという話ですが」

「そうだ。この男はテロリストとして活動しているという噂がある。まあ噂なのでこれ以上は何も言えないがな。一つだけ確かなことは――私がカルラを目の敵にする理由は個人的な恨みだけではないということだ」

フーヤオは「ほぉ」と目を細め、

「なるほどなるほど。では必ず勝たねばなりませんな。不肖フーヤオ・メテオライト、カリン様が大神になれるよう協力は惜しみませんぞ！」

「ああ。頼りにしているぞ」

「お任せあれ。天照楽土は必ずカリン様の手に」

フーヤオは内心で笑う。

この少女のために働いていれば何も問題はないだろう。

天照楽土のために。そう思って働いていれば――

☆

翌日。

東都ではアマツ・カルラ陣営がレイゲツ家の屋敷に火をつけたという話題で持ち切りになっていた。現実逃避をしたくなった私は「そんなの悪い夢でしょ」とヴィルに言ってやったのだが新聞をいきなり突き出されて強制的に現実を認識させられてしまった。

『レイゲツ家に火の手！　首謀者はガンデスブラッド将軍か⁉』

悪夢としか言いようがなかった。しかもこれ六国新聞じゃなくて〝東都新聞〟とかいう信頼できるソースだ。捏造と決めつけてポイすることができない。

「困りましたね。討論会で突っ込まれるネタを提供してしまいました」

「討論会以前に犯罪だろこれ！　あーもうまた人様に迷惑かけちゃったよおおお‼」

私は箸を両手に握りながら絶叫した。

朝ごはんの最中である。今日のメニューは卵焼き。ふんわりしていて美味しい。オムライスとはまた違った良さがある——けど暢気に舌鼓を打ってる場合じゃないんだよ！

「ガンデスブラッドさん。これはどういうことでしょうか」

対面に座るカルラが静かに私を咎めてきた。

やばい。あれはブチギレている。土下座をする準備をしておこう。

「落ち着いてくださいアマツ殿。これは作戦です」

「作戦⁉　いきなり相手のおうちを燃やすことにどんな意味があるのですか⁉」

「それはこれから考えます——ところでアマツ殿。あなたの湯呑みを少し貸していただけませんか？」

「は、はい？　お茶が入ってますけど」

「ありがとうございます」

ヴィルはカルラから湯呑みを受け取ると手品師みたいな動作で自分の背後に隠した。三秒くらいで何か小細工をしてから「お返しします」とカルラに戻す。何やってんだこいつ。

カルラはそれを受け取りながらもぷんぷん怒っていた。

「『これから考える』と言われても困ります。死人が出なかったからよかったものの、これでレイゲツ家の方が火傷でもしていたらどう責任を取るおつもりですか。天舞祭は確かに野蛮なイベントですけれど、極力揉め事は避けるべきです」

「ご、ごめんなさい……」

普通に説教されてしまっていた。

部下のやらかしは上司の責任。ここは素直にお叱りを受けておこう——と思ったのだが隣のメイドが「しかしアマツ殿」と不服そうに反論した。反論すんじゃねえよ。

「私には一つ気になることがあるのです。燃やされたのは本当にレイゲツ・カリンの屋敷だったのですか？」

「当たり前です。そこは間違えようがありませんよ」

言いながらカルラはずずず、とお茶をすする。

「——しかし、レイゲツ・カリンの屋敷なんて私ですら把握していませんでした。東都に到着したばかりのヘルダース中尉がどうして場所を知っていたのでしょうか？」

ん？　と首を傾げてしまった。

言われてみれば違和感があるような気がするが——しかしその程度の謎なら簡単に解決するだろう。たとえば誰かに場所を聞いたとか。あるいは事前に調べておいたとか。いや後者はありえねえな。脳筋な第七部隊がそんな計画的なことをするはずがない。

「いずれにせよヘルダース中尉本人を尋問しておく必要がありますね」

「ヨハンのやつはどこにいるんだ？　昨日から顔を見てないけど……」

「やつは行方を晦ましたようですねぇ」

いつの間にか廊下のところにカオステルが立っていた。その隣にはベリウスもいる。彼らは少しも遠慮することなく客間に足を踏み入れるとピンと直立したまま私を見下ろしてきた。

「あれ？　お前らもここで寝泊まりしてるの？」

「はい。忍者のこはる殿から小屋を借り受けました」

ベリウスが中庭を指差した。

犬小屋が建っていた。

は？　犬小屋？　こいつらあそこで寝たの？――――不審に思ってカルラのほうを見ると彼女は慌てた様子でバッ！　と立ち上がり、

「も、申し訳ありません！　こはるったらお客様になんて失礼なことをしているのかしら！　今すぐお部屋をご用意いたしますので、あの子のことはご容赦いただけると……」

「いえいえいえアマツ殿。我々のことなどどうでもいいのですよ。それよりもヨハンですが――やつは昨日、甘味処（かんみどころ）を出たあたりで『トイレに行ってくる』と言って姿を消しました。それ以降行方不明となっています」

「こはる～！　こはる～！　犬だからって犬小屋はあんまりですよ～！」――カルラが顔を真っ青にして客間を出て行くのを見送りながら私は腕を組む。

ヨハンはどこへ行ったのだろう。一人で東都を探索しているとか？
にしても私に何も言わずに勝手に行動するか？　するだろうな。全然信用できん。

「……閣下。これは調査が必要な案件かと思われます」

ベリウスが腕を組んで私のほうを見つめた。

「いくらやつのトイレが長いとはいえ一日がかりということはあり得ぬでしょう」

真面目な顔して何言ってんだ。こいつちょっと天然なのかな。

「そうだな。とにかくヨハンのことは心配だ。……それはそうと座ったらどうだ？　あとお前ら朝ごはん食べた？　食べないと力が湧いてこないぞ」

「座布団がありませんね。椅子をご用意しましょう」

そう言ってヴィルは部屋の隅にあった壺を運んできた。

「おや、これはどうも」

カオステルがその壺を引っくり返して「よっこらしょ」と腰かける。

……ん？　あれって百億円の壺じゃね？　椅子にしちゃっていいの？

「ケルベロ中尉のぶんは……」

「私には不要だ。それよりもヨハンのことだが――　やはり罠に嵌められたと考えるのが妥当だろうな。やつは犯罪者の端くれのようなモノだが、さすがに他国の国都で無差別な放火を働くとは思えん。レイゲツ・カリン陣営は我々が想像している以上に悪辣な連中やもしれぬ」

「ちょっと待って壺が」

「そうですね。やはりこれは何らかの陰謀です。もしかしたらヘルダース中尉は敵に襲われたのかも」

「なんですと⁉　それは許しておけませんね‼」

「おいカオステル急に立ち上がるな！　壺が倒れるだろ――ああああああああ‼」

「ベリウス！　今すぐ調査に乗り出しますよ！」

「ヨハンの捜索が先だな。やつなら事情を知っている可能性もある」

「では二手に分かれましょう――閣下！　我々が必ずやレイゲツ・カリンの悪事を暴いてみせます！　閣下はごゆるりと朝食を召し上がりながら吉報をお待ちください！　では！」

カオステルとベリウスは大急ぎで駆け出した。

駆けていく途中で畳の上に転がっていた百億円の壺が無造作に蹴飛ばされる。私は悲鳴をあげて壺に追いすがった。壺はそのままゴロゴロと床を転がり――廊下を転がり――縁側を伝って――ゴンッ‼　と中庭の敷石の上に落ちた。

私はおそるおそる壺の様子をうかがった。

ヒビが入っていた。

「壺おおおおおおおおおおおおおおお⁉」

「コマリ様。大変なことが起きました」

「知ってるよ！　あれ百億円だよ⁉　内臓を全部売っても払える額じゃないよ！　意味深に壺が出てきた時点でこうなることは完璧に予測できていたはずなのに何で防げなかったんだよ私のばかばかばかばか〜〜〜〜‼」

「それどころではありません。私の目を見てください」

「それどころだよ！　壺より大事なことが今あるか⁉――――って、どうしたんだその目」

ヴィルの瞳が真っ赤に染まっていた。

充血しているのかと思ったが違う。これはあれだ。未来を視るとかいう特殊能力。

「烈核解放・【パンドラポイズン】。アマツ殿の湯吞みに血を仕込んでおきました。念のため視ておこうかと思ったのですが、これは一大事です」

「知ってるぞ。私がお祖母さんに殺される未来が視えたんだろ」

「違います。何も視えないのです」

「は？」

「こんなことは初めてです。時空がおかしくなっているのかもしれません」

「おかしいのはこの展開だ。壺……壺……」

「壺なんて偽物を置いておけば問題ありませんよ。そんなことよりも――烈核解放は正常に動作しているはずなのに観測されるべき未来が定まっていない。これではお先が真っ暗です」

お前の言う通りだよ。私のお先は真っ暗だ。

しかし何故かヴィルは私以上に険しい顔をして考え込んでしまうのだった。

「未来が存在していない？　それとも時間がねじれている？　そんなことが……」

「すまんヴィル。思考のリソースを壺の修理方法に割いてくれないか？」

「壺の話をしている場合ではありません。いずれにせよコマリ様、本日は討論会が開かれる予定なので対策を練りましょう。ヘルダース中尉のこともそこで突っ込むことにします」

「ヨハンのやつ、どこに行ったんだ？」

「さあ。面倒ごとに発展しなければいいのですが――とりあえずその前に朝ごはんの続きですね。美味しそうな卵焼きですよ。はい、あーん」

ぱくり。もぐもぐ。卵焼きを咀嚼しながら私は絶望の渦に呑まれていた。

ヨハンのことも心配だ。だが同じくらいに壺のことも心配だった。

とりあえず修理できるかどうか検討しよう。

いやこれは無理だな。接着剤でどうにかなるレベルじゃねえ。

誰か時間を巻き戻す能力者はいないのか。

☆

しかし時間は巻き戻ることなくどんどん進んでいく。

如何にしてお祖母さんにごめんなさいをしようかと考えているうちに太陽は山の向こうへ沈んでしまった。これ以上ウジウジしていても仕方がないので素直に謝罪を――する前にお風呂に入るとしよう。頭を切り替えることも大切だからな。

というわけで私はヴィルがお手洗いに行っている隙を狙ってバスルームへ直行した。

そこにあったのは世にも珍しい檜風呂。ムルナイトではまずお目にかかれない光景である。ワクワク感を抱きながら服を脱いで身体を洗ってフタを開けて肩まで浸かった瞬間「はあああああ～～～」と至福の溜息を漏らしてしまった。

疲れがスーッと消えていく。

壺のこともひとまず忘れるとする。

……昨日もこのお風呂に入ったけど、木のお風呂にはリラックス効果があるというのは本当らしいな。是非私の部屋にも欲しい。お小遣いを叩いて造ってもらおうか。

湯船に浮かんでいたアヒルを泳がせながら私は考える。

気持ちいいことは確かだ。しかし長居は禁物である。変態メイドのやつに気づかれれば突撃されることは必至。身の安全を確保するためには烏の行水を心がけるしかないのだが――しかし。これは。うむ。もうちょっとゆっくりしていたいな。まあちょっとくらいなら大丈夫だろう。部屋には「ちょっと夜風を浴びてきます」という嘘の置手紙も残してきたことだし。

　そうと決まれば思う存分リラックスだ。歌でも歌っちゃおうかな。

「ラ・ララ・ララー♪　知らんぷりはぁ　嘘だって知ってるよね♪　心はいつもきみのことを考えているよ♪　夢の中でも忘れない♪　それはピンク色の隕石♪　ラ・ララ・ララー♬」

「お上手です。ムルナイトの歌姫の称号はコマリ様にこそ相応しいですね」

「え？　そうかな……ちょっと照れるぞ」

「照れることはありませんよ。続きが聴きたいので遠慮せずにどうぞ」

「そうだな――ってわああああああああああああ!?」

　私は絶叫しながら跳ね上がった。いつの間にか背後に全裸のヴィルが立っていた。

　こいつ――来るのはやすぎだろ!?

「置手紙を見なかったのか!?　私は外で夜風を浴びていることになってるんだぞ！」

「外に捜しに行きましたが浴室の窓からコマリ様の可愛らしい歌声が聞こえてきたので全速力でやってきて全速力で全裸になりました」

「ああああああああああああああああああああ!!」

　私は悶絶した。よく見れば窓が開いている。ってことは外に丸聞こえだったのか!?　最悪じゃねーか！　あんなアホみたいな歌を垂れ流していたなんて……！

「おい！　来るな！　私は一人で檜風呂を満喫する予定だったんだ！」

「そんな予定は聞いておりません。私もご一緒させていただきます」

「ちょっ――」

変態メイドはそのまま湯船にザブーン!! と飛び込んできた。

こいつは色々とマナーがなってない！ 今度マナー講師を呼んで講義をしてもらおうではないか――いやいやそんなことはどうでもいい！

「こら、くっつくな！ 気持ち悪いなっ！」

「いいじゃないですか。たまの旅行なんですから。それに天照楽土には裸の付き合いという言葉があるそうです。さっそく裸で付き合いましょう」

「なんか間違ってる気がするぞ！」

しかしヴィルは一向に私から離れる気配はなかった。とはいえこいつもある程度は節度を弁（わきま）えるようになったらしい。以前のように遠慮会釈（えしゃく）なしに色々と揉んでくることはなかった。肩が触れ合う程度の距離を保ったまませれ以上は近づいてこない。

……まあいいか。こいつの言う通り旅行みたいなもんなんだし。

と思っていたら、さっそくヴィルが不埒（ふらち）な視線を私に向けてきやがった。

「コマリ様。少し胸が大きくなりましたね」

「はあ!? ど、どど、どこ見てんだよ！ セクハラはやめろ！ 怒るぞ！」

「すみません。冗談です」

「それはともかく気持ちいいですね。溜まった疲労が洗い流されてゆきます」

「…………………」

ふざけた冗談を言いやがって。まあ気にしてないけどな。お前が嘘をほざくのはいつものことだからな。とりあえずヴィルのことなんて忘れてのんびりするとしよう。せっかくの檜風呂なんだから。口に出して歌うのは恥ずかしいので心の中で歌おう。ラ・ララ・ララー♪　大小なんて関係ないよ♪

そんな感じで私は俗世の憂いを忘れて温もりを堪能する。

不意に隣の変態が少し真面目なトーンで口を開いた。

「――未来が視えないと言いましたよね」

私はヴィルのほうを向いた。彼女はアヒルを両手でいじって遊んでいた。

「ああ……パンナントカが使えないんだっけ？」

「【パンドラポイズン】です。こんなことは初めてです。これはただの推測ですが――もしかしたら未来において時間に干渉する能力が発動しているのかもしれません」

「意味がわからんぞ」

「私にもわかりません。しかし和魂種とは時間に対して鋭敏な感性を持つ種族だとか。どうにも関連性を考えずにはいられませんね」

「冗談なの⁉」

「何言ってるか全然わかんない」

「私の能力はあてにしないほうがいいということです。東都では——少なくとも天舞祭の開催期間中は、どんなことがあっても未来は自分の手で切り開くしかないようです」

「…………」

ヴィルがマジな顔をしていたので私は口を噤(つぐ)んでしまった。

未来が視えない——それは確かに一大事なのかもしれなかった。でも普通の人間には未来のことなんてわからないのだ。一寸先は闇(やみ)。深く考えても仕方がないだろう。

それからしばらくボーッとお湯に浸かっていた。

変態メイドは変態メイドらしからぬ大人しさを発揮して気持ちよさそうに目を細めていた。はっきり言って隙だらけである。なんだか物足りない気がしてしまった私はこいつに毒されているのだろう。日頃(ひごろ)の恨みを晴らすためにくすぐり攻撃でも仕掛けてやろうかな——そんなふうに思って手を伸ばしかけたとき、

とん、

ヴィルが急に寄りかかってきた。

どうやら寝てしまったらしい。こいつも疲れているんだな。そっとしておいてやるか。と思っていたらヴィルの身体がこちらに倒れてくる。慌てて支えてやる。しかし彼女はそのまま全体重を私のほうに傾けてきた。何故か背中に腕を回される。いつの間にか抱きつかれている。

力を込められている。逃げられない。おい待てこの変態メイドもしかして――、

「むにゃむにゃ……もう食べられないよぉ……」

「起きてやがるな⁉」

なんとしてでも引っぺがさなければならぬ。

そう思って腕に力を込めた瞬間、どばーん‼　と浴室の扉が開かれた。

「テラコマリ！　討論会の時間だよ――――って、」

こはるだった。こはるが大慌てで闖入してきていた。

そうだ。そういえば今日は討論会の日だったのだ。正確な時間を聞いていなかったので準備をするのを忘れていたのだがそれはさておき。

こはるは見てはいけないものを見てしまったかのような表情をした。

お風呂の中で抱き合っている吸血鬼の主従。

確かに見られてはいけないものだった。

忍者の少女が少し頰を染めて一歩引いた。

「ご、ごめん。お邪魔した……」

「ちょっと待て！」私は慌てて立ち上がった。ヴィルがざぶーん！　と頭からお湯の中に沈んだ。「邪魔じゃない！　邪魔じゃないから！　勘違いしたまま出て行こうとするな！　おいこらヴィル、お前もくっつくな！　起きてるんだろ！」

「チッ……もう少しこうしていたかったのに」

やっぱり起きてたじゃねえか。これは後でお仕置きが必要だな──そんなふうに考えながらも私はこはるに急かされてお風呂を出た。彼女によれば討論会は十分後に始まるらしい。なんでそんなにギリギリなんだよ！──とヴィルに問いかけたところ、

「コマリ様を呼ぼうと思っていたのですがちょうどお風呂に入っていたので我慢できずにご一緒させていただきました」

何の役にも立たないメイドだった。

こうして私たちは討論会の会場まで全力ダッシュする羽目になった。

☆

できればもう少しだけお風呂タイムを堪能したかったのだが無理は言えない。

ヴィルに手を引かれてやってきた先は東都の中央に設えられた野外ステージだった。

天舞祭のイベントの一つ──討論会。

私は会場の様子をきょろきょろと観察する。

辺りはすさまじい喧噪に包まれていた。ステージを取り囲むようにして東都の和魂種たちが波のように押しかけている。各々イカ焼きとかタコ焼きを片手に今か今かと候補者の登場を待

ちわびていた。私もあれ食べたい。

ちなみに私がいるのはステージの横に設置された天幕である。

定刻になるまで候補者はここで準備をしろ、とのことだが――

「――カルラ様。膝が震えている」

「何を言っているのですか。こはるには見えないかもしれませんが高速で足踏みしてウォーミングアップをしているんです」

「討論会でこのザマじゃ困る。最終日になったら爆発するの？」

「だ、だってぇ！」カルラは涙を浮かべながらこはるに縋りつき、「カリンさんはいきなり斬りかかってくるような方ですよ⁉　討論会だからといって襲われない保証はどこにもないじゃないですか！　魔核があるのを良いことに好き放題するんだわ！　もうやだぁ～～～～～～‼」

「人生は壁を乗り越えてこそ」

「壁にぶち当たったら回れ右をするのが私の流儀です！　今からでも遅くはありません！　逃げましょう！」

「――逃げる？　何を言ってるんだいお前は」

不意に大気を揺るがすような低い声が耳朶を打った。

いつの間にか天幕にカルラの祖母がいた。カルラは一瞬だけ目玉が飛び出そうなほど目を見開いたが、すぐに貼りつけたような笑みを浮かべ、

「あ、あらお祖母様。ご足労いただきありがとうございます。でもそんなに面白いものではありませんよ？　西の市で講談をやっているそうなのでそちらに行ったらどうですか？」

「お前の晴れ舞台を見物しないわけにはいかんだろうさ――それよりも」

ずいっとカルラの祖母は孫娘に近寄って、

「レイゲツの小娘を言い負かしてやりな。やつにはどうも姑息な策を弄している気配がある。ああいう手合いは一度ガツンとぶん殴ってやらなきゃ更生しないんだ」

「あ、あははは……ぶん殴るのはどうかと思いますけれども」

「それくらいの気合で行けってことさ。逃げたら私がお前をぶん殴るからね」

「ぶん殴られないように頑張りますわ」

「よろしい。それとガンデスブラッドの小娘」

ギロリ！　と睨まれたのでピン！　と背筋を伸ばしてしまった。

脳裏をよぎったのは言うまでもなくアレである。壺である。カルラの祖母は矍鑠とした足取りでこちらに接近すると、私の耳元で囁くようにして、

「――よくもやってくれたね」

「壺!?　壺のこと!?」

「はぁ？　何の話だ？　放火のことだよ」

そっちか。いやそれも大問題だな。問題しか起こしてないな私。

「あれは天舞祭に一石を投じる奇策だった。お前さんも仲間が貶められたままでは収まりがつかんだろう？　レイゲツの小娘をぶっ飛ばしてやりな」

「え……？　も、もしかして事情を知ってるの？」

「どうだかね。ところで壺とは何のことだ？」

お腹が痛くなってきた。

ちなみにあの壺はヒビが入った部分を後ろ側にしてもとの場所に戻してある。

これ以上は耐えられないので素直に謝ってしまおう――そう決意したとき、

「まあいい。とにかくカルラのことは頼んだよ。あの子はお前さんと似たようなもんさ。世の中では『宇宙最強の将軍』なんて言われているらしいが、ありゃ嘘八百もいいところだ。あの子にそんな判り易い強さはない」

意味がわからない。あの和風少女が宇宙最強であることに疑いはないだろうに。

釈然としないものを感じていると、カルラの祖母は「じゃあよろしく頼むよ。カルラを天舞祭で勝たせてくれたら壺のことは許してやる」と言い残して去っていった。

「えっ、ちょっと……!?」

「どうやらコマリ様の悪事はバレていたみたいですね。でもよかったじゃないですか。勝ったら許してくれるそうですよ？　負けたら内臓を売却した程度じゃ足りないでしょうけど」

「人間の命よりも壺が優先される世界があってたまるかよ!!」

いや待て。大丈夫だ。そもそも天舞祭でアマツ・カルラ陣営が負ける確率なんて万に一つもありはしない。自称〝宇宙最強〟は伊達ではないのだ。

私は神を拝むような気持ちでカルラのほうを見る。

目が合った。しかしすぐに逸らされてしまった。

え？　大丈夫なのか？――そんなふうに一抹の不安を覚えたとき、会場のほうから割れんばかりの拍手喝采が巻き起こった。次いで聞き覚えのある声が響いてくる。

『――さあさお時間がやって参りました！　司会はレイゲツ・カリン陣営のフーヤオ・メテオライトが務めさせていただきます！　いえいえご安心を！　レイゲツ陣営を贔屓するつもりはありませんので！　ちゃぁんと大神様から許可をいただいております！』

「……なんでカリンの部下が仕切ってるんだ？」

「さあ？　とにかく気楽にいきましょう。死ぬわけじゃありませんので」

「それはそうだな。でも万が一のために防御を固めておく必要がある。軍服の内側に仕込むための鉄板みたいなモノないかな？　敵の攻撃を防げるかもしれないし」

「焼きそばの屋台から借りてきましょう。アツアツですよ」

「私の身体が焼きそばになるだろうが！」

ヴィルは「冗談です。鉄板なんて必要ないですよ」と笑っていた。まあ確かに鉄板は大袈裟だったかもしれない。だって単なる討論会だもんな。死ぬわけないもんな。

☆

「――アマツ・カルラ陣営のご登壇です！　本日はアマツ氏に加えて協力者のテラコマリ・ガンデスブラッド七紅天大将軍も参加されるそうですよ！」

フーヤオが叫んだ。

カルラの後に続いてステージにのぼる。周囲の観客たちがわあわあと大声をあげて熱狂していた。将軍が出てくると大盛り上がりするのはどこの国でも一緒らしい。

客席をよく見てみれば最前列にカオステルとベリウスの姿もあった。頼むから大人しくしていてくれよ。お前らが面倒ごとを起こしたら怒られるのは私なんだからな……！

『コマリ様。聞こえますか』

急にメイドの声が聞こえて飛び跳ねそうになってしまった。

先ほど直通の通信用鉱石を渡されたことを思い出す。討論会に参加できるのは各陣営二名までという決まりなので、ヴィルのやつは後方待機と相成った。

「聞こえるよ。何の用だ？」

『用がなかったら連絡してはいけませんか？』

「いいけど少なくとも今は気が散る」

『そうですか』とヴィルは残念そうに言った。『とりあえずお気をつけくださいね。いきなり斬りかかってきたら脇目もふらずに逃げてください。それとレイゲツ・カリン陣営として参加する将軍はプロヘリヤ・ズタズタスキー六凍梁だそうです。彼女にもご注意を』

「注意することありすぎだろ……」

私はげんなりしながら用意されていた長テーブルにつく。

ステージ上には長テーブルが「コ」の字型に配置されている。東側に私とカルラ。西側にカリンとプロヘリヤ。そして北側には司会役（？）の狐少女――フーヤオが座る。

いきなり正面のプロヘリヤが「おぉっ！」と奇妙な声をあげて、

「テラコマリ・ガンデスブラッド閣下ではないか。こうして対面してみると意外に華奢なのだな！　先日の六国大戦では手合わせできなくて残念だ。今回こそは死闘を演じられることを願っているよ。ともに戦慄のメロディを奏でようではないか」

「そ、そうだな。まあ私のソロで十分だけどな」

「わはははは！　諧謔に富んだお方だ！　では楽しみにしているぞテラコマリ」

プロヘリヤは心底嬉しそうに笑っていた。そうしてテーブルの上に用意されていたお茶を美味しそうに啜る。これを見咎めたのは彼女の隣に姿勢よく座しているカリンだった。

「……ズタズタスキー閣下。できれば私語は慎んでいただけると助かるのだが」

「これは失礼。強者を見ると闘争心が沸き上がってくるのだ。――さあ司会よ！　さっそく

討論会を始めようではないか！　といっても私は見物させてもらうだけだがね」

　プロヘリヤは両脚をテーブルの上で組むという大胆なポーズをとった。

　あまりにも自由奔放。カリンの額に青筋が浮かんだような気がしたけど結局何も言うことはなかった。タイミングを見計らってフーヤオが声を張り上げる。

「――さて！　それでは討論会を始めましょうぞ！　本日の議題は『天照楽土をいかにして発展させてゆくか』の一点のみ！　聴衆の方々もお楽しみください！」

　わあああああああああああああ!!――と会場の盛り上がりが加速していく。

　そこここから「カリン！」『カリン！』『カルラ！』『カルラ！」という熱烈なラブコールが聞こえてきた。傍から見てると本当に恥ずかしいな。実際カルラも耳まで赤くなって俯いてしまっている。カリンのほうはむしろ誇らしい表情をしているけれど。

「準備万端のようですな！　それではまずレイゲツ・カリン陣営からお願いします」

「承知した」

　カリンがゆっくりと立ち上がった。

　武人らしい鋭い視線がカルラに注がれる。

「単刀直入に申し上げよう――アマツ・カルラに大神は務まらない。なぜならこの者は五剣帝の任を拝受しておきながら一切戦闘能力を有しないからだ」

　観客がどよめいた。カルラの肩がびくりと震える。

いやちょっと待て。いきなり相手の非難か？　自分のポリシーとかを主張するわけじゃなくて？――周囲の困惑をよそにカリンは鬼の首でも取ったかのような声音で言葉を続けた。

「アマツ・カルラが衆目の前で将軍らしい実力を示していないことは決定的な事実である。それはこの場にいる誰もが理解していることだ。カルラが実際に敵将を倒すところを見た者はいるか？　いないだろう。これこそ実力を偽っている何よりの証拠だ」

「だそうですが！　アマツ様、ご反論ありますか？」

「あるに決まっています！」カルラが慌てて立ち上がった。「確かに私は本気で敵を倒したことはありません。しかしそれは敢えて力を晒さないように気をつけているからです。能ある鷹は爪を隠すと言うでしょう？」

「将軍が爪を隠してどうする？　五剣帝とは大神より『敵を殲滅して国を盛り立てること』を宿命とされた〝士〟のことだ。自ら刀を振るって戦わなければ存在価値がない」

「私を五剣帝に任命したのは大神様ですっ！　文句があるなら大神様に言ってくださいっ！」

「何度も奏上している。だが大神様は私の話を聞き入れてくれなかった。ゆえに私はこの天舞祭でお前の不正を暴露しようとしているのだ。そのための証拠は準備してきた――」

開幕と同時にカリンとカルラの言い合いが始まってしまった。

私はこの流れに既視感を禁じ得なかった。

これはあれだ。私が七紅天会議でフレーテに詰問されたときと状況が酷似している。とはいえカルラの場合は実際に将軍として申し分ない実力を備えているのだ。私みたいにしどろもどろにはならないだろう――と思っていたのだが、

「――いいことを思いついた。ここで剣技の一つでも見せてみろ。そうすればある程度はお前の実力を認めてやってもいい」

「はあ⁉　そんなことをする理由がどこにあるんですか⁉」

「ここで披露すれば疑惑を払拭できると思うのだが？」

「、、、……そ、それはそうですが……その、」

――嘘八百もいいところだ。あの子にそんな判り易い強さはない。

不意にカルラの祖母の言葉が思い起こされてしまった。

いやいや。何を疑っているんだ。

カルラの歯切れが悪いのは何か事情があるのだろう。おそらく剣技なんてこの場で披露する必要もないから披露しないだけであって決して実力がないわけでは――

「やはり実力も度胸もない臆病者か。お前は家柄だけで将軍になった無能のようだな。そうだ――お前はいつだって他人に戦わせてばかりいる。死ぬのが怖くて怖くてたまらないんだ」

「わ、私に怖いものなんてありません！　最強ですから！」

「では何故エンタメ戦争の相手に強者を指定しない？　たとえば昨今〝六戦姫〟などという奇怪な枠組みがあるそうだが、この中の一人とでも矛を交えたことはあるか？」

「あります！　リオーナ・フラットさんと！」

「あれは忍者に暗殺をさせただけだろう。頭の弱い獣人は搦め手を苦手とするからな——お前のような卑怯者には御しやすい相手というわけだ」

「それはリオーナさんに失礼だと思いますっ！」

「失礼な戦い方をしているお前がいちばん失礼だ！　とにかくお前は他のマトモな六戦姫と戦ったことがあるのか？　たとえばズタズタスキー殿とかアイラン・リンズ殿とか」

「ないですけど……こ、これから戦いますから」

「ふん。お前は昔からそうだったな。『これからやる』『今は忙しい』『後で必ず』——そんなことだから天照楽土は衰退していくのだ。お前は五剣帝失格だ。士として、いや〝地獄風車〟の孫娘としてこれほど不適格な人間もいないだろう」

「ま、待ってよ！　いきなり相手を悪く言うのはどうかと思うぞ」

私は辛抱できずに立ち上がっていた。司会のフーヤオが目を細めてジッと見つめてくる。

そんなことに気を配っている暇はなかった。

「が、ガンデスブラッドさん……」

「心配するなカルラ。——おいカリン！　カルラが呆れているぞ。こいつの本当の実力は最後の戦いでわかるんだし、わざわざこの場で追及することじゃない。討論会なんだからもっと建設的な議論をしたらどうだ？」

「もっともだなレイゲツ・カリン！　他者を貶す罵詈雑言は不協和音のようなものだ。それ単体では聞き苦しいことこの上ないぞ。国家の柱を目指すのならば国家を運営するための方針を語るがよい。お前は天照楽土をどんな国にしたいのだ？」

プロヘリヤが私に追随してくれた。

変な女の子かと思っていたが意外に常識的な部分もあるらしい。

これを受けたカリンは「そうだな」と考える素振りを見せて、

「……アマツ・カルラのような人間が間違っても将軍にならない正常な国家にしたい」

「レイゲツ・カリンよ。批判しているばかりでは前に進まんぞ」

「いやズタズタスキー閣下。私の政策などは私の演説を聞いたり寄稿文を読んだりすればわかるもの。大衆の目があるこの場だからこそやるべきことがある。それはアマツ・カルラ陣営の卑劣を明るみにして打ち砕くことだ。——司会、構わないな？」

「ええ構いませんぞ！」

こいつらグルじゃないのか？　グル以外の何物でもないよな。

「では遠慮なく。——アマツ・カルラは自分が助かりたいがために汚い戦法に打って出た。昨日レイゲツ邸の蔵に小火があったことは会場の皆様もよくご存じだろう？　これはアマツ・カルラ陣営が放火したものとみて間違いはない」

ついに尋問が始まってしまった。

本来ならば即座にごめんなさいをするべき場面であるが——今回は少し事情が違う。

『コマリ様、徹底抗戦です。アマツ殿にもそう伝えてあります』

耳元でヴィルの声が聞こえる。そんなことを言われてもどう抗戦すればいいのか微塵もわからない。が——ここは彼女を信じて素直に犯行を認めることだけは控えておこう。

『ヘルダース中尉は状況的に無罪です。ケルベロ中尉やコント中尉の話によれば、彼はそもそもアマツ・カルラ陣営の対抗馬がレイゲツ・カリンであることすら知らなかったのだとか。まあ私が伝えてなかったので当然なのですが』

「つまり放火をする理由がないということか。……じゃあ、これはどういうことなんだ？」

『わかりません。相手が特殊な魔法や異能を使っているならトリックを暴くことはまず不可能でしょう。ヘルダース中尉がどこにいるのかも現状は不明です——なので解明は後回しにして無実を主張しましょう。これは私の勘にすぎませんが、レイゲツ・カリン陣営はとんでもない悪事に手を染めている気がします』

私は改めてカリンとフーヤオを見つめた。言われてみればこの二人からは妙に刺々しい邪悪な雰囲気を感じる。いやこれは勝手な印象だな。勘違いの可能性も十分にあるのだ。

「——決めつけはよくありませんっ！　証拠は⁉　証拠はあるんですか⁉」

ヴィルと話しているうちに論争が始まっていたらしい。カルラが声を荒らげていた。

「証拠ならある。火の手があがった蔵の裏手にこんなモノが落ちていた」

そう言ってカリンはポケットから小さなバッジらしきものを取り出した。

私はドキリとしてしまった。何故ならそれは――

「これはムルナイト帝国軍で配布される階級章だそうだ。模様は〝半月〟。調査によれば中尉あたりの階級を示すものらしい。ガンデスブラッド殿、間違いはないか？」

「間違いはない……と思うけど、そんなものをどこで」

「蔵に落ちていたと言っているだろうが。これはムルナイト帝国軍の誰かがレイゲツ邸に火を放ったという動かぬ証拠でもあるのだ」

「階級章なんてどうにかすれば手に入るだろ！　だいたい都合よく証拠品が落ちているなんておかしいぞ。犯人が別の誰かに濡れ衣を着せるために置いていったことも考えられる！」

「ガンデスブラッド殿は我々を疑っているのか？　それは非常に残念だな。残念なことに証拠はこれだけではないのだ。より決定的なものがある――」

カリンは意地悪な笑みを浮かべて再びポケットを探った。

出てきたのは写真である。そこには見覚えのある金髪男が両手から火を出して大暴れしている様子が映し出されていた。終わった。私は慌てて通信用鉱石に語りかけた。

「おいヴィルどうすんだよ決定的な証拠が出てきたぞ⁉」

『六国新聞の写真を嘘だと決めつけるのにあれは信じるのですか？』

言われてみればそうである。写真なんていくらでも捏造できるのだ。

しかし私が信じていなくても周りの人間がどう思うかは別問題である。

「これはムルナイト帝国軍第七部隊に所属するヨハン・ヘルダース中尉だ。実際に目撃した者も大勢いる。つまりガンデスブラッド殿が指示して――否、アマツ・カルラがガンデスブラッド殿を介してヘルダース中尉に火を放つよう命じたのだろう？」

「なッ――ち、違います！　私はやっていません！　だいたいそんな蔵を燃やしたところで何がどうなるというのですか⁉　私にメリットは一つもありません！」

「この蔵には私の武器が保管してあったのだ。炎に焼かれて使い物にならなくなってしまったよ。おかげさまで最終日の決戦では使い慣れていない刀を振るわなければならなくなった――お前の狙いはこれだったのだろう？」

「おやおや！　これが本当なら大変なことですな！　アマツ様、ご反論をどうぞ！」

「ぐ……わ、私は……やってませんっ……！」

「やっていないならばやっていない証拠を見せてみろ！」

「やっていないからやっていないんですっ！」

「駄目だなこれは。――どうでしょうか皆様？　アマツ・カルラは盤外戦術をはばからない卑劣の極みだということが判明しました。このような人間が大神になれば天照楽土の衰退は必至！　最終日には私がこやつを手ずから討滅してやりましょう！」

わあああああああああああああ――と会場が沸いた。

客席からは様々な声があがっている。レイゲツ・カリンを讃える声。アマツ・カルラを「卑怯者ー！」と非難する声。反対に「カルラ様がそんなことをするはずない」と訴える声。あるいはレイゲツ・カリンに対して「でたらめ言うなー！」と叫ぶ声。

しかし体感でカリンを応援する声が大きいような気がした。いつの間にか「カリン様！」「カリン様！」という地を揺るがすような声援が辺りに響き渡っている。

『──どうやら会場はレイゲツ・カリン派が大多数を占めているようですね』

「どういうことだ？」

『先ほどコント中尉から報告がありました。討論会を見物するにはチケットが必要なのだそうですが、これの販売元の天舞祭運営委員会は購入者を選別していたようです』

「はあ？　意味がわからんぞ……」

『ようするに、運営もカリン陣営に与しているということです。まったく大神は何をやっているのでしょうね。これではアマツ殿があまりにも可哀想です』

なんだそれは。そんなことが許されていいのか……？

私は信じられない思いでカリンを見つめた。

温もりの抜け落ちた微笑みが返ってきた。

そうして私は直感的に理解した。

おそらく──この少女は。カルラのような心優しい少女とは正反対の人間なのだ。

カルラを非難する声が会場を満たしていく。カルラ本人は顔面蒼白になって立ち尽くしていた。私は思わず「大丈夫？」と聞いてしまった。彼女は「大丈夫です」と小さく呟いた。

「ご、ごめんカルラ。私が全部悪いんだ。ヨハンのことをしっかり監督しておけば――」

「いいんです。私は最初から勝つ気なんてありません。どれだけ非難されても関係ない。たとえそれが事実と違っていたとしても放置しておけばいいんです」

カルラは苦しそうにそう言った。

わかっている。誰だって人から悪く言われるのはつらいものだ。

それでもカルラがじっと耐えるのは夢のため。

〝大神就任を回避してお菓子屋さんになる〟という野望のため。

だが、カリンは決定的な部分を突いてきた。

「――しかもお前、最近は甘味処なんぞを運営しているという話じゃないか」

カルラの肩がびくりと震える。

抉るような言葉が容赦なく降り注いだ。

「いったい私をどこまで侮辱すれば気がすむのだ？　将軍をやりながら、さらには大神を目指しておきながら、そんな甘っちょろいお遊びに精を出すなど呆れてものも言えん。国を愚弄しているとしか思えないな」

「おお！　そういえばアマツ・カルラ様が運営しているのは〝風前亭〟という名前のお店でし

たな！　実はこっそり立ち寄ってみたことがあるのですが」

「ほう。どんなものか感想を聞かせてみよ」

「それがですねえ――非常に申し訳ないのですが『微妙』というほかなくて。東都にはもっと腕のいい菓子職人がたくさんいるでしょうな。そもそも将軍が作る菓子など血生臭くて食えたものではありませぬ。向いてないのでは？」

「だそうだカルラよ。フーヤオもこう言っているわけだし店を畳んだらどうだ？　レイゲツやアマツなど〝士〟の一族は武を極めなければ存在価値がない。士が軟弱なことに勤しんでいればレイゲツ家の評判にも関わるではないか。菓子職人だと？　笑わせてくれる。お前のような軟弱者はさっさとどこぞの家に嫁いでしまえば――」

「やめろ」

私は思わず口をはさんでいた。

カリンにも何か理由があるのかもしれなかった。理由がなければここまで相手を口汚く罵るはずもないからだ。だが――涙をこらえてじっとしているカルラの横顔を見たとき、私は相手の面倒くさい事情など一切合切無視して特攻することを自動的に決めていた。

「カルラのお菓子は美味しいよ。私は大好きだ」

カルラもカリンもびくりと身を震わせた。気のせいだろうか。

「――だからどうした？　人の好みなどそれこそ人の勝手だろう。重要なのはアマツ・カルラが将軍にも大神にも相応しくない甘味処などというふざけたモノを営業していることだ」

「何を言ってるんだ……？」

「ふふふ……残念だったなカルラ。我々はお前が隠れて菓子作りをしていることを調べ上げていたのだよ。これでお前に対する不信はますます増大して——」

「そんな低レベルな話じゃないんだよッ！」

☆

『そんな低レベルな話じゃないんだよッ！——』

遠視魔法によって討論会の映像が映し出されている。

東都の繁華街。とある居酒屋。

食事時なので客席はほぼ埋まっていた。さらに天舞祭ということもあって誰も彼もが浮足立った空気を醸（かも）している。店の中央に設置されたスクリーンでレイゲツ・カリンやアマツ・カルラが叫ぶたびに「おおっ！」「そうだそうだ！」などと汚い野次が飛び交うのである。

まあ盛り上がるのも納得だな——と、逆さ月の幹部ロネ・コルネリウスは思う。

スクリーンではカルラ陣営として参加しているテラコマリ・ガンデスブラッドがものすごい剣幕で怒鳴っていた。

『選挙だかなんだか知らないけどお前は言い過ぎだ！　相手をここまで貶すことに何の意味がある⁉　カルラは小さい頃からお菓子屋さんになりたくて頑張ってきたんだ！　色々な障害がある中でやっとの思いで風前亭を始めたんだ！　それをお前は――お前は、得意げにあげつらって貶しやがって！　やってることが汚いんだよ！』

『と、突然どうしたガンデスブラッド殿。これは討論会だから……その、』

『風前亭の話だけじゃない！　さっきから聞いていれば何だよこれ。お前はカルラを貶すことしか考えてないじゃないか！　本当に大神になりたいんだったら相手のことよりも自分のことを語ったほうが百倍有意義だろ！　ばかぁ！』

カリンのほうは目を白黒させて言葉をつまらせていた。居酒屋のカルラ支持者と思われる者たちが口笛を吹いてテラコマリを称賛している。コルネリウスは盛り上がっていく討論会の様子を密かに見守りながらツマミの味噌蒟蒻を食らう。

「――すごい熱狂だな。まあ数十年ぶりの天舞祭ともなれば当然か」

「そうだな」

「にしてもどっちが勝つか見ものだよなあ。私はテラコマリがついてるほうが勝つと思うんだけど。アマツはどう思う？」

「さあ。それは天のみぞ知る」

対面に座る和魂の男――アマツは、不愛想にそれだけ呟いた。

コルネリウスは頬を膨らませてしまった。天照楽土に来てからこいつの様子がおかしい。なんというか、つれないのだ。常にべつの何かに気を配っているような感じ。

先日、逆さ月のボス〝おひい様〟からアマツに対して指令が下った。曰く「実家に帰って家族を安心させなさい」。コルネリウスはこれを聞いて胸が躍るのを感じた。アマツは普段から自分の実家に苦手意識を抱いている節がある。ついていけば面白いものが見られるだろう、そう思って無理矢理同道して天照楽土までやってきた。やってきたはいいのだが――

「――討論会に興味がないのはいい。でも、いつになったら実家に帰るんだよ」

「まだその時ではない」

客どもがまた歓声をあげた。テラコマリとカリンが言い合いを繰り広げている。誰もこちらを見ていない。テロリストが隠れて飯を食うにはもってこいの空間だった。

コルネリウスは酒臭い溜息を吐いて肩を竦めた。

「東都に来てもう三日だ。宿でだらだらするだけで何もしないじゃないか。私はお前が親戚連中にどつかれる姿を眺めて揶揄おうと思っていたんだぞ」

「期待はするな。しばらく本家に行くつもりはない」

「じゃあ観光地に連れてってよ。東都には有名な神社があるって聞いたぞ。なんていう名前だったかな……天託神宮だっけ？　縁結びのご利益があるっていう」

「勝手に行け」

やっぱりつれない。コルネリウスは舌打ちをして再び味噌蒟蒻を箸でつまんだ。

「まあそうやって愚図愚図しているお前も珍獣みたいで面白いけどな――ってしれっと私の蒟蒻を奪うなっ！　こらっ！　お前はどれだけ私の食い物を横取りすれば気がすむんだ！」

「お前は何か勘違いをしているようだが」

アマツが蒟蒻をもぐもぐしながら睨んできた。怖い。

「俺はべつに実家に帰るために東都を訪れたわけではない。少しは頭を働かせて考えてみろ。テロリスト集団のボスがテロリスト集団の幹部に対して『家族に会って安心させてやれ』などと言うはずがないだろう。おひい様の命令には特殊な意図が隠されているのだ」

「それは都合のいい解釈じゃないか？　脳内で勝手に補完してないか？」

「あの小娘の言葉をそのまま信じていたら痛い目を見るぞ。補完しながら解釈していかなければ逆さ月は立ち行かぬ」

「じゃあ聞こうじゃないか。おひい様は言外になんて言ったんだ」

「『天舞祭の結果を逆さ月にとって都合がいいよう調整しろ』、だ」

めんどくせえな――コルネリウスは素直にそう思った。

しかし冷静に考えれば納得できなくもない。おひい様はアマツに「帰省しろ」という命令を下した。そして帰省先ではちょうど天舞祭などという一大イベントが開かれている。確かに何らかの意図が隠されていても不思議ではない。

　だがしかし。しかしである。

「──あーもう！　つまらないな！」

　コルネリウスは諸手(もろて)を挙げて叫び声をあげた。

「ようするにジーッと身を隠して天舞祭の趨勢(すうせい)を見守っていろってことだろ⁉　せっかく旅行に来たのにもったいないないじゃないか！」

「旅行じゃねえだろ」

「つまらないつまらないつまらない！　観光地に連れていけーっ！」

　じたばた。じたばた。酔いのせいもあってか子供のように駄々をこねていると──振り回した腕が卓上の御猪口(おちょこ)を吹っ飛ばしていた。

「あ」──コルネリウスとアマツの声が重なった。

　吹っ飛んだ御猪口が通路を歩いていた男の足を直撃していた。中身がこぼれて履物(はきもの)に液体がひっかかる。あまりにも運が悪かった。ギロリと鋭い視線がこちらに向けられた。

「おい……てめえ何してくれてんだ？」

　想像以上にドスのきいた声。身が竦んでしまった。

「ごちゃごちゃと騒ぎやがって。翦劉風情が調子に乗ってんじゃねえぞ」

「え、えと。あの、その……違くて、」

「何を言ってんだ？　てめえは『ごめんなさい』の一言も言えねえのか？　こっちは足の骨が

折れるかと思ったんだぞ」

「ご、ごめんなさ……」

「あァ!? 聞こえねえっつってんだろうが!!」

「――悪かったな」

いつの間にか割り込むようにしてアマツが立っていた。

場が一瞬凍りつく。その間隙（かんげき）を突くようにしてアマツは丸めた紙幣を男に握らせた。

「こいつも酔っ払ってんだ。大目に見てやってくれないか」

「あ？ 何様のつもりで――ん？ てめえどっかで見たことあるような……」

「どうでもいいだろう。さっさと金を受け取って去れ」

「………、」

アマツの迫力に屈したらしい。男は「しょうがねえな」と舌打ちをして店を出て行った。

その後ろ姿が暖簾の向こうへ消えたのを見送ると――コルネリウスはどっと脱力してしまった。そうして胸の奥から途方もない安心感が湧（わ）き上がってくる。

「あ、アマツ～～～!! 死ぬかと思ったよ!!」

「気をつけろ。――おいひっつくな」

「東都がこんなに治安が悪いなんて初めて知ったぞ！ なんだあのクソチンピラは！ いきなり婦女子に手をあげるなんて愚かしいにもほどがある！ 馬鹿だ馬鹿！」

「あれはレイゲツ家の若い衆だろう。着物に虹を象った家紋がついていた。討論会でカリンが散々に言いくるめられているから気が立っていたのかもしれん」

「え？　レイゲツ家ってヤクザか何かなの？」

「レイゲツに限らずアマツも似たようなもんだぞ」

「…………」

これは不用意に近づくのはやめたほうがいいかもしれない。

「……いや、すまんなアマツ」

「こんなところで殺人が起きたら面倒だからな――いやしかし。今回の天舞祭は面白いことになりそうだ。前回の天舞祭がどうだったのかは知らんが」

アマツは邪悪に頬を歪めて「くくく」と笑う。

コルネリウスを力ずくでひっぺがして元の席に戻る。

「何が面白いんだよ」

「何も面白くはない。これから面白くなりそうだと言っているんだ。カルラのやつも少しはやる気を出したみたいだしな」

五剣帝アマツ・カルラ。

アマツ・カクメイの従妹にして次期大神候補者。目の前のこいつとは性格も顔立ちも全然似ていない気がする。まあイトコなんてそんなもんか。それはともかく――コルネリウスには少し気になったことがある。彼女が手首につけている鈴には非常に見覚えがあるのだ。

「……あの神具。私がお前に頼まれて作った《時習鈴》だよな」

「そうだな」

「あれは烈核解放を封じる代物だ。あの子には何か特別な力があるのか？　逆さ月の『烈核釈義』には載っていなかったぞ」

　アマツは何も言わずに汁物を啜っている。

　コルネリウスは「まあいいか」と箸を握った。とりあえず新しく注文をしよう。割り勘なのでもたもたしていると大損をする羽目になるのだ。

　コルネリウスはゆで卵を齧りながらアマツを見つめた。

「――一つだけ確認しておく。アマツ・カルラとレイゲツ・カリン。お前はどちらが大神になったほうが逆さ月にとって有益だと考えている？」

「それは一概には言えん。うちだって一枚岩ではない」

「ふん。面倒なことだな」

　本当に面倒なことだなとコルネリウスは思う。

　天舞祭の熱気はさらに増大していく。

　不意に外が騒がしくなる。悲鳴や怒号が聞こえてくる。

「人が死んでるぞ！」「なんだ喧嘩か？」「いや違う」「いきなり身体が破裂したんだ！」「何かの魔

法か？』『誰がやったんだ？』『おい。こいつレイゲツ家の者だぞ』——

どうやらアマツが握らせた紙幣型爆弾が作動したらしい。

いずれにせよ浮き世のことなど関係ないのだ。ロネ・コルネリウスの行動原理は単純明快。自分の研究でどれだけ世界を変えられるのかを確かめること。ただそれだけ。

☆

『——相手を非難している場合じゃないだろ！　まずは政策を述べろ！　カリンはこの天照楽土をどうしていきたいんだよ！』

『テロリストに屈することなき強い国にしたい！　だからこそアマツ・カルラのような者を政治の中枢から排除する必要があるのだ！』

『だからぁ！　カルラ中心でモノを考えるなよっ！——いいか、カルラの政策を聞いたらびっくりするぞ。さっきこはるから聞いたんだ。カルラは大神になったら……これは万が一に大神になったらの話だけど！　カルラが大神になったら税制度の改革とか雇用の見直しとか災害対策とかインフラ整備とかを死ぬ気で頑張るそうだ！　もちろん国防だって手を抜かない！』

『今の天照楽土にとって重要なのは国防一点のみ！　四方八方に手を伸ばしてどうする！　だいたい財源はどうするのだ財源は！』

『財源なんてどうにでもなる！　この国には埋蔵金が眠っているんだ！』

『そんなものは眠っていないッ！』

『眠っているッ！』

『眠っていないッ！』

『眠ってるって言ってるだろ！――それだけじゃない！　国民の心を豊かにする政策だって欠かさないらしいぞ。こはるによれば〝お菓子食べ放題券〟を無料で配布するとか……』

『ふざけるなァ!!　そんなことだからアマツには任せておけないのだッ!!――』


――眼下の会場では侃々諤々(かんかんがくがく)の議論が繰り広げられている。

よくやるなあ、とティオは思う。

転職したいなあ、とついでに思う。

六国新聞に入社してはや半年。今まで何度「やめようかな」と思ったか知れないが、今回ばかりはフリではない。本気と書いてマジと読むくらいに本気である。

「あーっはっはっはっは！　見なさいティオ！　討論会はテラコマリ・ガンデスブラッドの優勢よ！　レイゲツ・カリン陣営なんて目じゃないわ！」

「メルカさぁん……もう降りましょうよぉ……」

「降りてたまるか！　いま降りたら捕まるでしょ！」

東都の中央部にばかでかい時計塔が建っている。昼時になると鐘の音を響き渡らせることで有名な鐘楼であるが——そのてっぺんの瓦屋根に二人の少女が立っていた。

一人は白銀の新聞記者メルカ・ティアーノ。双眼鏡を片手に満面の笑みを浮かべている。そして彼女の腰にしがみついて泣き言をほざいているのは猫耳少女のティオ。

泣き言をほざかないほうがおかしいのだ。

なぜムルナイト支局に所属しているはずの自分が天照楽土にいるのか。なぜこんな高いところにのぼって高笑いをする必要があるのか。これ足を滑らせたら死ぬやつじゃん。そもそも勝手にのぼるなって下の看板に書いてあったじゃん。無許可の登攀は法律により禁じられていますって書いてあったじゃん。

「見てくださいメルカさん！　下に警察の方々が集まってますよ！」

「うっさいわね！　討論会の入場券を買えなかったんだから仕方ないでしょ！——それよりも見なさい。ついにアマツ・カルラが動き出したようね」

ゴリッ！　と首を力づくで回されてステージのほうを向かされた。

まだ口論は続いているらしい。観客たちは熱狂してわーわー言っている。ティオにはよく理解できない世界がそこに広がっていた。人を口汚く罵ってまで君主になろうという気持ちがまったく理解できなかった。レイゲツ・カリンが叫んだ。

『——とにかく！　甘味処なんぞを隠れて営業しているアマツ・カルラは〝士〟の風上にも

置けん！　五剣帝としての自覚が足りないのだ！　和菓子屋なんぞ辞めてしまえ！』

『勝手なことを言うなよっ！　カルラがどれだけ苦労してきたかも知らないで――』

『いいんです。コマリさん』

アマツ・カルラがテラコマリの肩を叩いて前に出た。

先ほどまで泣きそうな顔をしていたのに今は毅然とした面持ちになっていた。

ティオはなんとなく察する。テラコマリの言葉に勇気をもらったのだろう。

『あなたに言われる筋合いはありません。私は風前亭を続けるつもりです』

『続けるだと⁉　アマツの一族のくせして軟弱なことを！』

『お菓子屋さんになりたくてもいいじゃないっ！』

聴衆が一斉に押し黙った。それほど迫力のある絶叫だった。

『私は小さい頃からお菓子屋さんになりたかった！　本当は将軍なんてやりたくないと思っていた！　天舞祭に参加したのだって不本意なんですっ！　私は風前亭でお菓子を作って、食べた人が笑顔になってくれればそれで満足だったから……！』

『何を……言っている？　お前は……』

『私はッ‼　大神になんかなりたくない‼――でも、でもあなたには任せられない！　あなたは色々とずるいことをしてきました。そして何より――私のお菓子作りを否定しました！　人の夢を踏みにじるような行為が共感を得られると思いますか⁉　そんな人についていきたいと思いますか⁉』

隣で上司のメルカがニヤリと笑う気配がした。

会場の人間どもは口を噤んでアマツ・カルラの演説に聞き入っていた。

『あなたが改心しないというのなら、私は全力であなたを叩き潰します！　そうして大神になった後に辞任します！　自分のやりたいことをやります！　アマツ家もレイゲツ家も関係ありません、私は自由に生きるつもりです！　ただ……ただ、あなたにだけは大神をやらせたくない！　これは私が〝士〟として遂行するべき最後で最大のおつとめです。私はあなたと戦います――天照楽土と和魂のために！　さあ、かかってこいレイゲツ・カリン！　私とガンデスブラッドさんが全力でお相手いたします‼』

…………………。

…………………。

「……アマツ・カルラって大神やりたくないんですかね？」

「やりたくないって言ってたでしょうに。あんたの耳は飾りなの？　私がいじって遊ぶためのオモチャか何かなの？」

耳をイジイジされながらティオは考えた。

アマツ・カルラには少し共感を覚えてしまう。自分もやりたくない仕事をやらされているのだ。あの人みたいに勇気を出して辞表を出したら何かが変わるのだろうか。

ほどなくして――

客席から割れんばかりの拍手喝采が巻き起こった。

誰もカルラに不躾な言葉を投げかけることはできなかった。

ただただ圧倒されていたのだろう。自分たちの頂点に立つべき者の存在感に。

いやまあ。それはさておき。

アマツ・カルラからちょっとだけ勇気をもらったので反抗してみるとしようか。

さっきから耳をイジってくるパワハラ上司に一矢報いてやるのだ。

「メルカさん！　こんな危険な仕事はおかしいですよ！　だいたいメルカさんは私に無理をさせすぎなんです！　もっと大事にしてくれないと訴えますよ！」

「その前に殺すぞ」

「すみません」

もらった勇気はハリボテだった。

メルカは「んなことよりもスクープよスクープ！」と嬉しそうにニヤニヤしていた。

「やはり勝利の女神はテラコマリ・ガンデスブラッドがいるほうに微笑むようね。それともテラコマリ自身が勝利の女神なのか？　ふふふ――面白い！　面白いわねあの吸血姫は！」

「面白くありませんよぉ。だいたい何で私たちは東都まで出張ってるんですかぁ？」

「天照楽土支局がナマケモノ専門の動物園みたいな有様だからに決まってるでしょ！　六国新

聞は確かに世界的に有名よ——でもこの東都だけは違う。ここでは〝東都新聞〟とかいうロクでもない連中が幅を利かせてるの！　私たちはこいつらを駆逐するための助っ人なのよ」

やってられん、とティオは思った。

「はいはいそうですか。それはそうと早く美味しいものを食べて帰りましょうよ。私の事前調査だと風前亭っていうお菓子屋さんが人気だとか……」

「んッとに何も聞いてねーんだな‼　その風前亭っていうお店はアマツ・カルラが営業してるって討論会で判明したでしょうに！　行くに決まってるでしょ！　というか暑苦しいからひっつくんじゃないわよ！　離れろーっ！」

「うわわわわ動かないでください落ちる落ちる落ちる」

部下を高所に拉致して落とそうとする上司がどこにいるのか。

ここにいる。よし辞めよう。

「メルカさん……マジでそろそろ降りましょうよ。風に煽られて落ちそうですよ」

「それにしても壮観ね。東都はどこもかしこもお祭り騒ぎだわ」

「話聞いてますか？」

「耳の良いあんたなら聞こえるでしょ？　新しい時代の産声が」

そんな産声は少しも聞こえない。かわりに「降りろー！」という警察の怒声が鼓膜を震わせていた。怖いので猫耳をぺたんと伏せて聞かなかったことにする。

「やることは山ほどあるわ。取材対象が腐るほどいるからね。アマツ・カルラにテラコマリ・ガンデスブラッド。それに加えてプロヘリヤ・ズタズタスキーとリオーナ・フラット……」

「あの……リオーナはいいんじゃないですかね……」

ギロリ！　と睨まれた。

ひいっ！　と声が漏れた。

「何言ってんのよ。〝六戦姫〟に取材できるチャンスを逃したらもったいないでしょうが」

「だって……いつでも会えるっていうか。あいつって私の妹だし」

「は？」

「双子の妹です。私より後に生まれてきたくせして生意気なんですよ。小さい頃から勉強も運動もできたし挙句の果てには将軍なんかになっちゃって。私の才能は全部あいつに吸い取られたんです。まったく腹が立ちますよね。私がこんなアホみたいな仕事してるのに――」

「どうしてそれを早く言わないのよぉーっ!!」

「ぐべぁっ!?――ちょっ、いきなり叩かないでください!!　落ちたら死にますよ!?」

「リオーナ・フラットといったらラペリコのエースじゃない！　どうしてあんたみたいなヤツの妹が将軍やってるのか疑問だけど――さっそく取り次ぎをしなさいっ！」

「あいつ嫌いなので嫌ですぅ！　だいたい需要ありますか？　リオーナよりもテラコマリやアマツ・カルラを取材したほうが百倍有意義だと思いますけど！」

「む……言われてみれば確かに」

納得しちまうのかよ、とティオは思った。

まあリオーナ・フラットが他の国の将軍と比べて華やかさに欠けるのは確かである。あいつが注目されるのは癪なので是が非でも取材はしてやらない。ざまあみろ。

メルカは「まあとにかく！」と強引に話をまとめようとした。

「私たちの目的は天舞祭の趨勢を実況すること！　そして東都新聞をけちょんけちょんに打倒してやることよ！　見なさい。ちょうど討論会が終わったようね」

会場を見下ろす。どうやら決着がついたらしい。

あちこちから「カルラ様！　カルラ様！」という喧しい声援が聞こえてくる。どちらが勝ったのかは誰の目にも明らかだった。

「すぐに記事を書かなくちゃね。時間は限られているわ――行動を開始しましょう」

「どうやって降りるんですか？　梯子で降りたら下にいる警察に捕まりますよ」

「心配いらないわ。記者たるもの有事のための準備は怠らないものよ」

そう言ってメルカが取り出したのは魔法石である。おそらく空間魔法【転移】が封じ込められたものであろう。さすがですねメルカさん！――そんな感じで適当な賛辞を唱えながらティオは上司の腰に抱き着いた。メルカはすぐさま魔法石に魔力を注入し、

魔法石から光が溢れて【転移】が発動した。

気づいたら時計塔の真下にワープしていた。

目の前には警察の方々が待ち構えていた。

「は？」

「降りてきたぞ！　捕まえろ！」

「――ちょっと何やってんですかメルカさん⁉」

「しまったわ。門を構築する場所をミスってたみたい！」

「はあああああああ⁉」

メルカとティオは不法侵入の現行犯で逮捕された。

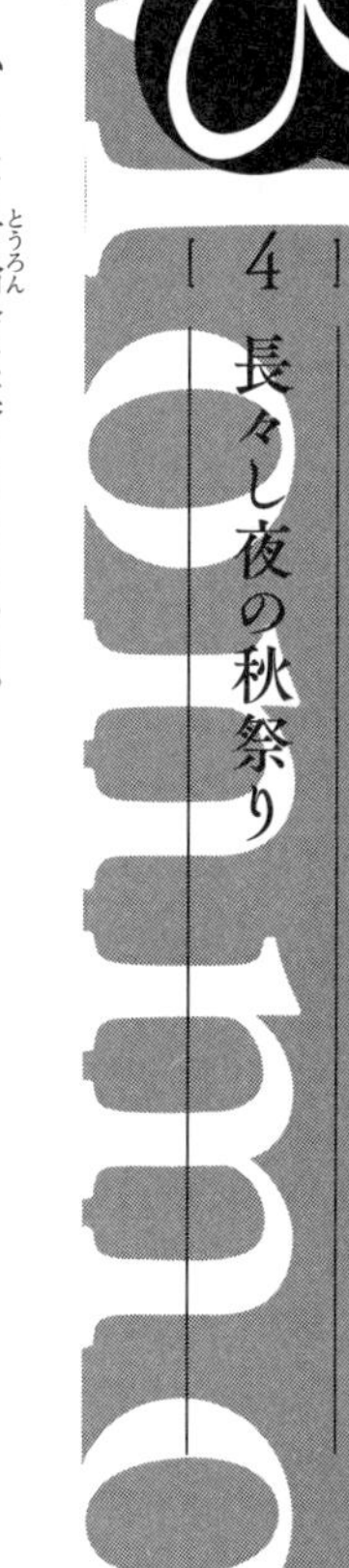

かくして討論会は幕引きとなった。

カルラの宣言は天照楽土に大激震をもたらしたといえよう。

「大神にはなりたくないけど対抗馬には任せられないから叩き潰す」——それはある意味で真に国家のことを憂慮する〝士〟の発言だった。翌日の六国新聞にはカルラの発言が大きく取り上げられて称賛されていた。運営委員会の事前調査によれば現在はカルラが大きくリードしているらしい。カリンに買収されている疑惑のある委員会が「カルラ優勢」と発表することには大きな意味があると思われた。

天舞祭も後半戦。

あの討論会以降、カルラは特に目立った行動をしていない。

一つだけ変わったことがあるとすれば、彼女が運営している甘味処〝風前亭〟が空前のブームを迎えていることだろうか。連日お客様が大量に押し寄せて大騒ぎらしい。カルラは選挙そっちのけでお菓子作りに勤しんでいるとかなんとか。

そんなこんなで今の私には特にやることがない。やることがないのでアマツ本家の部屋に引きこもって黄粉餅を食べながら読書に精を出していたのだが――

「出先で引きこもるなど言語道断です。外ではお祭りをやっているので私と一緒にデートをしましょうそうしましょう。とりあえず腕を組んで周りの人間にアピールしましょう」

「おわあああ⁉　ぽろぽろこぼれる！　ぽろぽろこぼれる！」

突然ヴィルがチョークスリーパーの如きハグを繰り出してきたので黄粉がぽろぽろと畳にこぼれてしまった。私は力ずくで変態メイドの戒めを脱して距離を取る。やつは皿の上に残っていた私のお菓子（カルラからもらった）をつまみ食いしていた。こいつ……！

「いきなり何の用だよ！　お菓子が食べたいなら風前亭に行ってくればいいじゃないか」

「ご報告を差し上げようかと思いまして。現在第七部隊の幹部がヘルダース中尉の行方を捜索中です。が――未だに消息をつかめていないとのことです」

私はハッとした。

そうだ。暢気にお菓子食べている場合じゃないのだ。

ヨハンの所在は不明のままだった。まさかカリン陣営に殺されたわけではないと思うが、それでも心配なものは心配なのだ。あいつは死神に愛された吸血鬼だからな。

「私も捜しに行こう。ヴィルもついてきてくれ」

「その必要はありません。捜索は打ち切りになりましたので」

「打ち切り？　なんで……？」

「これ以上闇雲に捜しても無意味なので、レイゲツ・カリン陣営をつつくのが最善だと判断しました。二日後の決戦で完膚なきまでに叩きのめして吐かせればいいのです。――大丈夫ですよコマリ様、ヘルダース中尉は十中八九無事ですから」

「むむ……まあお前がそう言うなら……」

「――私がレイゲツ・カリンさんを暗殺して記憶を見てみましょうか？」

聞き覚えのある声が耳に届いた。いつの間にか襖のところに白銀の吸血鬼が立っている。

暗殺などという物騒な単語が聞こえた気がしたけどそれはおいといて――

「サクナ⁉　なんでいるの⁉」

「コマリさんに会いたくて来ちゃいました。人形じゃ我慢できなくなって……あ、もちろん有給休暇を使っているので心配いりませんよ。お仕事をサボってるわけじゃないですから」

有給休暇……？　なんだその概念は……？　あと「人形で我慢」ってなんだ……？

サクナは困惑する私のもとにトテトテと近寄ってくると「えへへ」と微笑みを浮かべ、

「でもコマリさんのためなら精一杯働きます。……私の力、必要ですか？」

「何を仰っているのですかメモワール殿。暗殺などしてしまえば確実に波乱を呼びますので引っ込んでいてください。というかさっさとムルナイト帝国に帰ってください。これから私はコマリ様とお祭りに行く予定ですので」

「お祭り行くんですか？　じゃあ私もついていこうかな……」

天舞祭の開催期間中はどこもかしこもお祭り騒ぎ。

東都には世界中から集まった露天商がところせましと店を構えている。とはいえ私は不用意に外出するつもりはなかった。興味がないわけではなく、身の危険を感じるから。魔核がない場所では慎重に行動をするべきなのだ。

「お祭りなんていいよ。それよりもお腹がすいた」

「コマリ様の晩ご飯は抜きです」

「なんで⁉」

確かにお菓子はたくさん食べたけどさ！　デザートは別腹って言うだろ⁉

「厨房に『夕飯は不要です』と言っておきました。何故なら私たちはこれから外で食べることになっているからです。たこ焼きとか串焼きとかを買い食いしましょう」

「ぐ……そういうことか……しかしだな……」

「それと、せっかくなので東国風の衣装を用意してみました」

そう言ってヴィルが取り出したのは天照楽土の伝統衣装――着物だった。

おい。嫌な予感がするのは気のせいか？

「さすがに浴衣では寒々しいので長襦袢と木綿の着物です。コマリ様に似合いそうな赤い柄にしてみました。さあさっそく着替えましょう。その軍服を脱いでください」

「やめろ！　近づくな！　おいサクナ、見てないでヴィルを止めてくれ！」

「は、はい！　ヴィルヘイズさん、コマリさんが嫌がっていますよ！」

「嫌よ嫌よも好きのうちと言います。それにメモワール殿も拝んでみたくありませんか？　和風バージョンのコマリ様を」

「…………………」

「え？　サクナ？　なんで動きが停止したの？」

「すみませんコマリさん。拝んでみたいので失礼します」

「ちょ、やめ、――あああああああああああああ!!」

絶叫しても無駄だった。

こうして私はサクナに拘束されてヴィルに脱がされて着せられた。

――余談であるが、私の中では〝危険度評価値〟というものが存在する。その人物がどれだけ私に実害を与えるかによってレベル1～5の範囲でランクづけしているのだ。

身近な人物でいえば、たとえばヴィルは言うまでもなくレベル5。第七部隊の連中もレベル5。カルラは平和主義者なのでレベル1。ネリアは私をメイドにしようと企んでいるのでレベル3。皇帝は度を超えた変態だが接触機会が少ないのでレベル4。妹はレベル5。

そしてサクナは「優しい美少女である」という観点からレベル1に落ち着いていたが――そろそろ2に引き上げたほうがいいような気がしてきたな。うん。

「……動きづらいなこの服。天照楽土の人はこんなので飛んだり跳ねたりしているのか？」

「でも似合ってますよコマリさん。とっても可愛いです」

「ま、まあそうだな。私は一億年に一度の美少女だからな」

「誘拐犯に誘拐される前に私が誘拐してしまいましょう」

「お前が誘拐犯だろっ！」

変態メイドを押しのけながら私は軽やかに石畳を踏んだ。

大通りに等間隔で設置された灯篭が明るく夜暗を照らしている。

どこからともなく聞こえる太鼓の音。ともすれば立ち眩みを覚えるほどの雑踏。そこかしこから立ち込める食べ物の美味しそうなにおい——まったくもって賑やかだ。毎日こんな騒ぎをしていて東都の人は疲れないのだろうかと思う。

「さてコマリ様。何か食べたいものはありますか？」

「そうだな——あ、あれ食べてみたい」

すれ違った女の子が丸い形のパン（？）をかじっているのを目撃する。いいにおいがしたので気になってしまったのだ。

「あれは大判焼きですね。あそこの屋台で売っているので私が買ってきます」

「いいよ。私だってお金は持っているんだ」

財布を片手に屋台へ近づく。これでも一応は七紅天大将軍として働いているからな。給料はほとんどお父さんに管理されているけど、それなりにお小遣いはもらっているのだ。

「ヴィルとサクナも食べる？　私が奢ってあげるよ」

「そんな、悪いですよ。自分のぶんは自分で払いますから……ねえヴィルヘイズさん」

「では奢ってください。私はカスタードとあんこを一つずつ所望します」

「ええ⁉」

「よしわかった！　忘れられがちだけど私はヴィルの上司でサクナの先輩だからな。たまには威厳というものを見せつけてやる。――すみませーん、大判焼き四つください」

「あいよ。全部で八百円ね」

言われるままに財布の中身を漁って――そして私は愕然とした。

……〝円〟だと？　メルじゃなくて？　いやまあ壺の値段が百億〝円〟だと言われた時点で薄々気づいていたけどやっぱり通貨単位が違うのか？　私のお小遣いは無用の長物？

屋台のおじさんが眉をひそめてこっちを見た。「はよ払えや」って感じの目である。

私は泣きそうになって隣のヴィルを見上げた。やつは「やれやれ仕方ないですね」といったふうに財布から小銭を取り出した。私が初めて目にする異国風のお金だった。

「お、お前！　そんなものをどこで」

「アマツ本家の箪笥を漁っていたら見つけました」

「窃盗じゃねーか!!」

小銭と大判焼きがトレードされる。

ヴィルが「冗談ですよ」と笑いながら紙に包まれたそれを差し出してきた。

「簞笥を漁っていたらアマツ殿のお祖母様に見つかりまして。『お祭り行きたいならお小遣いをやるよ』と大量のお金をくれました」

「…………」

色々とツッコミを入れたい点はあるが黙っておくとする。とりあえず借りたお金はきちんと返済するとしよう――そんなふうに決意を固めながら大判焼きをかじってみる。

熱い。けど甘くて美味しい。夕飯というよりお菓子を食べている気分だ。

「コマリさん。あっちにカステラもありますよ」

「ほんと!? でも甘いモノばかり食べると太るかな……」

「大丈夫です。コマリ様の肉体は私がコントロールしていますので」

「え? ヴィルへイズさん、それどういうことですか?」

「お出しする食事のカロリーを調整することによってコマリ様の体重も調整します。増量も減量も私次第。というわけでコマリ様、今日は好きなだけ好きなものを食べて大丈夫ですよ」

「わーい!!」

「コマリさん……この人けっこう常識外れのことやってますよ……」

よくわからないけど許可が出たのでお祭りを存分に楽しもうではないか。

私はヴィルから天照楽土のお金を分けてもらうと、目についた屋台を片っ端から巡っていった。たこ焼き。いか焼き。焼きとうもろこし——食べ物ばかりではなく金魚掬いとか曲芸小屋とか彩色雛とか奇妙なモノまでたくさんあった。

「ギャップを感じるよな。ムルナイトよりも雑多なワクワク感がある」

「そうですね——特にあれとか雑多ですよね」

ヴィルが指差す先には人だかりがあった。

首を伸ばしてのぞいてみる。どうやら射的屋らしい。鉄砲で打ち落とした景品をもらえるという単純な遊びだ。本来ならば棚にズラリと景品が並んでいるはずなのだが——見た感じだとスッカラカンである。あ、今最後のラムネ瓶が落とされた。

「わははは！　他愛もないな！　おい店主よ、さっさと次の景品を並べたまえ」

「勘弁してくださいっ！　全部取られちまったら商売あがったりですっ！」

「何を言っている？　お前は最初からマトモな商売をするつもりはなかっただろう！　見たまえ、この綿菓子のような弾丸を。これではキャラメル一個も落とすことはできんぞ！　まあ私ならできるけどな！」　わはははははは——高笑いが響き渡る。

周囲の人間たちが「さすがプロヘリヤ様～！」と騒いでいた。

称賛に気をよくした厚着の少女——プロヘリヤは胸を張って得意げである。しかし彼女の隣にいた猫耳少女が呆れたように「は～～～～～～～～～～」と溜息を吐いて、

「こんなに景品いらないでしょ。どうするの？」

「貧しい方々に配るのだ。富の再分配は我々の使命だからな。——さあ無知蒙昧なる子供たちよ！　プロヘリヤ・ズタズタスキー閣下から素敵なプレゼントだ！　受け取りたまえ！　あ待て。シロクマのぬいぐるみだけは私がいただこう」

子供たちがプロヘリヤに向かって猪突猛進を始めた。

最強の六凍梁はもみくちゃにされながらも不敵な笑みを絶やさない。海のように心が広い少女である。髪を引っ張られても笑みを絶やさない。顔面を殴られても笑みを絶やさない。

「……あの二人って敵だよな。やっぱり最後に戦うことになるのかな」

「おそらくは。今のうちに観察しておくのがよいかと思います。猫耳のリオーナ・フラットはともかくプロヘリヤ・ズタズタスキーは要注意です。強いだけじゃなくてたぶん頭もキレますからね。皇帝陛下から変態成分を抜いたらあんな感じになると思います」

「皇帝から変態成分を抜いたらセミの抜け殻みたいになると思う」

「——おお！　そこにいるのはテラコマリ・ガンデスブラッドではないか」

景品を配り終えたらしいプロヘリヤがこっちに気づいた。シロクマのぬいぐるみを抱きかかえながら堂々とした態度で近づいてくる。ちょっと涙目になってるけど大丈夫？　鼻に頭突きでも食らったりした？

「お前も祭りを楽しんでいるのかね？　だがメインディッシュはこれからだぞ。二日後にはレイゲツ・カリン陣営とアマツ・カルラ陣営の最終決戦が行われるのだ」

「そ、そうだな！　戦いが始まるまで退屈で退屈で仕方がないぞ！」

「だろうな。実は我々もカリンから相手にされなくて暇なんだよ。なあリオーナ」

プロヘリヤの隣には猫耳少女が少し緊張した面持ちで立っていた。

数日前のパーティーで制御不能のカピバラに振り回されていた将軍——リオーナ・フラットである。彼女はすっと右手を差し出して、

「よろしくテラコマリ。最後の戦いでは負けないからね」

闘争心剝きだしであった。周囲の目もあるので将軍様モードで答えるとしよう。

「こちらこそよろしく頼もう。お互いにベストを尽くせるといいな」

「ちなみにコマリ様の好物は猫の丸焼きです」

びく!!　とリオーナの毛並みが逆立った。おいヴィル適当なこと言うんじゃねえ。どこで六国新聞の阿呆どもが聞き耳を立てているかわからないんだぞ——と思っていたら何故かリオーナがめちゃくちゃ動揺した様子で私を睨んできた。

「わ、私だって吸血鬼の塩焼きを食べたいって常々思ってたから！」

「そういえばコマリ様。猫を飼いたいと仰ってましたよね」

「へ？　そんなこと言ったっけ？」

「言ってました。ちょうど野生の猫がここにいるので捕獲して飼いませんか？」

「はあ⁉　猫を飼う⁉　非常識にもほどがあるよ！」

「そこまで非常識か……？」

「ッ⁉　そ、そっちがその気ならこっちにも考えがあるからね。実は私も吸血鬼を飼育してみたかったんだ。次の戦いで負けたほうが勝ったほうのペットになるってのはどう？」

「いや、それはちょっと」

「いいですね！　フラット殿の承諾も得られたので首輪の発注をしておきましょう。主人に逆らうと電流が流れるやつがいいですね」

「待て。私の話を聞いてくれ」

「まだ私は負けてないっ！　絶対にほえ面かかせてやるからな！　私の爪で内臓ずたずたにしてやるからな！　キャットフードで飼ってやるからな！　覚えてろ〜〜〜〜‼」

リオーナは物騒なことを叫びながら雑踏の中に消えていった。

この変態メイドには色々な才能があるけど一番突出しているのは初対面の人間に喧嘩を売る才能であろう。まったくもって羨ましくない。まったくもって意味がわからない。

プロヘリヤが「わははは」と楽しそうに笑っていた。

「お前とリオーナは仲が良さそうだな」

「今のが初めての会話なんだけど。いきなり嫌われてるんだけど」

「無関心よりもよっぽどいいだろう。お前には人と打ち解ける才能があるのかもしれんな。だが――たとえお前がどれだけ我々と仲を深めようとも関係はない。結局は殺し合うことになる運命なのだから」

シロクマのぬいぐるみをモミモミしながらプロヘリヤは言う。

「我々白極連邦はレイゲツ・カリンが大神になることを望んでいる。これは党大会の決定であるからして覆すことはできん。お前たちがアマツ・カルラを擁立せんとする限り全面衝突は避けられないだろう」

党大会……？　つまり国の偉い人が決めたってこと？　私は皇帝から何も言われてないんだけど。今更だけどムルナイトって色々と杜撰だよな――そんな感じで呆れていると隣のヴィルが一歩前に出て「ところでズタズタ殿、」と口を開いた。

「あなたはレイゲツ・カリンの味方なのですか？」

「当たり前だろうに」

「では、あの方が本当に大神に相応しいと思っているのですか？」

プロヘリヤが目をパチパチさせた。

「……ふん。何か勘違いしているようだなメイドよ。我々はオトモダチではないのだ。お互いがどんな人間なのかも知らないのにそのような重要事項を易々と教えるはずもなかろう」

「我々はあなたがどんな人間なのか少しわかりますよ。ねえコマリ様」

「ほう。面白いなテラコマリ。私はどんな人間なんだ？」

「え？　そ、そうだな……ピアノが上手くてぬいぐるみが好きな人？」

一瞬表情が消え失せた。

しかしすぐに顔を真っ赤にして「馬鹿者ぉ！」と地団駄を踏み、

「私はこれが欲しかったわけではない！　勝者が戦利品を得るのは当然の流れだから頂いておいたまでのこと！　こんなもの欲しくもないからお前にくれてやるわ！」

ぐにゅ、とシロクマを押しつけられた。

どうやら失言だったらしい。私は慌てて押し返そうとした。

「わ、私もいらないよ！　プロヘリヤが持って帰ればいいじゃないか」

「私のほうがいらない！　こんなもので喜ぶのは子供くらいのものだからな！　いや待て誤解されるといけないので訂正しておくがお前のことを子供だと侮っているわけではないぞ」

「ぐむむ……」

こういう面倒くさいタイプの子に「本当は欲しいんでしょ？」と言っても無駄である。仕方がないので私はシロクマを受け取ると、かわりに焼きトウモロコシを差し出して、

「じゃあ遠慮なくもらうよ。かわりにこれあげる。等価交換だ」

「等価交換！　よい響きだな」

プロヘリヤはトウモロコシを受け取るとさっそく齧り始めた。しかしその視線はぬいぐるみに釘付けである。後で適当な理由をつけて返却してやるとしよう。

私は改めて目の前の少女の姿を観察した。純血の蒼玉種のためかサクナよりも全体的に色白な気がする。真冬かと思うほどの厚着のせいで素肌はよくわからないけれど。あと——この少女には、カリンみたいなチクリとした居心地の悪い雰囲気が、あんまりない。

「——なあテラコマリ。お前はアマツ・カルラの真の力を知っているか」

荷物が多すぎてシロクマが腕から滑り落ちそうになる。サクナが間一髪でそれをキャッチしてくれた。私は「ありがと」と礼を言ってからプロヘリヤに向き直り、

「知ってるよ。宇宙を破壊する力だろ」

「知っているのなら話がはやいな。おそらく書記長はその力が欲しいのだよ」

「はぁ？　どういうことだ？」

「お前のことが気に入ったから教えてやろう。書記長曰く『アマツ・カルラの力をもってすれば白極連邦は〝誤った歴史〟から脱却できる』らしい——おっと質問はするなよ。私も意味がわからんのだ。あの男はいつも小難しい言い回しをして私を煙に巻く」

「書記長と仲が悪いの？」

「悪い」プロヘリヤは顔をしかめてそう言った。「まあそんなことはどうでもいいだろう。せっかく祭りに来ているのだから面倒なことは忘れて楽しみたまえ」

そこでプロヘリヤは思い出したように、

「——そういえば天託神宮にはもう行ったか？　有名な観光地だから行っておくとよいぞ。

あそこのご本尊は東都にそびえる樹齢八百年の桜だ。なんでも縁結びのご利益があるらしい」

ガタッ!!　という効果音が鳴りそうなほどの反応を見せた者どもがいた。

面倒ごとの予感しかしない。諸悪の根源であるプロヘリヤは「ではよい祭日を」と言い残して去っていった。どうせなら一緒に行動したかった。上手く懐柔して仲良くなっておけば最後の決戦でも手加減してくれるかもしれないからだ——と思っていたら、いきなり両側から腕をガシッとつかまれて蹈鞴を踏んでしまった。おいやめろ！　たこ焼きが落ちる！

「コマリさん。せっかくなので天託神宮っていうのに行ってみませんか？」

「そ、そうだな。せっかくだしな」

「コマリ様。せっかくなので天託神宮の賽銭箱に百億円くらい突っ込みませんか？」

「そんなお金があったら壺を買うよっ！」

私は二人に引っ張られるようにしてその場を後にした。

☆

天託神宮。大神がおわす桜翠宮の一角にたたずむ社。

その広大な境内の一角に風前亭の出張屋台があった。どうせなら祭りに乗じて一儲けをしよう——そう考えた鬼道衆の面々によって勝手に営業されていたのである。仕方がないのでカ

ルラも売り子の一人としてあくせく働いていたのだが、

「売れてしまいましたね……」

「売れた。ぼろい商売」

忍者のこはるが満足そうに頷(うなず)いていた。

討論会が終わってから風前亭は大盛況である。この屋台ですら例外ではなく、あれだけ準備しておいた和菓子は日が暮れる頃にはめでたく完売、祭りがいちばん盛り上がる時間帯（花火の直前あたり）を待たずして店仕舞(みせじまい)と相成った。

屋台に立ち寄った人々は「頑張ってくださいね」「大神になるのはアマツ様です」「応援していますから！」などと口々に温かい言葉を投げかけてくれた。確かに応援してくれているのは素直に嬉(うれ)しい。しかしカルラをさらに喜ばせたのはもう少し別角度からの声援だった。

「お菓子美味しかったです」「また風前亭に寄らせてもらいますね」「カルラ様のおかげで私もやりたいことに挑戦する勇気が出ました」――そういう声をかけてくれるのである。

自分の決意が人々に認められた気がした。

「カルラ様、大人気だったね」

「ええそうですね――って何ですかそれ⁉」

こはるがお面をつけていた。しかも明らかにカルラの顔面を象(かたど)った一品である。あまりに精巧な出来だったので自分がもう一人いるのかと思ってしまったがそれはさておき、

「これも人気の証拠。東都でカルラ様のお面が売っている」

「恥ずかしいから回収してくださいっ！――まったくもう、どこのお店がこんなモノを売っているんですか。許可した覚えはありませんからね」

「鬼道衆の屋台がいたるところで売っている」

「いたるところで売らないでくださいっ！　ま～た私に内緒で勝手なことをして～!!」

カルラはこはるの肩をぽかぽかと叩いた。

鬼道衆は優秀な忍者集団であるが優秀さを発揮する方向がズレている場合もよくある。トップのこはるの思考回路がズレているからかもしれない。

カルラはぷんぷん怒りながら屋台の裏の丸椅子に腰かけた。

「今度おかしなことをしたらお菓子を作ってあげませんからね。まあ今日は気分がいいので許してあげますけど」

「みんなカルラ様のこと応援してる。よかったね」

「……ええ、まあ」

カルラは髪をいじいじしながら思案に暮れる。妙にこそばゆかった。

長年抑圧されてきたものが一気に解放されるような快感――そしてこの快感をもたらしてくれたのは言うまでもない。討論会でカルラを鼓舞した紅色の吸血鬼なのだった。

一方的にカリンに責め立てられた、あのとき。

テラコマリはカルラを庇ってくれた。

心の底からカリンに対して怒りを燃やし、純粋な気持ちで「カルラのお菓子はおいしい」と言ってくれた。あれがあったからこそカルラは己の内心をぶちまける気になったのだ。

「……テラコマリにはお礼をしなければなりませんね」

「カルラ様、まだお礼してなかったの？」

「忙しくてゆっくりお話する機会もありませんでした」

「ふぅん。あ、あと。テラコマリに頼めばお祖母様の問題も解決してくれるかもしれないよ」

こはるが屋台の骨組みを片付けながらそう言った。

カルラは思わず口ごもってしまう。

討論会ではカルラの真意を天照楽土の国民に伝えたはずである。しかし——あれ以降、祖母とは一言も言葉を交わしていなかったのだ。本家で顔を合わせても何故か無視されてしまう。おそらくこれ以上ないほどに激怒しているのだろう。

なんとかして祖母と話しておきたいのだが——そんなふうに頭を悩ませていると、ふと、境内の人混みの中に見覚えのある吸血鬼の姿を見つけた。

着物を身にまとったテラコマリ・ガンデスブラッドである。

部下のヴィルヘイズとサクナ・メモワールを引き連れて楽しそうにはしゃいでいた。

「行ってくれば」

「え？　でも……」

「片付けは終わったから」

鬼道衆によって屋台はほとんど解体されていた。

こはるに背中を押されてテラコマリのほうを見やる。あの少女にはお礼をしなければならない。しかしカルラにはもう一歩だけ踏み込んだ考えがあった。

テラコマリはたぶん巷（ちまた）で言われているような〝殺戮（さつりく）の覇者（はしゃ）〟ではない。いやもちろんヤバい力を持っているのは確かだが、根っこの部分は優しい吸血鬼に違いないのだ。

「……こはる。お店のことはお願いしますね。ちょっとだけお話をしてきます」

カルラの夢を応援してくれたテラコマリなら。

カルラの真の理解者になってくれるかもしれなかった。

☆

天託神宮は大神がおわす巨大な宮城に併設されている。

拝殿の向こうには八百年にもわたって東都を見守りつづけてきた桜の木が屹立（きつりつ）していた。

榜（たてふだ）に書いてあった説明によれば、あの桜こそが天託神宮のご本尊なのだという。

賽銭箱に小銭を入れて合掌をする。私はあんまり神様を信じない性質だが、郷に入っては郷に従えというし、今日くらいは真面目に祈らせてもらおうではないか。

「死にませんように死にませんように死にませんように……」

「コマリさん、声に出てますよ」

サクナが苦笑を浮かべながら私の横に立った。わざと声に出したのである。心の中で念じた程度では神様に伝わるか不安だからな。

「サクナは何をお願いしたの？」

「ふぇ⁉　えっと……世界平和、でしょうか？」

「そっか。サクナはいい子だなぁ」

「えへへ……」

「やれやれ。お二人ともまったくわかっていませんね」

不意にヴィルが肩を竦めて溜息を吐いた。

「何が世界平和ですか。天託神宮のご利益は縁結びですよ？　八百年ほど前、戦乱によって夫と引き裂かれた初代大神は、再会の目印として桜の木を植えたのです。『何があっても私はここで待っていますから』――そういう崇高な願いによって成立したのがこの社。ゆえに願い事をするなら初代大神の故事に因んで良縁を求めるべきなのです」

「へぇー、詳しいねヴィル」

「そこの看板に書いてあること読んでるだけですよね」

「というわけで私はコマリ様とずっと一緒にいられますようにと祈りました。有り金を全部つぎ込んだので神のやつも私のお願いを優先して叶えてくれることでしょう」

「そんな現金な神がいてたまるか‼――というか全部つぎ込んだの⁉　うわああ本当だ‼」

ヴィルが持っていた財布がすっからかんになっていた。

まだまだ寄りたいお店がたくさんあったのに！　だいたい神に祈らなくてもお前が私から離れることはないだろうが！――そんな感じで叱責してやろうとした瞬間、
しゃん、と鈴の音が聞こえた。

「――ガンデスブラッドさん。少しお時間よろしいですか」

名前を呼ばれて振り返る。

少し緊張した様子の和風少女が立っていた。

「あれ？　カルラもお参り？」

「いえ。ガンデスブラッドさんに用事がありまして。ご迷惑でなければ二人きりでお話できませんか？　今後の方針についてお伝えしたいことがあります」

「ご迷惑ですよアマツ殿。コマリ様は現在私とデート中であるからして――」

「それって大事な話なんだよな？」

「はい」

カルラは真剣な表情をしていた。断る理由はなかった。

サクナにアイコンタクトを送る。勘のいい彼女は私の意図を理解してくれたらしい。わけのわからぬことを言って引き留めようとしてくるヴィルを羽交い絞めにすると、「いってらっしゃい」と笑顔で見送ってくれるのだった。やっぱりサクナはレベル1のままが妥当だな。

「お待ちくださいコマリ様！　せっかくのお祭りデートなのに！　どうしてアマツ殿を選ぶのですか⁉　まだ賽銭が足りなかったのですか⁉」

「落ち着いてくださいヴィルヘイズさん！　お賽銭なんて関係ありませんから！」

「……あの。ヴィルヘイズさんは大丈夫なのでしょうか？」

「いつものことだから問題ない。じゃあ行こっか」

私はカルラの腕を引いて歩き出した。

東都の中央部を流れるナントカ川の河川敷である。

私とカルラは川面に映った星々を眺めながら草の上に腰を下ろしていた。

大通りから離れているためか人通りはそれほどなかった。祭囃子が耳に心地よい。さらさらと吹く風は秋を感じさせる肌寒さ。カルラが「食べますか」とお饅頭を差し出してきた。

「いいの？」

「お菓子は食べるためのモノですから」

促されるままに受け取る。かじってみると甘味が口の中に広がっていった。オーソドックスなお饅頭。素朴な味わいが和みの幸福をもたらす。

「……やっぱりカルラは天才だな。すごく美味しい」

「ありがとうございます。それと討論会でもありがとうございました」

「討論会？」

「ガンデスブラッドさんがいなかったら本音をさらけ出すことはできなかったでしょう。今までのように周囲に流されて大神に就任して——そのまま夢を諦めていたかもしれません」

思い出す。私はカリンの暴言に腹を立てて思わず怒鳴ってしまったのだ。

でもあんなのは大したことじゃない。カルラが吹っ切れる原因となったのはむしろカリンの暴言そのものだろう。あいつが散々に詰ってきたからこそカルラは奮起できたに違いない。しかしカルラは純真無垢な笑みを浮かべて私のおかげだと言い張るのだった。

「ガンデスブラッドさんにはいくらお礼を言っても足りませんね」

「感謝される謂れはないよ。……あと、呼び方だけど」

「はい？」

「あれだ。その……家名は長くて面倒だろ。普通に名前で呼ぶのはどうだ」

「…………」

カルラは少し考えてから笑みを浮かべた。

「ではコマリさんで」

「うん」

私は少しだけ安心した。ここで「いえガンデスブラッドさんのままで」とか言われたら涙が込み上げていたことだろう。なんだかカルラとも心が通じ合ったような気がするな。

しみじみとした感慨を抱きながら饅頭を食べる。

カルラがふと躊躇いがちに口を開いた。

「……実は、まだお祖母様と腹を割って話していないのです」

「そっか。色々と忙しかっただろうからな」

「はい。ですから……ちょっと私につきあっていただけませんか」

カルラは決然とした表情でこちらを見つめてきた。

「たぶんお祖母様は空前絶後のおかんむりでしょう。なにせ討論会であんな大見得を切ってしまったのですから。大神になってもすぐに辞任すると宣言しておきながら天舞祭に臨むなんて前代未聞です。我がことながら『何を言っているんだろう？』って思っちゃいました」

「でもカリンには任せられないんだろ」

「はい。なんとなくですが、あの方からは少し危険なにおいがするので……」

そういえばヴィルもそんなことを言っていた気がする。確かにカリンは過激な言動が目立つが――そこまで心配するほどのものなのだろうか。まあ確かにこないだ突然斬りかかってきたけど。あれくらい大したことじゃないよな。いや十分に大したことだな。過激な世界観に慣れている自分が怖い。

カルラは「そういうわけで」と改まって私のほうに向き直った。

「ご迷惑は承知でお願いします。一緒にお祖母様を説得してくださいませんか……？　たぶん私ひとりだと殺されそうな気がするので」

「私も殺されそうな気がするんだけど……」

「でもコマリさんは最強の将軍なんですよね」

「それを言ったらカルラも宇宙最強の将軍だろ」

カルラが石のように固まった。

そして何故か頬（ほお）を赤らめてモジモジし始めるのだった。

「……実は。実はですね。このこともお伝えしようかと思っていたのですが。コマリさんなら信用できると思ったので。だからお伝えするんですけど」

「え？　どうしたの？」

「えっとですね…………実は、」

「実は？」

「実は…………、……や、やっぱり言えませんっ」

カルラはそっぽを向いてしまった。私はあまりの仕打ちに呆然（ぼうぜん）としてしまった。

「な、なんだよ！　そこまで言ったなら言えよ！　気になるだろ！」

「心の準備ができていないんですっ！　これは『お菓子屋さんになりたかった』ってみんなの前で告白するよりも重大なことですから」

「いまさら何を言われたって驚かないよ」

「でも……幻滅されちゃうかもしれないし……」

カルラは膝を抱えて背を丸めてしまった。

まあ本人が言いたくないのなら根掘り葉掘り問いつめるのはやめておこう。非常に気になるけれど。それよりも今はカルラの祖母の問題を考えるのが先決だ——そんなふうに頭を悩ませていたとき、
にわかに秋風が河川敷の草木を揺らした。

不意に背後に人が立つ気配があった。

「——カルラ。何事も思い切りが大切ですよ」

いつの間にか着物を着た女性、大神がそこに立っていた。

相変わらず巨大なお札を装着しているため素顔が見えない。こういう正体を隠している人間にロクなやつがいないことは自明の理である……と言いたいところだが、この人に関してはそういう怪しい空気が感じられなかった。なぜだろう。

「お、大神様⁉　どうしてここに」

「散歩です。天舞祭で賑わう東都はなかなかお目にかかれませんから」

大神は口元に笑みを浮かべながら私たちのほうに近づいてきた。その手に握られているのは〝風前亭〟の印がついた紙袋である。カルラの店で買ったのだろうか。

「あ、あの。たしか『不用意に私に近づかないでください』みたいなことを仰ってませんでしたっけ？　いいんですか……？」

「そうでしたね。でも今は大丈夫です。私はいつもカルラと話している大神ですから」

「⁇」

よくわからなかった。カルラもよくわかっていない様子だった。

大神はカルラを正面から見据えて言った。

「カルラ。言うべきことは言うべきときにハッキリ言っておいたほうがいいですよ。〝後悔先に立たず〟と言うように、世の中何があるかわかりませんから」

「で、でも。でもでもでも……！　この秘密はさすがに」

「その秘密だけではありません。祖母と話すことを躊躇する必要もないのです。自分のやりたいことなのですから遠慮することはありません。胸を張っていればいいと思います」

私はびっくりして大神を見上げた。

この人はお祖母さんとは違う考えを持っているのだろうか。

ふと視線が交わった——気がした。お札で目が隠れているのでよくわからないけど。

「ガンデスブラッド閣下。カルラのことをお願いします」

「ああ。私にできることなら何でもしよう」

「頼もしいですね。さすがは時代の大英雄」

「そうだな。私は大英雄だからな――――え？、」

ふわり。

突然大神が倒れかかってきた。

かと思ったら――私はいつの間にか彼女に抱きしめられていた。鼓動の音が聞こえる。虫の鳴き声が鼓膜を震わせている。カルラが「はわわわ」と情けない声を漏(も)らしている。

大神が私の耳元で小さく呟(つぶや)いた。

「あなたも自分の時間をどうか大切になさってください。時の流れとは川の流れのようなものです。上流の水が澄んでいたことを後から噛(か)みしめることがなきように」

「は、はあ……」

私は妙な既視感を覚えてしまった。

もしかして、私はこの人と会ったことがあるのだろうか？

疑問が頭の中でぐるぐる巡る。大神は不意に私から離れていった。

穏やかな微笑がぼんやりと闇(やみ)に浮かぶ。

何故だか彼女の姿が儚(はかな)いものに感じられてしまった。

「これは自分への戒めでもあります。私は若い頃、父母に言われるまま五剣帝(ごけんてい)になりました。

自分のやりたいことを封印して……死に物狂いで努力をして……そうしてこんなところまで来てしまったのです」

　私とカルラは直立したまま動けなかった。

　大神の台詞(せりふ)には重苦しい実感が伴っていたように思えたからだ。

「すみません。こういう話は楽しくありませんでしたね。私が伝えたかったことは単純です――どうか私のようにはならないでくださいねと。そう言いたかったのです」

「……あの、大神様。私はどうすればいいのでしょうか」

「勇気を出すことでしょう」

　大神はくるりと踵(きびす)を返した。

　私は饅頭を食べることも忘れて彼女の後姿を眺めていた。

「しっかり話せばわかってくれるはずですよ。あの方もいきなり『ぶち殺すぞ』なんて言うはずがありませんから。――ではご達者で」

　大神は手を振りながら去っていった。

　ふわふわした印象の人だった。やっぱり皇帝や書記長と同じで偉い人というモノは遠回しな言葉を好むものらしい。あれでは彼女が私に何を伝えたかったのかイマイチわからない。川の上流の水はきれいで美味しいってことなのかな。

　とはいえ――一つだけわかることがある。

大神はカルラの夢を応援してくれているらしいのだ。

「よかったな、カルラ」

「はい……」

私たち二人はしばらくその場に立ち尽くしていた。祭囃子が遠のいていく。大神の姿が闇の向こうに見えなくなってしまう。不意にカルラがくるりと踵を返し、

「……大神様が私を応援してくれています。この期待に応えなくてはなりませんね」

「そうだな。……で、これからどうするんだ？」

「決まっています！」びしっ！　と人差し指を夜空に向けて、「これからアマツ本家に乗り込んでお祖母様とお話をします！　私の本意をお伝えするのです！　さあ行きますよガン……じゃなくてコマリさん！　今度こそガツンと言ってやりますから！」

☆

「ぶち殺すぞ」

大神の予想は完璧に外れたといえよう。

息巻くカルラに手を引かれてアマツ本家へと直行。そのまま「お話があります！」とお祖母さんに突撃したはいいものの、顔を合わせるなり殺害予告をぶちかまされてしまった。

どうやらお祖母さんは相当ご立腹らしかった。

百億円の壺がある客間である。私とカルラは正座をしながら地獄風車(じごくかざぐるま)と向かい合っていた。その鋭い眼光をもろに食らったカルラは先ほどまでの勢いを削(そ)がれて「うっ……」と呻いていた。しかし大神からもらったエネルギーはこの程度で尽きるはずもなかったようで、

「わ、私はお祖母様に言いたいことがありますっ！」

お祖母さんは黙って座っている。座りながら抜き身の刀を手入れしている。なんか白いポンポンで刀身をポンポンしている。この状況でそんなもんポンポンする必要あるか？　これから孫娘が一世一代の告白をしようとしているんだぞ？　嫌な予感しかしないぞ？

「ちゃんとお伝えしておこうかと思いまして……おそらくお祖母様も討論会での出来事は聞(き)き及(およ)んでいるでしょうけれど、私は大神に就任したとしてもすぐに辞任するつもりです」

お祖母さんは何も言わない。

「これは常々申し上げていることですが、私は和菓子屋になりたかったのです。実際に風前亭という甘味処も営業しています。私は自分の目標に向かって足を踏み出しているんです」

お祖母さんは何も言わない。

お腹が痛くなってきた。空気が重苦しすぎるのだ。

「私には天照楽土を背負うだけの覚悟がありません。コマリさんやネリアさんみたいな優れた人物ではないのです。このことについては……お祖母様もよくご存じでしょう？」

「――カルラ。お前はレイゲツの小娘のことをどう思っている」

思わずビクリと全身を震わせてしまった。お祖母さんがポンポンを脇に置いて刀の柄を握りしめていた。私はもう駄目だと思った。

カルラは少し怯みながらも毅然とした面持ちで己の祖母をまっすぐ見つめ、

「カリンさんからは少しいやな気配がします」

「そうだ。あいつに任せていたら天照楽土は滅亡を迎える」

「だから……私はあの人に勝ちます。勝ってから辞任します」

「甘ったれたこと言ってんじゃないよッ!!」

ひゅん!!――ものすごい疾風が客間に巻き起こった。

何かが私の頬スレスレを通り過ぎていった。あまりにも突然だったので一ミリも身体を動かすことができなかった。私は恐る恐る背後を振り返った。

襖に描かれた虎の眉間に刀が突き刺さっていた。

脳味噌が動き始める前に雷のような怒鳴り声が飛んできた。

「――一から十まで戯言をほざきおってからにッ!! お前は天舞祭のことを何にも理解していないッ!! 天舞祭で優勝した者は何があっても大神の器だ。天から認められた至高の存在なんだ! それを『菓子屋になりたいから』なんていう理由で辞めるやつがあってたまるかッ!! 生半可な気持ちで臨んでいるんじゃないよッ!!」

「わ――　私が生半可な気持ちなのはお祖母様のせいですからねっ！　私は最初から大神になんかなりたくなかった！　五剣帝にすらなりたくなかった！」

「それがアマツの〝士〟の役目だ！　今更放り出そうったってそうはいかんぞ‼」

「では何故私にお菓子作りを教えてくれたのですか⁉」

お祖母さんの動きが一瞬止まった。

「私はお祖母様に教えてもらって！　あなたが『美味しい』と言ってくださったから夢を持つことができたのですっ！　何が五剣帝ですか！　何が大神ですか！　私に菓子職人になるという野望を与えたのはあなた自身なんですっ！　これは言うなれば身から出た錆ゴフッ」

カルラの身体が勢いよく吹っ飛んでいった。そのまま襖をバコォン‼　と突き破って隣の部屋に転がっていく。私は恐る恐るお祖母さんのほうを見た。

鬼のような形相で手を前に突き出していた。

遅れて気づく。掌底がカルラの顔面にクリーンヒットしたのだ。

私は身体を震わせながら辛うじて口を開いた。

「あ、あの。いくらなんでもやりすぎでは……」

「この分からず屋があッ‼」

お祖母さんは私の声を無視してずんずんカルラのほうへと歩み寄った。

倒れ伏している彼女の胸倉をぐいッ！　とつかみあげて、

「天照楽土がどんな状況にあるのかわかるか⁉　わからんだろうな‼　教えてやるよ――この国は逆さ月の連中によって滅ぼされる運命にあるんだ！」

「は……放してくださいっ！　暴力は反対ですっ！」

「いいかカルラ。レイゲツ・カリンは君主の器じゃない。あいつが大神になったらテロリストどもがのさばるのは明らかだ。〝神殺しの邪悪〟に付け入る隙を与えちまうんだ！」

「そ……」カルラはじっと祖母を睨み上げ、「そんなこと初めて聞きましたけど全然問題ありませんっ！　なぜならカリンさんを倒していったん私が大神になるからですっ！　その後はコマリさんに大神の座を譲りますっ！」

　おい。何を言ってるんだお前は。

「吸血鬼に和魂の長が務まるか愚か者ッ‼　辞退を前提に大神になろうなんざ前代未聞だ。そんなことじゃ天の神様に見放されちまうよ」

「だったら今の大神様でいいじゃないですか！　あの人何歳⁉　三十歳とかでしょう⁉　あと五十年は頑張れるはずなので大神様にテロリスト退治を主導していただきましょうっ！」

「あいつには時間が残されていないんだ！　もちろん私にもな――だからお前が大神になってテロリストと戦え！　〝神殺しの邪悪〟を討ち滅ぼすんだ！」

「知ったことではありませんっ！　私は大神になってもすぐに辞めて風前亭で頑張っていきますからね！　お祖母様のバーカバーカ‼」

ぼすん！　というすごい音がした。

カルラの身体がボールのように弧を描いていた。

お祖母さんが神速の巴投げを繰り出したのである。カルラは「きゃあぁ～～～～!!」と悲鳴をあげながら吹っ飛んでいき――そのまま障子戸を突き破って外の枯山水に顔面から着地。

グエッ。

そんな呻き声が聞こえたかと思った直後、濃密な魔力の気配を感じて私は言葉を失ってしまった。

お祖母さんの身体から漏れているのである。

まさに地獄風車という二つ名に相応しい将軍の風格がそこにあった。

「言ってもわからん馬鹿は殺すしかないな」

カルラはふらふらと立ち上がった。

鼻血が出ている。私は慌てて彼女のもとへ近寄ろうとした。しかし目で「大丈夫です」と言われて踏み止まってしまう。カルラは未だに闘争心を失っていなかったのだ。

そのとき、上空ですさまじい爆音が弾けた。

私はびっくりして視線を上に向ける。色とりどりの炎が夜空に咲いていた。しばし目を奪われてしまう。あれは――おそらく天照楽土で有名な〝花火〟だろう。

「お祖母様、」

カルラは血を拭いながら言った。

「お祖母様がその気なら私も本気を出します。何度殴られても殺されても諦めることはありません。自分の意志を貫き通す所存です」

「根性を叩き直してやるまでだ。さあ殺される覚悟をしな」

「覚悟などとうに完了しています！　私は先の六国大戦で学んだのです――逆境にあっても折れることのない不屈の心というものを！　コマリさんやネリアさんのおかげです！」

「…………」

一瞬。お祖母さんが息を呑むような気配がした。

しかしすぐに射殺すような視線がカルラに向けられる。

「……そうかい。じゃあ死ね」

ごう!!――と魔力が吹き荒れた。いつの間にかお祖母さんの手には刀が握られている。緑色の魔力が風車のようにぐるぐると回転し始める。枯山水の砂利が宙を舞う。カルラは立っていることもできずに尻餅をついていた。

私は呆然と事の成り行きを見守っていた。

このままではカルラが殺されてしまう。そんなことは許されていいはずがなかった。お祖母さんにも何か考えがあるのかもしれない。だが家族で殺し合いなんて冗談じゃない。

「し――死ぬのは嫌ですが！　でも覚悟のうえです！　私は大神にはなりませんっ！」

「私がどれだけお前に目をかけてきたと思っている。お前は天照楽土の運命を変えるために育てられてきた天の申し子だ。それを理解していないのなら――理解するまで叩き斬ってやる。死にさらせカルラぁッ‼」

お祖母さんが刀を構えながら一歩を踏み出した。

カルラが歯を食いしばって迎え撃つ。しかし逃げ出すことはしなかった。大地を踏みしめて一歩も動こうとはしなかった。覚悟のこもった眼光が迫りくる地獄風車を突き刺した。

私の勘違いかもしれない。少しだけお祖母さんの動きが鈍(にぶ)った気がした。

しかし刀が止まることはなかった。必殺の刃はゆっくりと彼女の脳天目がけて振り下ろされていき――いてもたってもいられなくなった私はなりふり構わず駆け出していた。

「ま、待ってよ！　そこまでする必要ないでしょ⁉」

「ッ⁉――はなせっ！」

自分でも無意識のうちにお祖母さんの腰にしがみついていた。

殺されるかもしれないという不安は頭から消え失せていた。

喧嘩を止めなければならない。そう思ったら身体が勝手に動いていたのだ。

「離れろ！　お前さんまで巻き込んでしまうよ！」

「離れないっ！　お願いだから――カルラの気持ちも考えてあげてよ‼」

ドカンドカンと花火があがっている。

私は負けじと声を張り上げていた。

「ここまで嫌がっているカルラに無理にやらせてもしょうがないだろ！　カルラはお菓子屋さんになりたいんだ！　お祖母さんの気持ちもわかるけどカルラのために我慢してよ！」

「あァ⁉　知ったふうな口を利くな小娘が‼　お前に何がわかる――」

「逆さ月なら‼　私が全部なんとかするから‼」

私は何を言っているのだろう。

それが自分の首を絞めるだけの行為だと理解しているはずなのに、それでも口が止まることはなかった。カルラのことをなんとかしてやりたいと心の底から思っていたからだ。

「私は世界最強の大将軍だ！　どんな敵でも小指一本で殺害してやるっ！　これは不本意なことだけど……逆さ月だったミリセントも！　オディロン・メタルも！　何故か私が倒したことになってるんだ！　だから今回も私がなんとかする！」

「……それとこれとは別問題だ。カルラがいちばん輝けるのは大神なんだよ。天照楽土の誰もが期待している。菓子屋なんぞにしておくのはもったいないんだ」

「カルラにはお菓子屋さんが相応しい！　大神にしておくほうがもったいないよ！　そうだよ――やる気がない人間に任せたってしょうがない。大神をやるためには『大神をやりたい』っていう心の底からのエネルギーが必要なんだ！」

「…………‼」

お祖母さんの身体から力が抜けた――ような気がした。

私は畳みかけるように言葉を続けた。

「やりたくないことを無理にやってもしょうがないよ。私だって本当は七紅天なんてやりたくないんだ。小説を書きながら引きこもっていたいんだ。だから私は将軍として全然上手くいっていない。部下たちのおかげでなんとか表面上は取り繕えているけど、ハリボテもいいところだ。カルラにそんな君主になってほしくないだろ」

カルラが「お前は何を言っているんだ」みたいな顔をしていた。だけど――もう虚勢を張る必要はないのだ。私とアマツ・カルラはまったく同じ境遇だから。

お祖母さんは刀を握ったまま硬直していた。あと少しだと私は思った。

「カルラのお菓子、食べたことある？」

「……食う価値もない。これに関しちゃレイゲツの狐の言う通りだね」

「食わず嫌いはよくない！　私のメイドだってそう言っている！」

「だからどうした。とにかく私はカルラの作った菓子なぞ食わん。アマツ家の人間は戦いと政（まつりごと）のことだけを考えていれば――」

「いいから食えーっ！」

「は？――むぐっ、」

私は懐（ふところ）にしまっておいた饅頭の食べかけをお祖母さんの口に突っ込んでいた。

そばで見ていたカルラが「はわわわわ何をやっているんですかコマリさん⁉」と絶叫している。お祖母さんは少しだけ抵抗する素振りを見せたが——結局もぐもぐと饅頭を咀嚼した。

魔力の気配が徐々に弱まっていく。

お祖母さんは無言だった。そうして私は徐々に冷静さを取り戻していった。何をやっているんだ。食べかけのお菓子を口にねじ込むなんて無礼の極みだろ——と思っていたら、

「……これは。私が昔作った葛饅頭に似ている」

「⁉——は、はい！　私が小さい頃にお祖母様が教えてくれたものです。今では風前亭の定番商品になるくらい人気で、えっと、私の自信作の一つです……食べかけですけど……」

私はそっとお祖母さんから離れる。彼女は難しい顔をして押し黙っていた。

どこかで歓声があがった。夜空を切り裂く爆音が響いている。花火のきらめきがカルラの頬を明るく照らしている。今日の祭りもクライマックスを迎えようとしている。

不意にお祖母さんが刀を振り上げた。まずい殺される！——と思ったが杞憂だった。

ちゃきん！——と、地獄風車に相応しい流麗な所作で刀が鞘に納められる。

「……私もわかっていたさ。お前がどれほど五剣帝の仕事を嫌っていたかをね」

カルラが唖然とした表情で祖母を見つめた。

「み、認めてくださるのですか。私の考えを」

「……ふん。力とは〝何かを成し遂げたい〟と強く願ったときに湧いてくるものだ。カルラの

願いは国ではなく菓子に向けられている。甘ったるい考えに毒されたお前にゃ国主なんぞ務まらん。……これは大神のやつと相談しなきゃいけないね」

「大神様は、私の夢を応援してくださいましたよ」

「大神が……⁉」

お祖母さんは目を丸くして驚愕していた。

しかしすぐに「なるほどな」と諦めたような笑みを浮かべるのだった。

「あの子がそう言うのなら何か策があるってことだ。アマツだから大神を目指さなけりゃならない――そういう考えは古臭くなっちまったのかもね」

愁いを帯びた眼差しで夜空の花火を眺めるアマツ家当主の後ろ姿を見て、私は喜びを隠すことができなかった。ついに彼女はカルラのことを認めてくれたのだ。これでもうカルラを縛るものはない。自分の好きなことを自由にできるのだ――と思っていたのだが、

「お祖母様。私は大神にならなくてもいいんですよね？」

「ならなくてもいいとは言ってないッ‼」

私はずっこけそうになった。

お祖母さんはすさまじい形相でカルラを睨みつけ、

「お前のかわりにレイゲツの小娘が大神になったらどのみち天照楽土は終わっちまうよ！　だから天舞祭で勝て！　勝って大神に就任するんだ！」

「私のお饅頭で洗脳されたと思ったのに！　それでは同じことじゃないですか！」

「ああ同じことだよ。お前がやることは何も変わっちゃいない。レイゲツ・カリンを打ち負かして、天舞祭で優勝して、大神に就任して――あとは好きにしな」

「え……」

くるりとカルラに背を向ける。

お祖母さんはそのまま屋敷のほうへと戻っていく。

「あ、あのっ！」カルラがその背に向かって声を投げかけた。「私のことを認めてくれたってことでいいんですね……？　大神を辞任してもいいんですね……？」

「何度言わせるんだ。殺すぞ」

「ご、ごめんなさい。……あと一つお聞きしたいのですが、」

「なんだい」

「……あの。カリンさんの、何がそんなにいけないのでしょうか？　なんとなく雰囲気がよくないというのはわかりますが……天照楽土が滅ぶは言いすぎだと思います」

「それを知ったらお前は不思議な力で死ぬことになる」

意味わかんねえよ。

しかしお祖母さんは詳しく説明をすることなく再び歩き出すのだった。カルラは呆然と立ち尽くしたまま動けない。展開が非現実的すぎて現実のこととして認識できないのだろう。

だが――お祖母さんは、追い打ちをかけるかのごとく、最後の最後で耳を疑うようなことを言ってのけるのだった。

「お前にゃ菓子屋が似合ってる。腕を上げたね、カルラ」

カルラは幽霊でも見たような顔をしていた。

花火の音が断続的に響いている。しかし私の耳に反響していたのはカルラの祖母の「腕を上げたね」という短い言葉だけだった。私は言葉を失った。自由を勝ち取ることの尊さを見せつけられて――カルラのことを羨ましく思うと同時に、とてつもない喜びを感じていた。

やろうと思えば、誰だって夢を叶えることはできるのだ。

私も色々と頑張ってみようかな――そんなふうに密かな思いを抱きながら、私はカルラと一緒にしばらく宵闇の中に突っ立っていた。

今更お祭りを楽しむという空気でもない。

私とカルラは縁側に並んで座って花火を眺めていた。

きらきらと夜空を彩る炎の花。聞いた話によれば花火とは魔法ではなく火薬によって作り上げられた絶景らしい。世の中には不思議な技術があるものだなとしみじみ思う。

「……お祖母様は、」

カルラがぽつりと呟いた。すでに魔核によって鼻血は止まっている。

「お祖母様は私の気持ちなんて少しも考えていないのだと思っていました。小さい頃から虐待みたいな訓練をさせられて、お前は国を背負って立つ士になるんだぞって何度も言われて、夢を否定されて、勝手に五剣帝にされて、天舞祭に参加させられて……」

「でもお祖母さん、いい人だったな」

「はい。まさか私の夢を応援してくれるなんて思ってもいませんでした。いや……でもこれって『普段凶暴な人がたまに優しさを見せたらとんでもない聖人に見えてしまう』っていう現象にすぎない可能性が……」

「そんな深読みしなくてもいいだろ。風前亭を認めてもらえたんだから」

「そうですね。これもコマリさんのおかげです」

カルラは微笑みを浮かべながらそう言った。私はこそばゆいものを感じてしまった。討論会のときと同じである。私は何もしていない。ただそこに居ただけなのだ。

それに――今更になって気づいたことがある。私のような非力な吸血鬼が本気の地獄風車を止められるわけもないのだ。おそらくお祖母さんはカルラが覚悟を見せた時点で彼女のことを認めていたのだろう。私が止めにくると見越して〝止められる程度の勢い〟で襲いかかったに違いない。だから私は本当に何もやっていない。

しかしカルラは「とんでもない」と首を振って否定するのだった。

「コマリさんが勇気をくれたおかげです。私ひとりではお祖母様に立ち向かうことはできませんでした」

「……そっか。でもカルラなら力ずくでもお祖母さんを説得できていた気もするけどな。なんてったって宇宙最強の大将軍だし」

「…………」

カルラは何故か押し黙ってしまった。

私は不審に思って彼女の横顔を見つめる。巷で一兆年に一度の美少女と言われているだけのことはある。花火の灯りに照らされた和風少女の姿はどきりとするほど綺麗に見えた。

「あの。コマリさんは信用できる方だとわかったので。先ほど言えなかったことを言いたいと思うのですが……お、怒らないで聞いていただけますか？」

「心配するな。私が怒るのはメイドに破廉恥行為をされたときだけだ」

「では言います。実は……」

カルラは深呼吸をしてからぽつりと一言、

「私は、弱いんです」

発言の意図がよくわからない。弱いと言われてもピンと来ないぞ。

「比喩とかじゃなくてシンプルに弱いんです。世間では最強の将軍みたいに言われていますけど真っ赤な嘘なんです。私は――実際は虫も殺せないようなダメダメ人間。もちろん虫にすら負けるという意味です」

「ごめんカルラ。何を言ってるのかよくわからないぞ」

「はっきりお伝えしましょう。私には戦闘能力なんて少しもないんです」

冗談の気配はない。このタイミングで冗談を言う必要性もない。カルラは何かを恐れるようにしながら——しかし決意のこもった目で私を見つめてきた。

「私は運動神経ダメダメな劣等和魂種です。魔法もろくに使えません。今までのは全部ウソだったんです」

「で、でも！　カルラは五剣帝として今まで無敗だったじゃないか！」

「部下の忍者たちのおかげですよ。コマリさんは私が将軍としての力を揮って宇宙を破壊するのを見たことがありますか？　ないでしょう」

「確かにないけど……でも、」

「コマリさん。ちょっとおニブなのかもしれませんね」

おニブ⁉　なんだそれ⁉

「いやちょっと待て！　殺人全国大会で優勝したって話はどうなんだ⁉」

「あれはインチキです」

「インチキなの⁉」

「勘のいい人は気づいています。カリンさんはその筆頭でしょう。彼女が討論会で言ったことは八割がた真実だったのです。たぶんネリアさんとかも薄々感づいていると思います。これはアマツ家の看板を汚さないために必要な措置でした。とはいえ多くの人々を騙していたことは事実です。幻滅されても仕方がありません。……今まで本当に申し訳ありませんでした」

そう言ってカルラは深々と頭を下げた。

幻滅したわけではない。ただただ驚いていた。しかし思い返してみればカルラの言動には不可解な点があったといえよう。本人の言う通り将軍らしい実力を発揮していないのは言わずもがな、ときどき漂ってくるポンコツ臭には親近感を覚えてしまうこともあった。

そう――親近感。

私とカルラは、真の意味で同類なのだった。

「わ、私もだよ」

だからこそ勇気が湧いてきたのかもしれない。

自らこんなことを告白するのは未曾有の出来事だった。

「私も……実は弱いんだ」

「弱い？　コマリさんが？　それはどういう」

「カルラと同じだよ。私は世間ではすごい七紅天大将軍ってことになってるけど、本当は運動もできないし魔法も全然使えないダメダメ吸血鬼なんだ。取り柄なんて知性と知識と容姿くらいのものだよ」

「わけがわかりません。とりあえずつっこめばいいんですか？」

「好きなだけつっこんでくれ。私も今までみんなに嘘をついてきたんだから。そうだよ――私もカルラと一緒で将軍なんかやりたくない。本当は小説家になりたいから」

　カルラは不思議そうな顔をしていた。

「でも、あの烈核解放は」

「私には烈核解放なんてない。新聞のあれは捏造だ」

「⁉　いえ、そんなはずはありません。六国大戦でゲラ＝アルカの軍勢を打ち破った黄金の剣は世界中の誰もが目撃しているはずですから――え？　まさか……、」

　そこで彼女は何かに気づいたらしい。まじまじと私の顔を見つめて「マジかこいつ」みたいに目を丸くしている。そうだよマジなんだ。私は本当にミジンコほどの戦闘能力もない。そしてこのことを打ち明けようと思ったのは、カルラが真摯な態度で私に接してくれたからだ。同じ悩みを共有する者として信用できると思ったからだ――ところが、

「……なるほど。烈核解放とは心の強さを表すものだと聞いたことがあります。コマリさんは本当にお強い方なのでしょう」

「いや、だから私は弱いんだって」

「そうかもしれませんね。では私たちは同じ秘密を抱えた盟友です。これからもよろしくお願いしますね」

　すっと手が差し伸べられた。

私は彼女の手を握り返しながら途方もない感慨に打ち震えた。お互いの秘密をさらけ出し合って仲を深めていくなんて、なんだか青春をしているような気分だった。これでカルラは私の友達だ。それも同じ境遇で――しかも平和主義者で――私の悩みを完璧に理解してくれる、ほぼ唯一といってもいい存在。カルラがにこりと微笑みを浮かべた。

「コマリさんの夢も叶えましょうね」

「あ……そうだった。本当に出版してくれるのか？　私の小説を……」

「はい。私を応援してくださったお礼です」

「そ、そうか。まあとりあえず当初の契約通り天舞祭で優勝しなくちゃな。たぶんお祖母さんもカルラがいったん大神になるのを望んでいるだろうし、」

不意に私の脳みそが警鐘（けいしょう）を鳴らした。

……ん？　待てよ？

カルラが宇宙最強の将軍じゃないという事実が判明したのはいい。

だが――そうなると天舞祭の最終決戦はどうなるんだ？　私はカルラに任せて後方待機しようと思っていたんだけど。もしかしてカルラって私の力を頼りにしていたのか？　私が殺戮の覇者だから私に協力を求めてきたのか？　そうだとしたら一大事だぞこれは。

「おいカルラ！　大変なことに気づいたぞ――」

その瞬間だった。

屋敷の内側から物音が聞こえた。

※

アマツ・カルラは大神になるべき人物だった。

確かに魔法の才覚はないかもしれない。しかし彼女はそれ以外の才能ならいくらでも持ち合わせていた。人に親しみを抱かせるカリスマ性。見たモノを決して忘れることがない抜群の記憶力。あらゆる芸事を完璧にこなす器用さ。先ほど見せつけられた菓子作りの才。

そして何より――死を目前にしても夢を諦めない鋼鉄の意志。

あれを市井(しせい)に放り出すのはもったいないな、とカルラの祖母は思う。

しかし〝心のエネルギー〟というものは生きるうえで重要な役割を果たす。彼女のエネルギーが国家ではなく甘味処に向けられているのならば何を言っても無駄だろう。

育て方を間違ったとは思わない。

あの子は最初からああいうふうになるべくして生まれてきたのかもしれない。

あるいはテラコマリ・ガンデスブラッドの影響を受けたのか。いずれにせよ彼女の熱意に負けて大神辞任を承諾してしまったのは自分でも意外だった。引っ込み思案だったカルラがあれだけの根性を見せたのは驚くべきことであり、また喜ばしいことでもあった。

「……私も焼きが回ったもんだ」

テラコマリ・ガンデスブラッドに食わされた葛饅頭のかけらをじっと見下ろす。

カルラが自信を持つのも頷ける。認めるのは癪だが腕を上げたものだ。あの子は菓子職人として上手くやっていけることだろう。問題は天照楽土の政治のことだが――こうなってしまったら出奔しているもう一人の孫を呼び戻す必要があるかもしれぬ。

そんなことを考えながら前途多難な思いに浸っていたとき、

「おばあさま」

襖の向こうから声が聞こえた。

カルラの祖母は畳の上に刀を放り捨てながら応じる。

「なんだい。まだ何か用があるのかい」

「おばあさま」

灯りのついていない部屋は薄暗かった。カルラの祖母は重い腰をあげて襖のほうへと近づいていく。

そうだ――まだ言い足りないことがあった。

確かにカルラの菓子は美味しい。けれども改善点はいくらでもあった。京一の菓子職人を目指すのならこの程度じゃまだまだだ。仕方がないからアドバイスでもしてやろうか――

「おばあさま」

「五月蝿いね。入ってくりゃいいじゃないか……」

そう言いながらも自分から襖に手をかけた。

花火はいつの間にか終わっている。祭囃子の音も消えていた。虫の鳴き声ばかりが暗闇の中に響き渡っている。カルラの祖母はそのままゆっくりと襖を開いて——

ずょん。

何かが切り替わる気配がした。

ぬるりと刃物がのびてきた。

完全に油断をしていた。闇の向こうから聞こえた「おばあさま」は孫娘の声で間違いはなかったはずだし、何より本人はすぐそこの庭で花火を見ていたはずで、気を抜くなというほうが無理な話だった。

気がつけば刃先が胸を貫いていた。

着物に赤いシミが広がっていく。

ぼたぼたと溢れた血が畳を赤く染め上げていく。

「な、、、……お前は、」

「——これは神具だ。簡単に治る傷ではない」

襖が完全に開かれる。闇の中から人影が現れる。それは刀を構えた少女だった。アマツ・カルラではない。もう少し注意していれば気づけたはずだった。

耐え切れなくなって畳に膝をつく。

闖入者は恫喝するような声でこう言った。

「お前は先代の大神だったよな。天照楽土の魔核はどこにある？」

「そんなものを……教えるわけが、」

「予想通りの反応だな。ここでお前を連れ去って尋問してやるのもいいが、それでは第一目標を見失う羽目になる。さてどうしてくれようか。とりあえず死ぬ覚悟はできているか？」

「ふざけるな……お前はどこの者だ。許しはしない……」

「死ぬ覚悟はできているのかと聞いている。できていないのならば――」

言葉はそこで途切れた。

下手人の気配が霞のように消えてしまう。続いて廊下をどたばたと誰かが駆けてくる音が聞こえる。しかしカルラの祖母は一歩も動くことができなかった。

どしゃりと畳の上に崩れ落ちる。目眩がひどい。血が止まらない。

「私も、焼きが、回ったもんだ……」

「お祖母様っ⁉」

本当の孫娘の声を聞いたような気がした。

お祖母様！　お祖母様！　しっかりしてください！――悲痛な叫び声が闇の中に反響している。おぼろげな視界にカルラの泣き顔が映っていた。その背後には顔を真っ青にしたテラコマリ・ガンデスブラッドの姿もある。

「お祖母様。お祖母様。どうしてこんなことに……」

どうしてこんなことになったのかはわからない。

だが——最後の最後で孫娘の気持ちを尊重してやれたのは幸福だったのかもしれなかった。

己の死期を感じ取ったカルラの祖母は、余力をふりしぼって小さく口を動かした。

——好きなように生きよ。

それ以上は何も言うことができなかった。泣き叫ぶカルラの姿が霞んでいく。すべての音が聞こえなくなっていく。孫娘のことを頼んだよ——唖然としてこちらを見つめる吸血姫に願いを託しているうちに地獄風車の心臓は停止した。

東都新聞　10月20日　朝刊

『〝地獄風車〟暗殺　犯人は孫娘のアマツ・カルラ氏

10月19日夜、東都上級区の天津邸にて〝地獄風車〟こと天津神耶氏（68）が意識不明の重体で発見された。天照楽土警察は地獄風車の孫娘にして五剣帝・天津迦流羅氏（15）を殺人未遂の容疑で指名手配すると発表。天津家関係者によれば、天津将軍は甘味処〝風前亭〟をめぐる問題で祖母と長年にわたる確執があったという。討論会における天津氏の「大神辞任」発言により二人の関係に決定的な亀裂が入ったものと思われる。現場検証によれば天津氏は違法神具を用いて祖母の心臓を突き刺した模様……（中略）……現場にはテラコマリ・ガンデスブラッド七紅天大将軍も立ち会っていた形跡がある。二人が共謀して犯行に及んだのではないかと推測され……（後略）』

「……フーヤオ！　これはどういうことだ⁉」

五剣帝レイゲツ・カリンは声を荒らげてフーヤオ・メテオライトに詰め寄った。

狐少女は「まあまあカリン様」と人を食ったように笑って、

「これは天が与えた幸運ではありませぬか。アマツ・カルラの評判が落ちるのは必定。そうしてカリン様がやつを最終決戦で下した暁には——祖母殺しの大罪人を成敗した正義の大将軍であります！　カリン様の人気は鯉が滝を登って竜になるが如くでしょうぞ！」

「しかし……これは、どう考えてもお前が……」

「そうそう私めの仕業でございます。天照楽土の情報を牛耳る東都新聞に関しましては私がちょいと話をつけておきました。やつらは我々にとって都合の悪い報道はいたしませぬ。むしろカリン様が大神になる手助けをしてくださることでしょうぞ」

フーヤオは狐の尻尾をゆらゆら揺らしながら剔みのある笑みを浮かべた。

東都の上級区——レイゲツ邸の一室である。

今朝、カリンの目に飛び込んできたのは奇天烈極まりないニュースだった。アマツ・カルラが祖母を殺害したというのだ。そんな馬鹿な話があるかとカリンは思う。あの少女は実力を偽る卑怯者ではあるが、こんな無体なことはしないはずである。

犯人の心当たりは一人しかいなかった。

確かにカルラのイメージをダウンさせることができればレイゲツ陣営にとってはプラスかもしれないが——

「フーヤオ。お前はまた勝手なことをしてくれたな」

「すべてカリン様のためを思えばこそです」

「しかし地獄風車は先代大神として天照楽土のために尽力してきたお方だろう。いくらアマツだからとはいえ殺してしまうのは……」

「何か問題がありますか？」

ジッと大きな瞳に見つめられる。

カリンは少したじろいだ。フーヤオ・メテオライトからは何か禍々しいモノを感じずにはいられない。今までしっかり手綱を握ってきたつもりでいたが、実はこの狐少女の掌の上で転がされているのではあるまいか。そういう不気味な気配がした。

「これは必要悪であります。古今東西、どんな聖人君子であっても王座につくときに限っては反対者を蹴落とすのに手段を選ばぬものです。清濁併せ呑むことも重要なのですよ」

「だが」

「大神になりたくないのですかな？　この国を不埒なテロリストから守りたいと思わないのですかな？　私はカリン様こそが天照楽土を統べるのに相応しいと思っています。もう一度お聞きしますよ――アマツ・カルラに勝ちたくないのですかな？」

そうしてカリンは思い出した。

そうだ。アマツ・カルラに勝たなければならない。

あの小娘が大神になれば天照楽土は滅びてしまうだろう。それだけは絶対に食い止めなければばならない。大神の座に就くのはレイゲツ・カリンでなければならないのだ。たとえどんなに汚い手を使っても。

「……そうだな。私は天照楽土のために戦わなければならない。このまま進めても問題はないのだな？」

フーヤオが満面の笑みを浮かべた。

「はい！　他にも策はたくさん用意してありますぞ！」

まるで子供が夏休みの計画を語るときのように無邪気な表情だった。カリンは何かうすら寒いものを感じてしまったが――もはや後戻りをすることはできなかった。

アマツ・カルラを叩き(たた)のめして大神になる。

それだけがカリンの目標。

☆

夜明け前。

東都の外れの病院――俗に言う〝死体安置所〟。

私とカルラ、ヴィル、こはる、サクナは、お祖母さんが運び込まれた部屋を訪れていた。

ベッドに寝かされた地獄風車はまるで死体のように動かない。けれども完全に亡くなっているわけではなかった。すさまじい体力と精神力によってギリギリ命をつないでいる状況らしい。長年五剣帝や大神として天照楽土を引っ張ってきただけのことはある。

あの夜――お祖母さんは何者かの襲撃を受けた。

私とカルラが物音を聞いて駆けつけた頃にはすでに和室は血の海だった。私はあまりの出来事に何もすることができなかった。カルラがすぐさま鬼道衆を呼び寄せて治療を開始したので辛うじて助かったが、あと少しでも遅れていたら命が失われていた――それも蘇ることのない永遠の死が訪れていたという。

何故なら犯人は神具を使用したから。神具とは魔核を無効化するとんでもない代物だ。お祖母さんが未だに目覚めないのは魔核から回復用の魔力が供給されないからである。

「駄目です。やっぱり回復魔法は通じません」

ベッドの横で魔力を捏ねていたサクナが悲しそうに首を振った。

「力になれずごめんなさい……」

「お疲れ様ですメモワール殿。傷に魔核の魔力が届かない――ということでしょうか？」

「はい。回復魔法は基本的に魔核からの魔力供給を加速させる技術です。神具によってつけられた傷には効果を発揮しません。自然回復を待つしかないと思います……」

ばきぃっ！　と破壊音が轟いた。

驚いて振り返る。こはるがベッドの手摺りを握り潰していた。

「……許せない。犯人は必ず殺す」

「犯人はおそらくレイゲツ・カリンあるいはレイゲツ陣営の者で間違いないでしょうね。今朝の東都新聞を見ても明らかです」

ヴィルは壁に寄りかかりながら腕を組んでいた。いつものごとくクールな表情。しかし私にはわかる。こいつは珍しく怒っているのだ。彼女は〝東都新聞〟とやらを私のほうに差し出してきた。広げて読んでみる。サクナが隣からのぞいてくる。

「あの……カルラさんが指名手配されてるって書いてありますけど」

「真っ赤な嘘。すべてカリンのでっちあげ」

「指名手配されているというのは嘘ではありません。先ほどうちの隊のメラコンシー大尉から報告がありました。天照楽土の警察部隊が動き始めたようです――この病院はアマツ家が運営するものなので一時的な隠れ家にはなりますが、見つかるのも時間の問題かと思われます」

「コマリさんも共犯者扱いになっています。ひどいです。こうなったら私がレイゲツ・カリンさんを暗殺して脳を……」

「ヤクザの鉄砲玉みたいなことをしないでください。返り討ちに遭ったら大変ですよ」

腰を浮かせたサクナをヴィルが引き止める。

私は苦々しい思いで新聞を読み進めていった。

六国新聞とは別の方向で厄介な記事だった。そこにはカルラが祖母を襲ったことや、私が共犯者として事件に関与したことが真しやかに綴られているのだ。

これが本当にカリンの仕業なのだとしたら、やりすぎってレベルじゃない。

あいつは何故ここまでしてカルラを傷つけようとするのだろうか。

「しかし腑に落ちない点がありますね。レイゲツ・カリン陣営の権力が強すぎるような気がします。賄賂の合法化に新聞記事の操作――この国ではそれだけレイゲツ家が力を持っているということなのでしょうか」

「レイゲツとアマツは同格のはず。よくわからない。――カルラ様、」

その場の視線が一点に集中する。

カルラは黙って祖母の寝顔を見つめていた。彼女の瞳にはうっすらと涙が浮かんでいる。大事な家族がひどい目に遭って――しかも祖母殺しの汚名まで着せられて――それで平気でいられるやつは人の心がないに決まっていた。

「カルラ……」

「私のせいです。私がしっかりしていなかったから――お祖母様がこんなに苦しい思いをすることになってしまったんです」

「それは違うだろ。悪いのは犯人だ」

「わかっていますっ！」カルラは涙を拭って立ち上がった。「油断していた私も愚かでした。でもいちばんの愚か者はお祖母様を襲った人です！　カリンさんのところへ行ってきます」

出て行こうとするカルラの前にヴィルが立ちはだかった。

「罠の可能性もあります。ここはもう一度【パンドラポイズン】を試してみましょう」

「よくわかりませんけどそんなことをしている暇はありませんっ！　お祖母様のことは病院の方々にお任せします。これ以上ひどいことをされたらたまりません。一刻もはやくカリンさんと話をつけておく必要が――」

「カルラ様！　大変でございますっ！」

そのとき、突然病室の引き戸を開けて誰かが飛び込んできた。

こはると同じ忍者装束に身を包んだ女の子――おそらくカルラの部下だろう。彼女はこの世の終わりのような顔をしてカルラに駆け寄って、

「風前亭が。燃えています……」

☆

飛び跳ねるような勢いで東都の往来を駆けていく。

地平線の向こうから太陽が昇り始めている。穏やかな朝の時間――とはいいがたい。すでに風前亭の周りには野次馬たちが集まって大騒ぎをしていた。

そうして私たちが目にしたのは目を疑うような光景だった。

炎がめらめらと燃えている。

かつてヴィルやカルラと一緒にお菓子を食べた風前亭は、真っ赤な炎に包まれて見るも無残な姿になっていた。消防団が水の魔法を使って消火活動をしている。いまさら火を消したところで取り返しがつかないのは明らかだった。

「な、なんで……」

「火元は問題なかったはず。たぶんつけられた」

「つけられた……⁉　放火ということですか⁉　誰がこんなひどいことを」

「決まっている。レイゲツ・カリン」

そこここで悲鳴があがった。建物を支えていた最後の柱がへし折れて完全に倒壊したのである。ずどどどど――地鳴りのような音を響かせながら瓦礫（がれき）の山が形成されていく。飛び散る火の粉から逃れるように人々が走り去っていく。

カルラは希望を失ったような表情で崩れゆく風前亭を見つめていた。

私はどんな声をかけたらいいのかわからなかった。

風前亭はカルラの努力の結晶。そしてこれから彼女が菓子職人として頑張っていくための希望でもあった。それをこんな形で崩されるなんて誰に予想がついただろうか。

にわかに話し声が聞こえてきた。

野次馬たちがカルラのほうを見ながらヒソヒソと言葉を交わしているのだ。

「天罰が下ったのだ」『アマツ様は嘘つきだ』『祖母殺しだなんておぞましい』『あの吸血鬼も共犯だというじゃないか』『風前亭なんかで買うんじゃなかったよ』――

「――違うっ！　カルラ様はそんなことはしていないっ！」

こはるが顔を真っ赤にして通行人につかみかかろうとする――しかし寸前でヴィルに羽交い絞めにされて動きを封じられる。人々は「怖い怖い！」と叫びながら蜘蛛の子を散らしたように逃げていく。こはるはクナイを握りしめたまま手足をじたばたと動かして、

「離して！　あいつらカルラ様にひどいこと言った！」

「通行人を襲えばこちらが不利になります。隙を見せてはいけませんよ」

「じゃあどうすればいいの！　やっぱりカリンを――」

「閣下!!　ご無事でしたか!!」

聞き覚えのある叫び声がした。

いつの間にか背後に枯れ木男が立っていた。カオステルである。おそらく空間魔法か何かで飛んできたのだろう――しかし彼だけではなかった。ベリウスやメラコンシーまでいる。しかも仲間たちに支えられるようにして立っていたのは、

「ヨハン!?　お前どこに行ってたんだ!?」

「イエーッ！　牢獄に囚われヨハンはヘロヘロ。閣下のおみあしカオステルペロペロ」

「ようするに東都の外れにある牢獄に囚われていたのです。目立った外傷はありませんが衰弱

しきっているようで」

「外傷ならあるだろうがっ！　狐野郎の峰打ちを食らって気絶させられたんだ！」

ヨハンが吼えた。確かに彼の頭にはでかいたんこぶのようなものができている。

「おいテラコマリ。僕を襲ったのはレイゲツ・カリンとかいうクソ野郎で間違いない。あいつは……あいつらは、第七部隊のことを陥れようとしていたんだ」

「落ち着いてくださいヘルダース中尉。いったい何があったのですか」

「僕はレイゲツ・カリンに襲われた。返り討ちにできればよかったんだが、あいつらは卑怯な魔法を使っていたんだ。部下の狐耳がいるだろ。あいつが僕の姿に化けていたんだよ」

「な……、」

私は驚愕してしまった。やはり犯人はカリンだったのだ。

あいつはどこまで悪辣なことをすれば気が済むのだろう――いやそれよりも。ヨハンの言う「化けていた」というのがよくわからない。

詳しく説明を求めようとした、そのときだった。

「――アマツ・カルラとテラコマリ・ガンデスブラッドだな！　そこを動くな！」

背後から大声で呼び止められた。

制服を着た和魂種たちが険しい顔でこちらを睨んでいる。あれはおそらく天照楽土の警察だろう。私たちが指名手配されていたというのは本当だったのだ。

こはるがカルラを庇うようにして前に出た。

「放火。犯人を捕まえて」

「犯人などいない。自然発火だという報告を受けているからな」

「はあ……⁉」

誰もが呆れて言葉を失ってしまった。対応が雑すぎる。何らかの圧力がかかっているとしか思えなかった。警察はこちらを睨み据えて偉そうに言った。

「それよりも桜翠宮から逮捕令状が出ているのだ。アマツ・カルラならびにテラコマリ・ガンデスブラッドは殺人未遂及び国家転覆共謀の疑いで逮捕する」

「そんなことしてない！　でたらめ言うな！」

「でたらめなわけがあるか！　これは大神様のご聖断であらせられるぞッ！」

場に衝撃が走った。

大神のご聖断。つまり、あの心優しそうな人が、カルラの夢を応援してくれたあの人が、よく調べもせずに私たちを捕まえようとしているらしいのだ。

いや待て。そんなはずはない。何か仕掛けがあるはずだ――

そうこうしているうちに風前亭の消火活動が終わっていた。後に残されたのは真っ黒焦げになった建物の残骸だけ。カルラの夢の第一歩は見るも無残に打ち砕かれてしまったのだ。

私はカルラのほうを見た。

彼女は泣いていた。ぽろぽろと涙をこぼして立ち尽くしていた。

ふざけている。こんなことがあっていいはずがない。

私は怒りを覚えながら警察どもに向き直って――いつの間にか部下たちが私の前に立って相手を睨みつけていることに気づく。

「――閣下。今回ばかりは私も怒りを禁じ得ませんねぇ」

カオステルが笑いながらそう言った。しかし目は笑っていない。

「おい、何をするつもりだお前ら」

「レイゲツ・カリン陣営の行動は目に余ります。ガンデスブラッド閣下がアマツ・カルラの祖母を殺害？　馬鹿馬鹿しいにもほどがある。我々はそういう小賢しい手は使いませんよ」

「カオステルの言う通りです。加えてアマツ殿に対するこの仕打ちはあまりに無道。ひとまず目の前の連中に我々の力を思い知らせてやりましょう」

「イエーッ！　閣下の敵はオレの敵。爆発的に飛び散る血液――死ね」

「許さねェ……よくも僕をコケにしてくれたなァ――――――ッ!!」

ぼおおっ!!　とヨハンの身体から火柱が立ち上がった。周囲の人間たちが悲鳴をあげて逃げ惑う。警察の人たちが慌てて刀を抜いた。おいやめろ！　こんなところで戦いを始めたら怪我するかもしれないんだぞ！――そう叫びたいのは山々だった。

叫ぶ前にメラコンシーの爆発魔法が発動した。

次の瞬間――

どがあああああああああああん!!――と擬音語で表現するのも馬鹿らしいくらいに盛大な爆発が巻き起こった。それを皮切りにカオステルやベリウスやヨハンが爆風に向かって突貫していく。もうもうと立ち込める煙の向こうから凄まじい戦闘音が響いてくる。

「な……何やってんだあいつらあああああああ!?」

「魔核もないところで無謀ですね。しかし私は少しだけ救われたような気分です。彼らが警察を足止めしてくれたおかげで時間的な猶予ができましたし」

ヴィルに言われてハッとする。

私には気になることがあるのだ。何故レイゲツ・カリンはここまで強権を揮うことができるのか。何故カルラのことを応援してくれた大神は静観を貫いているのか。その答えは――大通りの終着点。質素だが力強い雰囲気を放っている〝桜翠宮〟とやらにあるはずだった。

私は呆けたように突っ立っている和風少女に近寄った。

「カルラ。行こう」

「……どこへですか。もう私の夢は終わってしまったんです。お店も壊されて……お祖母様もいなくなって……これ以上何をしろというのですか」

「何もしなくていいっ!」私はカルラの両肩をつかんで振り向かせた。まん丸になった瞳がこちらを見つめていた。「お前は私についてくるだけでいいっ!　私は……こんなことをしたやつが許せないんだ。人のことを馬鹿にしているとしか思えない。カルラの大切なものをどんどん奪いやがって。絶対に……絶対に……」

「あ、あの、コマリさん……？」

何故か私も涙がこぼれてきた。袖(そで)で拭いとる。しかし止まらない。

カルラの悲しそうな顔を見ているうちに無限大の怒りと勇気が湧(わ)いてきた。

「とにかくっ！　まずは大神に直談判(じかだんぱん)しよう。カリンを止めろってお願いするんだ」

「でも……逮捕状は大神様が出したようですし……」

「そんなの何かの間違いかもしれないだろ！　だからひとまず宮殿に――」

「コマリさん！　流れ弾ですっ！」

飛んできた刀の破片をサクナがマジックステッキで弾(はじ)いてくれた。別の方向から叫び声が聞こえてくる。どうやら警察部隊の増援が訪れたらしい。いや――あれは警察ではない。

「天照楽土軍の第四部隊ですね。まともにやり合ったら捕まるのは必至です。桜翠宮へ急ぎましょう」

「だそうだ。行くぞカルラ！」

「え――きゃっ」

私はカルラの手を引いて走り出した。

背後から「止まれガンデスブラッド！」という声が響いてくる。おそらく五剣帝の誰かだろう――と思った瞬間ビュオン!!　という轟音とともに私の身体スレスレを矢のような魔法が通り過ぎていった。ぞっとした。だが怖がっている場合ではない。

「どうして……どうしてコマリさんはそこまで、」

カルラが何かを言いかける。背後から高速で飛んできた光の矢がヴィルのクナイによって弾かれる。こはるが謎の忍術で大量の針を敵軍に向かって飛ばしていた。

「どうしてそこまで必死なのですか。あなたは平和主義者なのでしょう。こんなに危ない目に遭ってまで天照楽土のことに付き合う必要は……」

「カルラが私の友達だからだよっ！」

私は思わず絶叫していた。カルラが息を呑む気配がした。

サクナの魔法が発動する。すさまじい冷気が地を這い道路がぴしぴしと凍りついていく。しかし敵軍は身体強化の魔法か何かで楽々と氷を飛び越えてきた。思わず転びそうになってしまったところをヴィルに引っ張り上げられながら、それでも私は力を振り絞って叫んでいた。

「私はカルラのことを尊敬してるんだ。だってカルラは私と同じだから……同じなのに頑張って夢を叶えようとしていたから。だから……それが潰されるのは許せないんだ」

「でも！」

「デモもストもあるか！　私はカリンを叩き潰してやらないと気がすまない！　あいつは間違ったことをしている！　一発がつんと言ってやらなきゃ目が覚めないんだ！」

「でもでも！　コマリさんは――自分のことを、弱いと思っているんでしょう？」

「当たり前だろ！　私は最強の最弱将軍だ！　下手をすればカリンに逆切れされて殺されるかもしれない――だけどカルラの気持ちを思ったら、そんなの全然大したことじゃない！」

本当は大したことに決まっていた。

私だってカリンに立ち向かうのは怖いのだ。

でもあいつを放置していたら大変なことになる予感がした。お祖母さんの言っていたことは間違いではない。レイゲツ・カリンは大神にしたら駄目なタイプの人間なのだ。

ふと振り返る。カルラが目元をごしごしと拭っていた。

「コマリさんは、ほんとうに、お馬鹿なんですね……」

「馬鹿なのはわかってるよ。……一緒に大神に会いに行こう」

「はい」

その瞬間、背後で巨大な魔力の気配がした。

不意にカルラが足をもつれさせて転んだ。それにつられて私もびたーん！　と地面に倒れこんでしまう。気づいたときには遅かった。ヴィルとサクナが慌てて何かの魔法を唱える。こはるが目にもとまらぬ速度でクナイを投擲（とうてき）している。

敵の将軍が叫んだ。

「上級刀剣魔法・【神速矢（しんそくし）】」

私は慌てて起き上がろうとして振り返り――そうして目の前に迫りくる巨大な光の矢を目撃した。避けることは不可能だった。私は来るべき痛みに備えてぎゅっと目を瞑(つむ)り、そして、

ぱん!! と鼓膜を破るような銃声が轟いた。

私は驚きのあまり目を開けてしまった。すぐそこにあったはずの光の矢が忽然(こつぜん)と姿を消している。ヴィルやサクナが助けてくれたのか?――と思ったが違うらしい。

「わはははは! その程度では私の銃弾を挫(くじ)くことはできんぞ卑劣な和魂め!」

高らかな叫び声が降ってきた。

私は驚いて視線を上方に向ける。銭湯の屋根に一人の白い少女が立っていた。装備している長大な銃の口からは魔法の煙がもくもくと吐き出されている。おそらく彼女が銃弾を発射して魔法を弾いてくれたのだろう。いやそれにしても――

「プロヘリヤ!? 何やってんだよ!」

「私は私のやりたいことをやっているだけだ。お前は今朝の新聞を見たかね? あれはレイゲツ・カリンが操作したものなのだ。ああいうやり方は好きではない。君主は清く正しくあるべきだ――真相が解明される前に諸君が逮捕されてしまうのは気に食わん」

六凍梁(ろくとうりょう)プロヘリヤ・ズタズタスキーは銃を構えて敵将を睨んでいた。

ヴィルに助け起こされながら、私は感嘆の溜息(ためいき)を吐(つ)いてしまった。あいつはレイゲツ・カリン陣営だろうに――白極連邦(はっきょくれんぽう)政府の方針を無視してまで私たちを助けてくれたのだ。

「さあ名も知れぬ将軍よ。彼女らを引き止めるというのなら私が相手になるぞ」

「プロヘリヤの言う通りだよっ！」

さらに声が聞こえた。直後、はるか上空からくるくると回転しながら少女が落ちてきた。

しゅたっ！　と華麗に着地して謎の戦闘ポーズをとったのは――猫耳少女のリオーナ・フラットだった。彼女は私たちを尻目に魔力を練って、

「ここは私たちに任せて！　猫を飼うやつは嫌いだけど、きみたちのことは応援したい。なんかこの国からはきな臭い感じがするんだ。大神のところへ行って色々解明してよ」

「わははははは！　さあ戦争の始まりだ――くたばれ！」

プロヘリヤが再び魔法の弾丸を発射した。

連続して轟く銃声。間もなく天照楽土軍のところで大爆発が巻き起こる。

それを合図にリオーナが敵軍に向かって高速で突撃していった。先ほどの警察と第七部隊の衝突よりも壮絶だった。銃声が轟くたびに爆音と死体がまき散らされる。リオーナの拳が敵の心臓をつらぬいて血液が四方八方に飛び散っている。周囲の建築物がみるみる破壊されて人々の悲鳴と怒号が響き渡る。

やりすぎだろ――とは思わなかった。

立ち往生している場合ではない。むしろ相手のほうがやりすぎなのだから。

「コマリ様、行きましょう！」

ヴィルに促されて私たちは再び走り出した。

「なんだなんだ」「暴動か!?」「アマツ将軍だ！」「あの吸血姫もいるぞ！」――人々の歓声を受けながら往来を駆け抜けていく。やがて大神がおわす桜翠宮の大門が見えてきた。天託神宮のご本尊でもある巨大な桜の木が目印である。

「なんだ貴様ら！　止ま――ぐふっ、」

槍を携えた衛兵が紙屑のように吹っ飛んでいった。こはるが目にもとまらぬ速さの回し蹴りを炸裂させたのである。私たちはそのまま門を抜けて桜翠宮へと入っていく。

ムルナイト宮殿ほどの派手さはない。質朴な雰囲気の廊下が延々と続く風景――しかしどこか重厚な空気を感じさせる〝和〟の城塞。見回りの兵士たちに襲われるかと思ったがそんなことはなかった。宮城内は驚くほどに静まり返っている。

「こっち！」

こはるが指し示した先には木製の大きな引き戸があった。サクナとヴィルの三人がかりで扉を開く。そうして現れたのは巨大な広間だった。

雰囲気でわかる。ここはムルナイト宮殿で言う〝謁見の間〟に違いない。

奥には御簾が下がっている。あの奥に大神がいるのだろうか。

と思っていたら――その御簾から人影が現れるのを見た。

太陽を象った簪。厳かな和服。そして何より巨大なお札で素顔を隠した特徴的なその姿。

天照楽土の大神で間違いなかった。

「――あら？　皆さんどうされたのですか？」

「大神様っ！」

カルラが髪を振り乱して彼女に駆け寄った。

「どういうことですか⁉　何故私が軍や警察に追われているのです？　どうして私がお祖母様を殺そうとしたことになっているのです⁉」

「貴方がやったのではないという証拠はあるのですか？」

「しょ――」カルラは少し言葉をつまらせてから、「証拠なんてありませんけれど！　でも私があんなことをするはずがない！　それは大神様もよくわかっているでしょう⁉」

「わかりませんね。まったくもってわからない」

「な、何故……」

「何故なら――私は大神ではないのですからな！」

誰もがぎょっとした。

ぼふんっ！　と大神の身体から大量の煙が噴き出した。いきなりヴィルに腕を引っ張られて抱きすくめられる。何が何だかわからなかった。魔力の反応はなかったはずである。しかし気づいたときには大神の姿は消えていた。かわりにそこに現れたのは――

もふもふした金色の尻尾。ぴくぴくと動く狐の耳。

そして――人を食ったような、あくどい笑顔。

「引っかかりましたな！　大神の正体はフーヤオ・メテオライト！　レイゲツ・カリン様の食客でございますぞ！」

開いた口が塞がらなかった。

こはるが動揺しながらフーヤオに一歩近づいた。

「どうなってるの⁉　お前が、なんで」

「そういう作戦だからであります！　私はカリン様から〝傾国の狐〟という二つ名を頂戴いたしましたが、此度の働きはまさにその名に相応しいものであったと自負しております る！」

フーヤオはけらけらと笑っていた。

なぜこの少女が大神に化けていたのか。そもそも何故化けることができるのか――本当の大神はどこにいったのか、カリンはこのことを知っているのか、いつからフーヤオは大神に成り代わっていたのか、天照楽土政府はどういう仕組みで動いていたのか。

意味不明すぎて頭が爆発しそうだった。それはカルラも同じだったらしい。彼女は何度か口をぱくぱくさせてから辛うじて言葉を絞り出した。

「大神様は……どこへ行ったのですか……？」

「大神様なら消えてもらったよ」

その場の全員が声のしたほうを見やる。

柱の影から誰かが現れた。虹色の髪飾りをしたサムライ少女――レイゲツ・カリンである。

彼女はシニカルな笑みを浮かべながら私たちのほうに近づいてくる。

「あの方はカルラを贔屓(ひいき)している。このままでは天照楽土のためにならないと思った。だから私は強硬手段に出たのだ」

「消えてもらったって――大神様をどこへやったのですか⁉」

「カリン様カリン様！　それは言ってはならぬお約束ですよ。さすがに私が大神に成り代わっていたことを知られたら形成が逆転してしまいますので」

「問題なかろう。証拠などどこにもないのだからな」

「証拠ならありますっ！　私の目の前にあなたたちがいることが何よりの証拠！　いま人を呼んできますからね！　こはる、見張っておいてください！」

「無駄だ。桜翠宮の人払いは済ませてある。だいたい人を連れてきたところで証拠がないからどうにもならないのだよ」

「どうにもならないはずがありません！　その狐さんが使っていたのは変身魔法ですよね。たとえ大神様の姿になったとしても魔法に詳しい者が調べれば一発でわかるはずですから」

「魔法ではない。――フーヤオ、見せてやれ」

「承知いたしました！　烈核解放(れっかくかいほう)・【水鏡稲荷権現(みずかがみいなりごんげん)】」

ぼふん‼　と煙のようなものが充満した。そうして私は目を疑った。それまで狐少女の姿をしていたはずなのに——そこにいたのはカルラと瓜二つの少女だったのだ。

瓜二つどころではない。まるで鏡写しのようにそのままだった。

「おばあさま。おばあさま」

カルラの姿をしたフーヤオが笑う。

声まで恐ろしいほどに似ている。

「おばあさま——そう言いながら近づいたらアッサリでしたぞ。地獄風車も老いたものですなあ。それとも孫娘には弱かった、ということなのでしょうかな？」

「あ、あなたが……お祖母様を……！」

「そんなことはどうでもよいではありませぬか。——それよりも私のこれは魔法ではありませぬ。心の強さを示す異能、烈核解放。ゆえに魔力を調べたってどうにもならないのです。カリン様の言う通り証拠などないに等しい」

「どうしてお祖母様にあんなことをしたのですか！　あなたのせいで……お祖母様は……！」

「選挙に勝つためであります！　大神の座に相応しいのはアマツ・カルラではなくレイゲツ・カリン。国を正しい方向へ導くためには多少の犠牲もやむを得ぬことでございますぞ！　まあ死に損ねたようですが」

そう言ってフーヤオは面白(おもしろ)そうに笑っていた。

私はすべてを理解した。東都新聞が必要以上にアマツ・カルラ陣営を貶(おとし)めていたのも、大神が私たちを逮捕しようとしたのも――もっと遡ればレイゲツ・カリン陣営にだけ賄賂が許可されたのも、この狐少女が大神として権力を揮っていたからなのだ。

カルラは悔しさのあまり涙を流していた。

こはるはあまりの仕打ちに呆然と立ち尽くしている。

信じられなかった。ここまで悪意に満ちた人間がこの世に存在するなんて思ってもいなかった。私はどうしたらいいのだろう。いっそのこと第七部隊の連中をここに呼んでしまおうか――そんなふうにらしくもない殺伐とした感情を抱いていたとき、

「何故私たちの面会に応じたのですか？」

ヴィルが怒りを押し殺したような声でそう呟いた。

「わざわざ桜翠宮で待ち受けていたということは話をする準備があるということです。私たちがここに来ることを予想していたのですか？」

「ああそうだった」カリンはいま思い出したと言わんばかりの態度で、「べつにお前たちを本気で逮捕して裁こうなどとは思ってもいない。あれは民衆に対するデモンストレーション――つまり〝アマツ・カルラは悪である〟という印象づけにすぎない」

「邪悪ですね。そういう方は君主の器ではないと私は愚考しますが」

「――なあカルラよ。私はお前のことが気に食わないのだ」

カリンはヴィルの言葉を無視してカルラに詰め寄った。

その瞳に宿っているのは純粋な憎悪。カルラに対する混じりけのない憎しみだった。

「大神に就任したらすぐに辞めて菓子職人になるだと？　ふざけているとしか言いようがないな。私は絶対に許さない。大神を目指すのならば大神にならんとする意志を持て」

「ようするに！」とフーヤオが叫んだ。いつの間にか狐の姿に戻っている。「カリン様はカルラ様に本気で国主を目指してほしいのであります！　やる気のない相手では張り合いがありませんからなあ。潰し甲斐がありませんからなあ！」

「そ、そんなこと！　あなたには関係ないでしょう！　私は――」

「黙れッ‼」

カリンの怒声が場に響き渡った。カルラがびくりと肩を震わせる。

「私がどんな思いで生きてきたと思っている。貴様のような存在からしてふざけた人間はこの手で葬ってやらねば気がすまんのだ。そうすることが天照楽土のためだ。お前のような甘っちょろい考えの馬鹿者がトップになれば、この国は必ず滅びてしまう」

何かがわかったような気がした。

この少女はカルラに嫉妬しているのだ。お互いに全力を出し合って決着をつけたいと思っているのだ。おそらく二人の間には私には理解しがたい因縁があるに違いなかった。

だが。そうだとしても。

どんな理由があったとしても――カリンの行いは許されるものではない。

私は一歩進んでカルラとカリンの間に割り込んだ。

「……お前の事情は知らない。でもカルラは負けないよ」

「何とでも言えガンデスブラッド。私はこの国のいただきに立つ。そのためにはどんな策を講じることも厭わない」

「厭えよ！」

私は後先考えずに叫んでいた。そうしなければならないと思った。

「こんなひどいことをしているやつが大神になれるわけないだろ！　お前とカルラだったらカルラのほうがよっぽど国主に相応しい！　勝つのは絶対にカルラだ！――」

ずょん。

何かが切り替わる気配がした。

反応できるわけもなかった。疾風のように踏み込んできたフーヤオの剣が閃いた。いつの間にか鋭利な刃が目の前に迫っていることに気づく。

「コマリさんっ！」

サクナの声が鼓膜を震わせた瞬間白色の魔力が爆発した。私とフーヤオの間に氷の障壁が展開される。斬撃が障壁に激突する音が響き渡る。透明な氷の向こうでフーヤオの殺意に満ちた瞳が光っていた。間一髪と安堵する余裕はなかった。

ぱりぃいいぃん――

刀が障壁を破壊して突き進んできた。

「覚悟はできているか。テラコマリ・ガンデスブラッド」

「か、覚悟なんて――――」

「コマリ様！　退いてくださいッ！」

横合いから飛び出してきたクナイがフーヤオの刀を弾く。私を庇うようにしてヴィルが躍り出て――フーヤオの強烈な蹴りが彼女の腹部に炸裂した。

ヴィルの後頭部が私の鼻に直撃した。視界に星が散った。蹴り飛ばされたヴィルに巻き込まれて私の身体は床の上をごろごろと転がっていった。なんだこれ。なんでいきなり攻撃されているんだ？――――無数の疑問が頭の中をぐるぐると駆け巡り、答えの出ぬまま床の上を滑っているうちにいつの間にかヴィルに抱きしめられて蹲っていることに気がついた。

「ヴィル！　大丈夫か」

「お腹が痛いだけです。これくらいのこと……」

しかしヴィルは苦しそうだった。

私は唖然としてフーヤオのほうを見た。金色の狐少女はいつの間にか私たちの前に直立していた。先ほどまでとは異なるタイプの笑みを浮かべながらこちらを見下ろしている。

「最終決戦まで待ちきれないな。さあテラコマリ。殺し合おうではないか」

「な、何を、」

ひゅん‼　とにわかに剣筋がひらめいた。

肩口に違和感。次いで――燃えるような痛みが全身を襲った。

いつの間にか肩から血が溢れている。遅れて斬られたのだと理解した。

「ぐ、い、痛ぃ……」

「コマリ様っ⁉　フーヤオ・メテオライト！　絶対に許しま――」

今度はヴィルの顔面に回し蹴りが命中していた。そのままメイドの身体が勢いよく転がっていく。今度はサクナとこはるが音もなく左右から襲いかかった。杖とクナイがフーヤオに命中したかに思えた瞬間――ぼふん！　と煙が充満して狐少女の姿が掻き消えた。

「え――？　ど、どこですか⁉」

「ここだ」

がんっ！　と鈍い音が反響した。サクナとこはるの後頭部に刀の峰打ちが命中していたのである。あれはおそらく幻術魔法の類だろう――そんなふうに推測しているうちに二人は声をあげることもなく昏倒してしまった。

私は肩を押さえながら呆然とした。

ヴィルもサクナもこはるも一瞬にしてやられてしまった。カルラにいたっては腰を抜かして動くこともできずに震えている。なんなんだこの少女は。ここで白黒つけるつもりなのだろうか？――私は恐る恐る視線を上に向けた。

ずょん。

「――弱い！　弱いですなあ。これではお遊戯にもなりませぬ」

フーヤオの細い指が私の顎に添えられた。

目と鼻の先に人を食ったような笑みがあった。

「痛いですかな？　悔しいですかな？　お仲間がひどい目にあってお怒りですかな？――しかしこれはレイゲツ・カリン様に歯向かった報い！　今ここで刀の錆にしてくれましょうぞ！」

「な――なんでこんなことするんだよ⁉　意味わかんないよ！　みんなに謝れよ！」

「謝っても意味はありませぬ！　これからあなたは死ぬことになるのですからな！」

フーヤオが指についた私の血をぺろりとなめた。ゆっくりと刀が振り上げられていく。私は恐怖のあまり動くこともできなかった。どうしてこんなことに――わけがわからず石のように固まっていたところ、

「やめろフーヤオ‼」

カリンの怒声が響き渡った。フーヤオが動きを止めて振り返る。

「やめる？　どうして」

「お前は独断専行が過ぎる！　ここで殺してしまえば天舞祭が台無しじゃないか！　それにテラコマリ・ガンデスブラッドは危険だ。無闇に手を出したら大変なことになるぞ」

「ふむ」フーヤオは少し考えるような素振りを見せて、「――冗談ですよ冗談！　こうすれば

相手も最終決戦で本気を出してくださるだろうと思いましてな。いやいや失礼しましたテラコマリ様！　これはちょっとやり過ぎでしたな」

フーヤオがくるりと踵を返した。

私は呆気に取られて声を出すこともできなかった。

こいつらは――いったい何を考えているんだ？

「か、カリンさんっ！　こんなことをして許されると思っているのですか⁉」

「おっとカルラ様！　怒っていますな？　その怒りはカリン様にぶつけて差し上げるのがよろしいかと！　あの方はそれを待ち望んでおりましたので！」

「そういうことだカルラよ」

カリンが不敵に笑ってカルラのほうを見た。

懐から何かを取り出す。魔法石だった。

「天舞祭の最終決戦は明朝。……やる気を出してくれて嬉しいぞ。ここまで追い詰めた甲斐もあったというものだ。お前を叩きのめす瞬間を楽しみにしておこう」

魔力の気配がした。カリンの掌の魔法石が発動している。すわ攻撃か――そう思って私は身構えてしまった。しかしいつまで経っても魔法は飛んでこなかった。

いつの間にかカリンとフーヤオの姿が消えていた。

どうやら【転移】の魔法石だったらしい。私は座り込んだまま動くこともできなかった。後に残されたのはどうしようもない無力感だけ。

だが――何が何でも勝たなければならなかった。

カリンに好き放題させていたら天照楽土は滅茶苦茶（めちゃくちゃ）になってしまう気がした。

私はカルラの表情を盗み見た。彼女は悲しみに打ちひしがれて座り込んでしまった。この子のために頑張らなければならない。私は拳をぎゅっと握りしめて決意する。

幸いにもやられた三人にほとんど怪我はなかった。

手加減をされていたのかもしれない。

☆

天照楽土軍第四部隊が引いていった。

次いで遠くで騒いでいた警察どもも姿を消していく。

「――ふん。大神から退却命令でもあったのか？　逃げ足だけは達者だな」

プロヘリヤ・ズタズタスキーは銃を構えながら小さく悪態（あくたい）を吐いた。

キル数は十六人。対してこちらの損傷はゼロ。最強の六凍梁大将軍がこの程度の戦闘で傷を負うはずもないのだった。対して地上をはいつくばって奮戦していたリオーナ・フラットはそこかしこに掠り傷を作っている。魔核もないのにご苦労なことだ。

「あーもう！　逃げちゃったよ！　全員殺してやろうと思っていたのに」

「まあ落ち着きたまえ」プロヘリヤは銭湯の屋根から飛び降りながら言う。「我々の目的はテラコマリやアマツ・カルラを逃がすことだ。後ほど彼らから情報を聞き出そうではないか」

「いや……でも私たちって、もともとカリン陣営だよね？　カリンに聞けばよくない？」

「馬鹿だなお前は。猫頭か」

「猫頭⁉　なんだそれ⁉」

「レイゲツ・カリンは諸悪の根源なのだ。この東都には強烈な悪意がただよっている――それもカリンを中心としてな。聞こえるだろう？　聞きたくもない辛辣な言葉の数々が」

プロヘリヤは耳をすませた。

遠くから人々の声が聞こえる――「カルラ様は本当に殺したのか」「カリン様の言う通りではないか」『嫌だわ。あんな人が大神になるのは」「風前亭のお菓子には毒が入っているという話だぞ」『思えばアマツ陣営は卑怯なことばかりをしていた……」

獣の耳を持つリオーナも薄々気づいていたらしい。

東都には悪意が満ちている。意図的にばらまかれた卑劣な悪意が。

「――でも、」

リオーナは首を傾げて口を開く。

「でも。聞こえる声はカルラを批判するものばかりじゃないよ。東都の人たちだって人形じゃないんだ。自分の目と耳と感性で判断している人もちゃんといる」

「そう。だからこそ私は憎たらしく思っているのだよ。レイゲツ・カリンは卑劣な印象操作で人民を騙せると思っているんだ。私はそういう〝民を侮る者〟は好かない」

「まーそうだよね。私がいちばん嫌いなのは濡れ衣とか放火とかだけど」

「その通りだッ‼　あんなひどいことをするヤツは初めて見た！　絶対に許せないっ！」

プロヘリヤは地団駄を踏みながら大声をあげた。

まったくもってその通りなのだ。書記長の言いつけを守ってレイゲツ・カリン陣営に与したはいいものの――あれは君主の器ではない。このプロヘリヤ・ズタズタスキー閣下がわざわざ手を貸してやるような価値もない。

もはや書記長の命令など知ったことではなかった。

あとでお仕置きされようが構わない。こうなったら好きなように行動させてもらおうではないか――そう思って歩き出そうとした瞬間、

懐の通信用鉱石に魔力反応。

間の悪いことに書記長からだった。プロヘリヤは舌打ちをしながら鉱石に魔力を込める。すぐさまはるか北方の故郷に音声がつながった。

「はいこちらプロヘリヤ。通話がしたければ事前にご連絡をいただけるとありがたい」

『ではこれから通話をさせていただくとしよう。——ところでプロへリヤ。色々と見させてもらったのだが』

リオーナが興味深そうにこちらを見ている。

機密事項を聞かせるわけにはいかないので「シッシッ」と手で追い払っておいた。

『これは計画を変更せざるを得ないな』

「当初の計画はレイゲツ・カリンを大神に擁立することだったと思われますが」

『その通り。レイゲツ・カリンは君主の器ではない。ゆえにあれが大神になれば天照楽土の国力は大きく削がれるはずだ。やがて白極連邦の傀儡にすることも不可能ではない』

食えない野郎だ、とプロへリヤは思う。

『そしてレイゲツ・カリンが大神になればアマツ・カルラは大神にはならない。これは我が国にとって途方もない利益をもたらすだろう。アマツ・カルラの能力は使えるからな。大神になってしまったら接触する機会も減ってしまう』

「私にはその部分が理解できません。アマツ・カルラに如何なる力があるというのですかな」

『この後の戦いで理解できるだろう——まあそれはともかく。当初の計画通りにレイゲツ・カリンを大神にすると少々まずいことになるのだ。これは本当にまずい。このままでは傀儡国家にするどころか天照楽土が滅びてしまうよ』

書記長はオーバーに溜息を吐いてそう言った。どこまで真意なのかよくわからない。

『なあプロヘリヤ。きみはレイゲッツ・カリンのやり方が気に食わないだろう？』

「正直なところを申し上げますとそうなります」

『では好きなように行動したまえ。俺が許可する』

プロヘリヤは目を見開いた。どういう風の吹き回しかは知らない。しかしやりたくもない仕事をやらされるよりは遥かにマシだった。書記長は『ただし』と付け加えるように言った。

『狐に気をつけたまえ』

「狐？　フーヤオ・メテオライトのことですかね」

『そうだな。あいつはレイゲッツ・カリンに取り入って何かをしようと企んでいる。だから思い通りにさせてはいけない。レイゲッツ・カリンを勝たせてはいけない』

「それはどういう意味です？」

鉱石の向こうで書記長が笑う気配がした。

『――やつは人の皮を被ったバケモノだぜ。そういうニオイがするんだよ』

☆

小さい頃から「次代を担うリーダーになれ」と言われてきた。

アマツ・カルラは内心では反発しながらもこれまで唯々諾々と従うことしかできなかった。

そのせいで五剣帝になり――したくもない戦争をする羽目となり――最終的には天舞祭に参加させられて大神候補になってしまった。

だが。テラコマリ・ガンデスブラッドと出会ってすべてが変わった。

夢に対して正直に生きるための勇気をもらった。カリンに対して啖呵を切ったコマリの姿を見た途端に心が震えてどうしようもなかった。さらには彼女のおかげで祖母とわかりあえることもできた。感謝してもしきれなかった。

これからは自由に生きていいんだ――そう思っていたのに。

この気持ちはなんだろう。

濡れ衣を着せられ――カリンに祖母を害され――風前亭に火をつけられ――そういう卑劣な仕打ちに甘んじているうちに、胸の中に「本当にこれでいいのか?」というモヤモヤがわだかまっていった。

祖母の心配していたことが現実感のある刺々しさで認識できてしまった。

レイゲツ・カリンに任せていたら天照楽土は大変なことになるのかもしれない。

仮に。仮にカルラが天舞祭で勝利したとして――その後に「お菓子屋さんになる」などと言いながら大神を辞任したらどうなる? 東都は大混乱に陥ることは間違いない。カリンやフーヤオのような意地の悪い連中が再び動き出すに違いなかった。

――好きに生きよ。

祖母はカルラに対してそう語った。

好きに生きることができる人間などいない。本当に自分のやりたいことだけをやって生きていける人間なんて――この世には存在しないのだ。

「許せない。カリン……」

こはるが拳を握りしめながら呟いた。

東都。アマツ本家の庭にはアマツ・カルラ陣営の面々が再集合していた。

カルラ。こはる。コマリ。コマリのメイドのヴィルヘイズ。サクナ・メモワール。

フーヤオに昏倒させられていた者たちはすぐに目を覚ました。あの狐少女が繰り出したのは「意識を刈り取るためだけの攻撃」だったのかもしれない。コマリはフーヤオから怪我を負わされたが、【転移】の魔法石で一瞬だけムルナイトに戻って傷を回復させてきたらしい。

そしてコマリの部下の荒くれ四人も集合していた。彼らによれば警察は追撃をしてこなくなったという。おそらく大神に化けたフーヤオが何らかの命令を下したのだろう。だが――だからといって素直に喜べるはずもなかった。状況は何も好転していないのだ。

ヴィルヘイズが「問題はありませんよ」と冷静な声色（こわいろ）で言った。

「最終決戦は明日です。そこで完膚（かんぷ）なきまでに叩きのめしてやりましょう。コマリ様を怪我させた大馬鹿者どもを地獄に落としてやりましょう。そうすれば万事解決です」

「解決なのでしょうか。カルラさんのお祖母さんは重傷なのに」とサクナが眉をひそめる。

「閣下！　第七部隊に対する風評被害も甚だしいです。これをなんとかするには圧倒的な力を見せつける必要があります。すぐにでもレイゲツ邸に攻め込むのが最善かと」

「……あの。カオステルさん。そういう暴力的なのはよくないと思います……」

「⁉——し、失礼しましたメモワール閣下」

「ぎゃははは！　見ろよ。カオステルの野郎怒られてやがるぜ。普段から僕のことを〝考えなしの鉄砲玉〟とか言ってるくせに」

「イエーッ！　鉄砲玉の能無しヨハン。女子風呂覗きの常習犯グベァッ」

「意味わかんねえよクソが‼」

「静かにしろヨハン。今は今後の方針を考えるべき時であろう——」

仲間たちが作戦会議らしきものを始めている。

しかしカルラは集中できなかった。頭の中を休みなく駆け回っているのは「お前のことが気に食わないのだ」というカリンの言葉だった。確かに自分の生き様は彼女のような人間からすれば馬鹿馬鹿しいのかもしれないが——

「大丈夫？　カルラ」

不意に声をかけられて顔をあげる。

コマリが心配そうにこちらを見つめていた。

「……大丈夫です。心配してくださってありがとうございます」

「カルラは何も心配しなくてもいいからな。確かに私自身は弱いけど、第七部隊のやつらは超強いんだ。あとこっそりサクナも参加することになった。カリンには負けないよ」

労るような言葉が胸に突き刺さった。

この少女だってつらい思いを味わっただろうに。

そうしてカルラは吹っ切れた。そうだ——いつまでも他人に支えられてばかりじゃ格好悪いじゃないか。天舞祭に参加している候補者がウジウジしているようでは情けない。

これは遊びではないのだ。戦いなのだ。

すでにお祖母様は卑劣な連中によって殺されかけているのだ。

現実を見ろ——甘い夢に縋りついているような状況ではないだろう。

「カルラも一緒に作戦を考えよう。ヴィルに従っていれば大丈夫な気もするけど——」

「私も戦います」カルラは涙を拭って立ち上がった。周囲の人間たちを見渡しながらゆっくりと口を開く。「——皆さん。私はカリンさんに負けたくありません」

無数の視線が集中する。カルラは深呼吸をしてから言葉を続けた。

「今までは大神になりたくないという一心で頑張ってきましたが——もう違います。こんなことをしていても仕方ありません。私はカリンさんを倒して大神になりたいと思います」

「カルラ……？　大神はやりたくないんじゃ……」

「他の人には任せられませんので」

「でも！　それじゃあ菓子職人の夢は」

「二つ同時にできない道理はないはずですっ！」

思わず声を張り上げてしまった。滅茶苦茶なのは承知である。しかしカルラはもう決断していた。祖母の願いを聞き届けながら自分の夢も叶えてみせる。二兎を追う者は一兎をも得ずと言うらしいが、そんな言葉はカルラの辞書には刻まれていない。

「カリンさんには任せられません。たぶん私しか大神をできないのです。この国を守れるのはアマツ・カルラだけ――だから、その、」

コマリが唖然としたような表情でこちらを見上げている。それは周囲の人間も同じだった。討論会であれだけ「大神をやりたくない」と豪語した人間の言葉とは思えないのだろう――だからこそカルラは真剣に訴えかける。再び大きく深呼吸をして、勇気を振り絞り、

「……だから皆さん、私に力を貸してくださいませんか？」

「よくぞ言った‼」

その場の誰もが振り返った。枯山水の岩に見覚えのある少女が立っていた。白極連邦六凍梁プロヘリヤ・ズタズタスキー。その隣にはラペリコ王国四聖獣(しせいじゅう)リオーナ・フラットもいる。

コマリの部下たちが臨戦態勢に移る。しかしプロヘリヤは「まあ慌てるんじゃない」と手で制しながらゆっくりとこちらに近づいてきた。

「不法侵入したことは謝罪しよう。だが私は諸君に朗報を届けに来た」

「朗報……ですか？」

「私とリオーナ・フラットはアマツ・カルラ陣営としてレイゲツ・カリンと戦おう」

場に衝撃が走った。コマリの部下たちが「嘘を言うな」「騙されてはいけませんよ」などと騒ぎ立てている。しかしプロヘリヤはどこ吹く風といった様子で微笑を浮かべていた。隣のリオーナが「は～～～～～」と溜息を吐き、

「プロヘリヤはカリンが気に食わないんだってさ。これじゃあ天舞祭ぶち壊しだよね。まあ私も王様から許可が出たからこっちにつかせてもらうけど。カリンのやり方は好きじゃないし」

「というわけだ。よろしくなアマツ・カルラ」

プロヘリヤに手を差し伸べられた。

カルラは唖然としてその手を見下ろし――やがて少し感動してしまった。どんな理由であれ協力してくれるのならば拒む理由はない。プロヘリヤの手を握ってから今度はリオーナとも握手をかわす。レイゲツ陣営の二人が抜けたという事実はアマツ陣営にとって大きなアドバンテージになる。だが――そういう有利不利の問題よりも、カルラにとっては自分についてきてくれる人間がいることのほうが嬉しかった。

「……ありがとうございます。よろしくお願いしますね」

「お礼を言われるほどのことではない。それと――この〝東都新聞〟だが」

プロヘリヤがコートの内側から新聞紙を取り出した。

カルラやコマリのことを悪しざまに罵った記事が載っているものだった。

「これについて文句のある連中がいるらしいな」

「え――？」

「――はいっ！　文句なら筆舌に尽くしがたいほど山積みでありますとも！」

プロヘリヤの背後から白髪の少女が現れた。スーツにも似たフォーマルな恰好の蒼玉種である。さらにその背後にはおどおどした様子の猫耳少女もいた。コマリが「げっ」という感じで一歩引いた。ついでにリオーナも「げっ」という感じで顔をしかめていた。

「……お姉ちゃん？　何してるの？」

「私も何してるかわかんないよっ！　このパワハラ上司に無理矢理連れてこられたのっ！　ねえ代わってよリオーナ～～～～～!!」

「六国新聞に新卒入社って超エリートじゃん……何が不満なんだか」

「不満しかないっ！　だってこの人すぐ私のこと怒るしグエッ」

蒼玉の少女が猫耳少女にヘッドロックをかましていた。

わけがわからずにいると、蒼玉の少女がぐいっ！　とこちらに詰め寄ってきて、

「私、六国新聞のメルカ・ティアーノと申します！　このたびは捏造新聞による名誉毀損の被害を受けたこと、まことにご愁傷様でした！　まったくもって許せませんよね東都新聞！　彼らはジャーナリズムというものを一ミリも理解しておりません！　事実なんてでっちあげれ

ばそれでいいと慢心しているのです！　野放しにしてはおけません！　ねえティオ」

「うちが言えたことですか？　というか解放してください訴えますよ」

「とにかく！　我々はアマツ・カルラ陣営を応援しております。アマツ閣下が無罪潔白であることは六国新聞が責任をもって報道いたしましょう。本日我々が実施した街頭調査によればアマツ閣下の無実を信じている者は九十パーセント！　ほら見てくださいこれ！　東都新聞などという野蛮な情報テロリストに負けてはいけませんよアマツ閣下‼」

ぐいぐいぐいっ！　と距離をつめてくるメルカ・ティアーノ。

よくわからないが、この少女がカルラの味方だということは理解できた。

そうだ。支えてくれる人はたくさんいる。ならばそれに応えなければならないだろう――

カルラは「ありがとうございます」とメルカを押しとどめてからコマリのほうに向き直った。

彼女は未だに納得がいかないような顔をしていた。

「……コマリさん。私に力を貸していただけませんか。覚悟ができている、といったら嘘になるかもしれません。でも……私は大神になって天照楽土のことをもっと知りたい。だから、お願いです。どうか私と一緒に戦ってください」

コマリはしばらくジッと固まっていた。

しかし――こちらの気持ちを汲み取ってくれたらしい。

やがて真剣な眼差しを向けて深々と頷くのだった。

「……わかった。カルラが頑張るなら私も頑張るよ」

こうして戦いの準備が整った。

大神になる覚悟はない。でも立ち止まっている暇はない。これまでのような消極的な意志とは違う。周りの期待に応えなければならない、そういう思いからくる正真正銘のやる気。

自分に何ができるかわからないけれど、できる限りのことはやってみよう――そんなふうにカルラは決意を固める。

小さい頃から「次代を担うリーダーになれ」と言われてきた。

レイゲツ・カリンはこの言いつけに従って生きてきたつもりだった。〝士〟の一族であるからには強くあらねばならぬ——そういう信条のもと一心不乱に刀を振ってきた。

カリンには突出した才能がなかった。戦闘面において人より少々優れている程度だった。だからこそ努力が必要だと思った。鍛錬で身も心もボロボロにされるのは日常茶飯事だった——しかしカリンは諦めることはなかった。

自分はレイゲツの一族だから。やがて大神になるべき人間だから。そう言い聞かせて頑張ってきた。特にカリンを奮い立たせてきたのは教育係を務めていた祖父の言葉だった。

「アマツ・カルラには負けるでないぞ。レイゲツ家の力を見せつけてやれ」

玲霓家と並ぶ天照楽土の名家、天津家。

その一人娘がカリンのライバルとなった。いや——ライバルと呼べるような関係ではなかったのかもしれない。カルラはいつだって心ここにあらずといった様子だった。周りからの期待を背負っているはずなのに、士としての役割に関心がないように思われた。

何故ならカルラは一度だって自ら刀を振るったことがなかったから。

これは天照楽土の士としてあるまじきことだとカリンは思った。だからこそ宴席で彼女と鉢合わせしたとき、勢い勇んで踏み込んだことを尋ねてしまった。

「カルラ。お前は国を背負っていく覚悟があるのか。お前の行いを見ていると――どうにも熱意のようなものが感じられないのだが」

「熱意ならありますよ」カルラは笑って言った。「私が力を振るわないのは然るべき時が訪れていないからです。まあ私が本気を出せば宇宙を破壊することも楽勝なんですけれど。そのうちこのアマツ・カルラが天照楽土を世界最強の国にして差し上げますわ！」

五年ほど前のことだっただろうか。お互いまだまだ心が幼かったのだ。しかし彼女の軽薄な言葉がカリンの誇りを傷つけたのは確かである。

ふざけやがって。こっちは死ぬような思いをして鍛錬に勤しんでいるんだぞ――マイナス方向の気持ちばかりが膨れ上がっていった。カルラは天照楽土で大人気だった。彼女の周りには部下の忍者たちをはじめ、常に人が集まっていたような気がした。挙句の果てにはカリンよりも先に《五剣帝》に就任して〝六戦姫〟などという括りに加えられていた。

気に食わなかった。だがそれでもカリンは努力を怠らなかった。

あんな表六玉が大神に就任でもしたら国が滅んでしまうだろう――そういう危機感を原動力にして努力を重ね、ついにカリンも五剣帝に就任することができた。

やっとカルラに追いつくことができた。

これからは士としての役目を果たすことができる。

そう思っていたのに。悲劇は突如としてカリンのもとを訪れた。

あれは六国大戦が勃発する前――七月のことだった。それまでカリンに厳しい教育を施してきた祖父が亡くなったのである。寿命だった。時間の流れは魔核でも止められない。たとえそれが〝地獄風車〟の前に大神を務めた英雄であっても、死から逃れることはできない。

ただ――彼は今際の際に孫娘のカリンを呼び寄せて遺言を残した。曰く、

「アマツ家に大神を任せてはいけない」

それは幼い頃から耳にたこができるほど聞かされていた話だった。死ぬ間際になってまでアマツへの悪態を吐くのだな――カリンは涙を流しながらもそんなふうに思ったのだが、どうやら今回ばかりは事情が違うらしかった。

「証拠がある。これは先日レイゲツ本家に届けられたものだ。この顔に見覚えがあるだろう」

写真を手渡された。そこには一人の男が写っていた。確かに見覚えがある。この人は――

「……アマツの倅。覺明だ。しばらく前に天照楽土を出て行ったきり、長いこと行方不明になっていたが、どうやらテロリストとつながっているらしい」

「どういう、ことですか」

「写真に写っているのはな。こないだムルナイトの小娘が壊した〝逆さ月〟の基地なのだよ」

驚きのあまり声もなかった。天津覺明といえば一世代前の五剣帝として活躍していた立派な〝士〟であった。八年ほど前に出奔したきり行方不明となっていたはずである。そんな人間が何故―― 動揺するカリンに言い聞かせるようにして祖父は「いかにアマツが国にとって害であるか」を語っていった。

カリンは祖父の志を継ごうと決意した。

テロリストとつながっている可能性のある連中を跳梁跋扈させるわけにはいかなかった。なんとしてでも天照楽土から闇を駆逐しなければならないと思った。カリンの意志を聞き届けた祖父は穏やかに笑ってこう言った。

「頑張れカリン。お前ならできる」

「はい……必ずや大神になってみせます」

カリンの返事を聞き届けると、祖父は静かに息を引き取った。

生前のしかめっ面からは想像もできないほど安らかな死に顔だった。

葬儀を終えた頃にはカリンの心構えは変質していた。天舞祭で勝ち抜いて大神にならなければならない、そういう覚悟が以前よりも深まった。

そのための力はこれまでの修行でつけてきたつもりだ。

とはいえまだカルラに勝てるとは思えなかった。あの少女は姑息だが東都ですさまじい人気を誇っている。その人気に穴を穿つための策が必要なのだが――

「――お困りのようですな！　レイゲツ・カリン様！」

まるで機を見計らったかのようなタイミングだった。

そいつは無邪気な微笑みを浮かべて現れたのだ。

狐の耳と尻尾を持った少女――フーヤオ・メテオライト。

※

天舞祭の最終決戦は核領域で行われる。

すやすやと眠っているところを叩き起こされた私はそのまま口に朝ごはんを放り込まれて着替えさせられて【転移】で強制的に戦場まで連れてこられた。毎度毎度のことなので慣れてしまったのだが一応言わせてもらうとしよう――

「――心の準備をさせてくれって言ってるだろ⁉」

「準備など昨日の時点でできていたはずですよ。むしろ早起きしなかったコマリ様が悪いのです。今回は私を責めるのはお門違いかと」

「そうだけど！　そうだけどさあっ‼」

私はヴィルに文句を言おうとして――やめておいた。もはや今更のことであるが最強の七紅天を名乗っている以上はあんまり弱音を吐かないほうがいいのである。

何故なら私の周りにはたくさんの人がいるから。

核領域の東端――つまり天照楽土の領土に近い場所――に広がっている草原に私は突っ立っていた。天舞祭の最終決戦は障害物など何もないこの場所で行われるのだという。

前方にはカリンの隊が布陣していた。距離は三百メートルもない。兵数的にはこちらとそう変わらないはずだが、助っ人の外国将軍が抜けたことで少し痩せたような印象を受ける。

対してこちらは意気軒高。カルラが率いる天照楽土軍第五部隊の総勢五百名に加え、私とヴィル、カオステル、ベリウス、メラコンシー、珍しく死んでいないヨハン、さらには飛び入り参加のサクナ、カリンの陣営から寝返ったプロヘリヤ&リオーナと精鋭揃いである。

私が出る幕はないかもしれないな。

いくらカリンが強いとはいえ〝六戦姫〟とかいう最強の将軍を四人も相手にするのは骨が折れるだろう（そのうち私とカルラはモヤシみたいなものだが）。

「――さあアマツ・カルラ閣下！　ついに始まってしまいましたね天舞祭の最終決戦！　昨日のインタビューによりますとアマツ閣下は討論会での発言を撤回なさったとか！　これで優勝すれば晴れて大神就任！　甘味処〝風前亭〟も同時に運営！　二足の草鞋を履いた目まぐるしい生活が始まりますよ！　ぜひ今のお気持ちをお聞かせください！」

マイクを持った新聞記者のメルカがカルラに突撃インタビューをしている。その後ろではリオーナに似た猫耳少女が巨大なカメラを担いで撮影をしていた。

聞いたことがある。あれは《電影箱》とかいう神具だ。撮影した映像をリアルタイムで全国の都市に放送することができるという危険極まりないアイテムらしい。私が「死にたくない死にたくない」などと騒いでいる様子が全国に流れたら大変なので隙を見せないように努力しよう。

ふとヴィルが私の隣に立って言った。

「勝ち戦ですね。戦力差から考えてアマツ陣営が負けるとは思えません」

「油断してると痛い目に遭うぞ。石橋でも叩いて渡るのが長生きする秘訣だ」

「石橋をぶっ壊す勢いで頑張りましょう。特にコマリ隊としてはフーヤオ・メテオライトが許せません。今日の晩御飯は絶対に狐鍋にしましょうね」

「フーヤオってめちゃくちゃ強かったぞ。それにカリンの実力も未知数だし……大丈夫かな」

「大丈夫です。巷の予想によれば最終決戦の勝敗予想は8対2でアマツ殿に軍配が上がっています。コマリ隊の面々とメモワール殿も全力を出しますし、何よりこちらには宇宙最強のアマツ・カルラ閣下がいますので」

「あ、そのことなんだけど……」

ヴィルに説明しようかどうか迷ったとき――「コマリさん！」とカルラが近寄ってきた。

突撃取材から逃げおおせたらしい。見ればこはるが暴れ回る捏造新聞記者を羽交い絞めにして動きを封じていた。私もああすればいいんだな。やっぱり腕力というモノは大事だ。

カルラは何故か申し訳なさそうな顔をしてぺこりと私に頭を下げた。

「すみません。コマリさんまで戦いに巻き込んでしまって……」

「いいよべつに。今回ばかりは私も納得しているんだ。それに……天舞祭でカルラが優勝すれば私の夢も叶(かな)えてくれるんだろ?」

カルラが少しだけ驚いたような顔をした。しかしすぐに「そうですね」と笑い、

「私の夢を応援してくれたお礼です。コマリさんの小説も出版しましょうね」

「うむ。これは取引だからな。一緒に頑張ろうじゃないか」

「はい」

もはや言葉はいらなかった。後は全力を尽くすだけなのだ。まあ私にできることといったら部下たちに指示を出すことくらいだけどな。精一杯頑張るとしよう――そんなふうに気合を入れながら私は辺りを見渡した。

だだっ広い草原。しかし今回の戦争はきちんと〝戦場〟が設けられている。

つまり「ここから外側には行ってはいけませんよ」という範囲が存在するのだ。そしてその範囲の外には客席が並べられてあり、様々な種族の人たちが集まって「カルラ様ぁ!」「カリン様ぁ!」と騒々しいくらいの声援を投げかけている。

天舞祭は大神としての資質を民に示すための戦いである。

これだけの衆目があり、かつ六国新聞の記者どもが(何故か戦場に入り込んで)撮影もして

いるので、カリン側も以前のように卑怯な戦法に打って出ることは不可能だろう——

私はそんな具合に高を括っていた。

そのとき、決戦開始を報せる空砲が青空に打ち上げられた。

観客が盛大な歓声をあげる。カルラの部隊の和魂たちが「うおおおおおお!!」と気合の雄叫びをあげる。ついに始まってしまったのだ。死なないように上手く立ち回らなければならないな。とりあえずヴィルの背後に隠れていよう。

「……コマリ様。少しご報告をしてもよいでしょうか」

「ん？　どうした？」

「実は地雷を仕掛けようと思ったのですが」

「地雷⁉　どんだけ地雷好きなんだよお前⁉」

カルラの部下たちが敵に向かって進軍を始める。一方でカリンの軍は微動だにしない。私は少しだけおかしな空気を感じた。ヴィルが険しい顔をして言った。

「どこで最終決戦が行われるのかは今朝まで発表がなかったので結局仕掛けることができませんでした。しかし——よくよく考えてみたら戦場を決めるのは天舞祭選挙運営委員会のはずです。つまりレイゲツ・カリン陣営の息がかかった連中。もしかしたら何か細工があるかもしれません」

「地雷が仕掛けられてるってか？　そんなアホな——」

私の言葉は強制的に遮られてしまった。

アホではなかった。

その瞬間、いきなり天地を揺るがすような爆発音が轟いた。

爆発音というよりは地響きのように重苦しいものだった気がする。

鼓膜が破れるかと思った。「伏せろ愚民どもぉ!!」――プロヘリヤの絶叫を聞いたときにはすでにヴィルによって私の身体は草の上に押しつけられていた。すさまじい突風によって何もかもが聞こえなくなってしまう。

大地のめくれる震動を感じる。空気が震える気配がする。

気づいたときには――私はヴィルと一緒になって大地の上に寝転がっていた。

「は、え……?」

徐々に聴覚が戻ってくる。

風の音に混じって人々の呻き声が聞こえたような気がした。私は信じられないような思いで半身を起こす。そうして驚くべき光景を目撃した。

戦場の中ほどまで進軍していたアマツ隊の和魂種たちはバラバラの死体になって草原のあちこちに散らばっていた。生きている者は半分以下。しかもその大多数が負傷して動けなくなってしまっている。私は驚愕した。……まさか、本当に、

「――地雷ですね」

「ヴィル⁉　怪我はないか⁉」

「はい問題ありません。ちょっと膝を擦りむいた程度ですので」

ほっと一安心してしまった。いや――安心している場合ではないのだ。

慌てて後方待機していた連中の様子を確認する。プロヘリヤが舌打ちをしながら銃を構えている。その背後にはメルカと猫耳の記者が座り込んでいる。リオーナは頭でも打ったのか痛そうに後頭部をさすっていた。サクナが「大丈夫ですか⁉」とこちらに駆け寄ってきた。カオステルもベリウスもメラコンシーも特に外傷はないらしい。ヨハンだけは腹部に木の枝が突き刺さって死んでいた。そしてカルラは――

カルラは幻でも見たかのような顔で突っ立っていた。

一瞬にして形勢逆転。こんなことがあってたまるかと思う。

レイゲツ・カリン陣営が雄叫びをあげて攻めてきた。生き残りたちがどんどん蹂躙されていく。客席からブーイングのようなものが巻き起こる。

「カルラ様。まずい」

「わ――わかっていますっ！　なんとかしないと……」

★

「――不意打ちが決まりましたな！　これで我が軍の勝利は確実ですぞ！」

フーヤオが尻尾を揺らしながらけらけらと笑っていた。

カリンは呆けたように固まって――やがてすぐに怒りが湧いてくるのを感じた。

「フーヤオッ！　何をやっている⁉　あんな手法で敵を減らしても民衆から支持はされないだろうが！　私は自分の手で敵兵を打ち砕いて――」

「できるのですかな？　助っ人も相手に寝返ってしまったというのに」

カリンは言葉をつまらせた。それを言われては反論することもできない。

アマツ・カルラ本人はともかく、その取り巻きの猛将たちを自分ひとりで倒せるとは到底思えなかった。フーヤオは腹を抱えて笑っている。

「これは人徳のなさが問題でありますかなあ。確かにカリン様よりもカルラ様のほうが人を惹きつける魅力という点では勝っておりますからなあ」

「う――五月蠅いッ！」

「五月蠅いと言われましても。私は事実を申し上げただけでございます。確かにカリン様は大神の器かもしれませぬがカリスマ性はありませんからな。観客の声援を見ても明らかであります。カリン様を非難する者の多いこと多いこと」

「それは地雷などという姑息な手を使ったからだろう！」

「まあまあ落ち着いてくだされ。戦闘が始まっておりますよ」

言われてカリンは振り返る。

カリン隊の面々は勝手に敵軍に向かって進み始めていた。おそらくフーヤオがそうするように命じたのであろう。大将ではなく副将の命令に従う軍隊。なんという規律のなさか。

カリンは頭を抱えたくなった。

冷静に考えてみよう。今までフーヤオに任せていたのは本当に正しかったのか？　確かにカルラに対してそれなりの打撃を与えることはできたが――それによって得た優勢はこちら側の不正が露見すれば一気に形勢逆転しうる砂上の楼閣ではなかったか？

思えば自分はフーヤオ・メテオライトのことを何も知らない。

今までどこで何をしていたのか。なぜカリンに協力を申し出たのか。腕が立つので仲間に引き入れたはいいものの――失敗だったのではないか。

「……フーヤオ。余計な動きをするな。私が大神になっても政権の中枢に入れてやらんぞ」

「それは困りますな。ではではカリン様に忠義を尽くして天舞祭で優勝できるように鋭意努力いたしましょうぞ。ご安心くだされ――私にかかれば天照楽土はカリン様のもの」

「そうだ。私は大神にならなければならない。大神になって――魔核を取り戻さなければならないのだ。そのためにはお前にもしっかり働いてもらわねば困る。特にこの戦いはズタズタスキーとフラットが敵に回ったゆえ、」

「今なんと言った？」

フーヤオの表情が一瞬だけ消え失せたような気がした。しかしそれはカリンの錯覚だったのかもしれない。気づいたときにはいつもの無邪気な笑みに戻っていた。

「――失礼。魔核を取り戻すと仰いましたか？　それはどういう意味ですかな？」

「失言だった。忘れろ」

フーヤオが真顔になった。今度は見間違いではなかった。

「魔核は東都にあるのですかな？」

「知らん。魔核の所在は大神様だけが知っている」

「一般的にはそういうことになっていますな。ところでカリン様のお祖父様は先々代の大神でしたな。立派な大神だったそうですが――一方で過剰な身内びいきは当時も批判されていたとか。公私混同や情報漏洩がひどくて地獄風車にその地位を奪われたと聞いておりますが」

「だからどうした。私はお祖父様とはろくに言葉を交わしたことがないのだぞ」

「嘘だな」

カリンは何か空恐ろしいものを感じて身震いをした。

ずょん。何かが切り替わる気配がした。

値踏みをするような視線に突き刺された。

「――天津覺明の情報によれば。天舞祭で優勝した者には天託神宮の桜から魔核の情報が伝えられるのだという。これが〝天の声〟として信仰されていると聞いた。私が大神に化けて天舞祭ナシで禅譲することがなかったのはそういう理由なのだが」

「何を言っている？　フーヤオ、」

「お前は魔核の正体を知っているのか？」

　どきりとした。目の前の存在が先ほどまで傍らにいた狐少女と同じだとは思えなかった。そうしてカリンは理解する――この獣人は普通の人間ではない。限りなく邪悪な何かを秘めた化け物の類なのかもしれない。

「目が泳いでいる。呼吸が乱れている。脈拍数が上昇している――どうやらお前は本当に私の欲しい情報を持っているらしいな。いや考えてもみれば当然か。先々代が孫娘にだけこっそり伝えていてもおかしくはない。となると私がお前を優勝させるために奔走していたことは骨折り損のくたびれ儲けだったということだ。笑わせる」

「お前は……まさか」

「上級造形魔法・【マッドウォール】」

　魔力が拡散する。カリンとフーヤオを包み込むようにして岩の壁がにょきにょきと生えてくる。あまりにも突然だったので回避することもできなかった。遅れて理解する――これは捕らえるための壁ではない。衆目を遠ざけるための壁なのだ。

「おいフーヤオ！　これはどういう――」

ぐふっ。口から血が溢(あふ)れてきた。

気づけばフーヤオの握る刀がお腹(なか)に突き刺さっている。まるで幻のような一撃だった。

カリンはひとたまりもなくその場に膝をついてしまう。周りを取り囲む壁のせいで誰(だれ)も異常に気づけない。観客どもは「作戦会議でもしているのかな」と思っているに違いなかった。

こんなことがあってたまるかとカリンは思う。

「お前が――お前こそが、この国を狙(ねら)っている……テロリスト、なのか……？」

ずぷりと剣が引き抜かれた。激痛のあまり全身が痙攣(けいれん)する。手足に力が入らない。

フーヤオはにこりと笑って蹲(うずくま)るカリンを見下ろして、

「――お話をいたしましょうカリン様！　私はまどろっこしいのが嫌いでしてな。時間の浪費はしたくありませぬ。すんなり吐いてくだされば殺しはしませぬぞ」

彼女の凄惨(せいさん)な台詞(せりふ)で全(すべ)てを悟ってしまった。

自分は、この狐に、ずっと利用されていたのだ。

★

血で血を洗うような闘争が繰り広げられている。

カリン隊の連中はカルラ隊の生き残りを撃破すると、勢いを殺さずそのまま私たちのほうへと突撃してきた。そうして見るも無残な大乱闘が始まってしまったのである。

「――ご覧ください全国の皆さん！　レイゲツ・カリン陣営は卑怯にも地雷を用いた不意打ちをブチかましてきました！　アマツ隊は絶体絶命！　残っているのはアマツ閣下ご本人と他国からの応援要員のみであります！　あまりにも多勢に無勢！　さしものアマツ閣下といえどこれは厳しいかぁ⁉　でも勝ってほしい！　打ち砕いてほしい！　そんな気持ちで六国新聞のメルカ・ティアーノは実況をさせていただいております！」

「実況なんてしている場合ですかーっ！　流れ弾が飛んできましたよ！　死にますよ！　もう帰りましょうよ～～～～～～～～‼」

近くで猫耳少女が悲鳴をあげていた。

気持ちはわかる。痛いほどわかる。わかりまくるので私も便乗しておこう――

「――もう帰りたいよおおおおおお‼　楽勝かと思ってたのになんなんだよこれ‼　なんで敵は五百人もいるのにこっちは八人くらいしかいないんだよ‼」

「地雷を使われたので仕方ありませんっ！――失礼します」

「ぐえっ」

いきなりヴィルに首根っこを摑まれて抱き寄せられた。

直後――どがあああん‼　と、さっきまで私が立っていたところに火炎弾が炸裂して大爆発を巻き起こした。草の焼け焦げるにおいと飛び散る血のにおいを嗅いだ瞬間何故か涙があふれてきた。怖い。怖いけれど今回は私が自分で選んだ戦いなんだ。だから逃げるわけにはいかない。でも怖い。斬りかかってきた男をクナイで突き刺しながらヴィルが言う。

「コマリ様。ここにいるアマツ陣営の精鋭たちが一介の兵卒よりも優れた戦闘能力を有していることは確かですが、さすがにこの数相手ではジリ貧でしょう」

「わかってるよ！　私も戦えってことだろ！　いま準備運動するから待ってろ！」

「コマリさん危ないッ！」

サクナの声が聞こえて私は顔を上げる。

目の前に投擲用の槍が迫っていた。これは死ぬやつだ――そう思った直後、横合いから目にもとまらぬ速度で弾丸が飛んできて槍に命中。くるくると回転しながら敵兵の頭頂部に突き刺さって真っ赤な血が飛び散った。死ぬかと思った。私は思わず背後を振り返る。プロヘリヤが銃を構えながらこちらを睨んでいた。

「――何をやっているテラコマリ！　さっさと本気を出して戦え！」

「あ、ありがとう！　でもお前はなんでそんなに離れた場所にいるんだ⁉」

「私は狙撃手だからこの位置が最適なのだ！　サポートなら任せたまえ！」

「ねえヴィル。私も狙撃手になりたい」

「無理です」

本格的に銃の勉強をしようかな。銃なら魔法が使えなくても簡単に扱えるだろうしな――

そんな感じで将来のキャリアを現実逃避も兼ねて考えていたとき、私の目の前を「にゃにゃにゃにゃにゃ〜!!」などと叫びながら爆走していく猫の姿を目撃した。

リオーナである。リオーナが拳で敵兵を殴り殺しまくっているのである。

私はなんだか申し訳なくなってしまった。役立たずでごめんなさい。

「閣下！　さすがに敵兵の数が多すぎます。そろそろ何か手を打たないとまずいかと」

「そ、そうだな。そろそろ私が本気を出すのも吝かではない。――おいどうすればいいんだよヴィル！　このままじゃ全滅してしまうぞ！　私はまだ死にたくない！」

「最終決戦は大将を討ち取れば終了すると聞きました。レイゲツ・カリンさえなんとかすれば天舞祭は終わります」

「でもカリンのやつ自陣に引きこもって出てこないぞ！　よく見れば壁で防御を固めているじゃないか！　まるで私みたいだ！」

「そうですね――ところでコント中尉。お聞きしたいことがあるのですが」

「はい何でしょう!?」カオステルが敵兵を見えない刃で殺しながら声をあげた。

「空間魔法【転送】でレイゲツ・カリンのもとへ人を送ることは可能ですか」

「目に見える範囲ならば可能ですね。しかし少しだけ時間がかかります。あと同時に【転送】できる人数は三人が限度かと」

「わかりました。では私が護衛しますので魔法の準備をしてください」

「おい。何をする気だお前」

「こうなったら突貫するしかありませんよ。ああご心配なく。レイゲツ・カリンを取り囲む壁ならアマツ殿の力があれば簡単に破壊できるでしょうから。――ねえアマツ殿」

「へえ⁉」

　ヴィルがぐいっ！　と誰かの腕を引っ張った。

　返り血を浴びまくったカルラである。先ほどまでこはるに護衛されながらオロオロしていた姿が印象的だったが――ということは、この少女には本当に宇宙を破壊する力などないのだ。

「あ、あの！　何か御用でしょうかヴィルへイズさん」

「これからレイゲツ・カリンの本陣に突入します。アマツ殿も来てくださいませんか。私とコマリ様が危なくなったら宇宙最強の力ですべてを破壊してください」

「いやちょっと待て！　カルラは実は――」

「賛成！」クナイを振り回しながらこはるが叫んだ。「カルラ様。テラコマリと一緒にカリンのところまで行って。――テラコマリ、カルラ様のことはお願いするね」

「ちょっと待ってください！　コマリさんは実は――」

　絶望的な勘違いがここに発生していた。

　雄叫びをあげながら敵兵が襲いかかってきた。ヴィルとこはるが流れるような身のこなしで

敵をいなしていく。いなしながらもヴィルは私とカルラの腕をギュッッとつかみ、

「コント中尉！【転送】の準備は」

「完了しました。お三方(さんかた)をレイゲツ陣営のところへ【転送】すればよろしいのですね？」

「お願いします」

「おいちょっと待て——、」

「承知しました。発動中は無防備になるので周囲のことはお任せします」

カオステルが右手で敵を殺しながら左手で魔法を発動させた。

やめろやめろと叫ぶ私とカルラの声は完全に無視されていた。空間魔法の魔力が視界いっぱいに広がっていき——その瞬間。

敵兵の放った槍がカオステルの腕に突き刺さった。

「ぐっ⁉　これしきのこと……‼」

真っ赤な血が飛び散る。私は悲鳴をあげて彼に駆け寄ろうとした。しかし——カオステルの放った【転送】の光が、軌道を微妙にずらしながら私のほうに襲いかかってきた。

「コマリ様っ！　待っ——」

「え？」

ヴィルの声が遠ざかっていった。

間もなく私の身体は強烈な浮遊感に包み込まれた。

★

思い返してみれば最初から怪しかったのだ。

フーヤオ・メテオライトの言葉には〝優しさ〟というものが存在しない。自分を利するためならどんなに非道な手段も厭(いと)わない。立ち居振る舞いの端々から虎狼(ころう)の心の片鱗が見え隠れしていた。それに今まで気づけなかった人間がどうして大神になどなれようか。

「――そもそも天舞祭などという回りくどいモノは好かないんだ。最初から知っている人間を脅迫するのが手っ取り早いだろうに。朔月(さくげつ)のやつも何もわかっちゃいないな」

「何を、言っている……？」

ずょん。何かが切り替わる気配がした。

「いえいえ！　惟(た)だの戯言(ざれごと)でありますよ。ところでカリン様。あなたはどうやら魔核の正体を知っているようですね。よろしければ教えていただけませんか？」

「お前はテロリストの一員か。よくも騙(だま)したな……！」

カリンは足を震わせながら辛うじて立ち上がる。抉(えぐ)られた腹から夥(おびただ)しい量の血液があふれ出している。しかし痛みに屈している場合ではなかった。こんなやつの思い通りにさせてはいけない。カリンは刀を抜いて正面に構えた。フーヤオが人を食ったように笑う。

「愚かですなあ。その傷では立っているのもやっとでしょうに。そもそもあなた如きでは私に指一本触れることもできませぬぞ」

「うるさいッ――！」

魔力を込めるだけの余裕は残っていなかった。カリンは全力で地面を蹴って遮二無二刀を振るい――しかし刃先が彼女の肩口に触れる直前に視界が回転した。

「ぐふっ」、短い悲鳴をあげながらカリンの身体が地面に叩きつけられる。

足払いをされたらしい、そう理解したときには既に遅かった。

カリンの肩に鋭利な刃が振り下ろされた。

「ぐ、ああ、っ」

鋭い痛みが全身に波及する。刀の柄を握る力が抜ける。悲鳴をあげながらのたうち回る――しかしドスン！　と腹部を踏みつけられて無理矢理に動きを止められてしまった。

フーヤオがにこりと笑って見下ろしてきた。

「さあ教えてくださいな。魔核はどこにあるのですかな？」

「教えるはずが……ないだろう、」

「何故？　国のためですか？　天照楽土のためですか？　今更何を言っているのですか？　テロリストに利用されていたあなたが――そんなことを言います？」

カリンの思考が止まる。フーヤオの鋭利な言葉が胸の内に滑り込んでくる。

「あなたは私を登用することで天舞祭をめちゃくちゃにしたのです！　もともと大神になるのはアマツ・カルラ以外に有り得なかった！」

痛みが引かない。傷が回復していく気配がない。

フーヤオの持っている刀は神具に違いなかった。

「何を勘違いなさっているのか知りませぬが、カリン様がどれほど修練を重ねたとしてもアマツ・カルラと肩を並べることはできませんよ。あれは凡人では決してたどり着けない境地ですからなあ。あなたのような凡人とは違いますからなあ」

「違う！　私は、私は……、」

「残念！　あなたに才能はありませんっ！　傍から見ていればわかりますよ。あなたは凡人のくせして一丁前に嫉妬心を膨らませたロクでもない人間です。その証拠にあなたを応援している人間なんてほとんどいませんよ。賄賂と情報操作で支持されているように見せかけているだけです。天照楽土の人々はアマツ・カルラが大神になることを望んでいる」

「そんな……ことは……」

「どれだけ努力をしても無駄なものは無駄なのですよ。ここまで付き合わされた私の身にもなってくだされ。無能な君に仕える臣下というものは心休まるときもない！　まったくカリン様のおかげで睡眠時間が削られて大変でしたぞ!!――――」

「…………………………」

フーヤオの哄笑が遠くなっていく。

いつの間にか涙が溢れてきた。

自分は今まで何をやっていたのだろう。カルラに勝ちたい一心でフーヤオと手を結び様々な策を講じてきた。士としてあるまじき行為ではないか——そう思ったことは何度かあった。それでも「君主たるものは清濁併せ呑まなければならない」と説得されて容認してきた。

すべてはカルラを倒すため。

自分こそが大神に相応しいのだと世界に見せつけるため。

だが——こんな結果になるなんて誰に想像できようか。

結局、レイゲツ・カリンに才能なんてなかったのだ。人を惹きつけるカリスマ性も、人民を納得させるような討論会を演じる能力も、目の前の狐少女を打ち倒すだけの戦闘能力も——何もかもが欠けていた。

ずょん。何かが切り替わる気配がした。

フーヤオの声が聞こえた。時たま現れる武人らしいフーヤオだった。

「——そんなふうだからお前は駄目なんだ。たかがテロリストに利用されたくらいで心を折っているようでは話にならん。お前は努力を重ねてきた。実は才能もあるはずだった。でも決定的に心が弱い。覚悟が足りない。天照楽土のためと高言しておきながらお前は卑小な名声のためにしか動いていない。だからこんなことになる。——もう潮時だな」

意味がよくわからなかった。しかし何か心に突き刺さるものを感じた。

ずょん。フーヤオがカリンのことを笑顔で罵(ののし)りながら何度も何度も蹴りを入れてくる。もはや痛覚は麻痺していた。絶望によって心が死にかけているのだ。

人には収まるべき場所というものがある。

大神の座はカリンにとって分不相応(ぶんふそうおう)だったのだ。

最初から何もかもが間違っていたのだ――

――いや。待て。

カリンはふと思い出す。

祖父は言っていたじゃないか。アマツ・カルラはテロリストと通じている疑いがあると。自分は天照楽土のためにカルラを打ち負かそうとしていたはずではないか。

だから――どんなことがあっても諦めるわけには、

「もうよい。カリンよ」

カリンは驚愕して顔をあげた。懐かしい声が聞こえた気がしたからだ。幻聴か？――そう思ったが違う。いつの間にか、目の前に死んだはずのお祖父様が立っていたのだ。

「私はお前がこれ以上傷つけられるのを見ていられぬ。諦めてしまえ」

「そ……そうは参りませんっ！　私は大神になるために頑張ってきたのですから、」

「アマツ・カルラのことなら心配するな。私がなんとかする」

「へ……？」

力が抜けていく。この人は何を言っているのだろう。

「それよりもカリンの身体が心配だ。狐の娘は『魔核の正体を教えれば殺しはしない』と言っているではないか。ここは素直に従って生きる道を選択するのが賢いとは思わぬかね。どうせ死ぬ覚悟などないのだろう？」

「で、でも。そんなことをしたら」

「大丈夫だ。後のことは私がなんとかするから――」

そう言って祖父は労るような微笑みを浮かべた。

カリンは感動してしまった。祖父がこんなにも優しい笑みを向けてくれたことがあっただろうか。こんなにも孫娘のことを心配してくれたことがあっただろうか――

そうしてカリンは深く考えることをやめた。

祖父がそう言っているのなら、何も問題はないと思ったから。

★

気がついたら戦いの渦中から遠く離れた場所にいた。

アマツ隊が布陣していた場所の反対側――つまりレイゲツ隊の本拠地である。本拠地といっても敵兵自体はすでに遥か後方にいるのでもぬけの殻ではあるが。

アマツ隊のほうでは未だに激戦が繰り広げられている。プロヘリヤの銃声が断続的に響く。ときおり巻き起こる爆発はメラコンシーの魔法だろうか。確かにあいつらは強いけれど、あの七、八人程度で五百人を全滅させるのは難しいように思われた。

だからこそ私たちが戦況を引っくり返さなければならないわけであるが――

「ヴィルがいないんだけど⁉」

転送された先は戦乱の渦中から遠く離れたレイゲツ・カリンの本陣近くである。

しかしこの場には私とカルラしかいなかった。一緒にワープしてくるはずのヴィルがどこにもいない。どこかに隠れている気配もない。これほどあの変態メイドがいなくて寂しいと思った日はない。隣のカルラが「まずいですね」と顔をしかめて言った。

「空間魔法が誤作動を起こしたようです。直前でカオステル・コントさんの腕に槍が突き刺さっていましたから……」

「そ、そうだ！　大丈夫かなカオステルのやつ。死んでなきゃいいけど……」

「そうですね。しかし自分たちの心配をすることも大切だと思います」

言われて気づく。私とカルラはお互いが最弱であることを知っているのだ。最弱二人で最終決戦に臨まなければならないのだ。ヴィルが一緒にいてくれれば話は違ったのに。

「どうしましょう。足が震えています」

「安心しろ。私も震えている」

「ふふふふ……お揃いですね……」

カルラは顔を真っ青にして力なく笑っていた。こんなに嬉しくないお揃いは初めてだ。

今から戦いの中に戻ることは不可能である。戻ったところで迷惑だろう。仕方がないので私は目の前にそびえている謎の建築物に目をやった。

壁である。石の壁で囲われた小屋のような建物。中ではカリンとフーヤオが作戦会議をしているのだろう。私たちがここまで近づいたのに出てこないのは不審といえば不審だが。

「……どうしますか？　逃げますか？」

「逃げてどうするんだよ。みんなに見られているんだぞ」

観客たちは何故か私たちのほうに注目している。向こうで血沸き肉躍る大乱闘が繰り広げられているのだからそっちを観戦すればいいのに。

とにかくなんとかしなければならない。

ひとまず説得を試みよう。

地雷は卑怯なのでいったん仕切り直しにしませんか?、そう主張するしかない。

「あ、あの。私が行きましょうか」

「いや……カルラは私の後ろに隠れていてくれ」

カルラはガクガク震えるばかりで一歩も動けずにいた。頼りないな——とは少しも思わなかった。誰だってこの状況なら怖くて固まってしまうこと必至だ。だから私が心を奮い立たせなければならないのだ。私は勇気を出して壁のほうに一歩だけ近づくと、

「――おいカリン！　聞こえてるか⁉　ちょっと話したいことがあるんだけど！」

その瞬間だった。

突如として石の壁がぼろぼろと崩れていった。魔法が解除されたのかもしれない――私はゴクリと唾を飲み込みながら相手が現れるのを待つ。

間もなく崩落していく壁の向こうから人影が現れた。

え？――思わずそんな声を漏らしてしまった。

そこに立っていたのはカリンではなかった。

狐耳と狐尻尾を持った獣人の少女。フーヤオ・メテオライトだった。

「おや！　テラコマリ様にカルラ様ではありませぬか」

何かをずるずると引きずっている。私は目を疑ってしまった。彼女が握りしめているのは誰かの腕だった。その腕は地面にはいつくばる血まみれの死体につながっている。

血まみれの死体はレイゲツ・カリンの姿をしていた。

「あの大軍を抜けてくるとはさすがですな！　しかし天舞祭などもう終わったも同然であります。ここにレイゲツ・カリン様は敗北なさったのですから！」

ぱっとフーヤオがカリンの腕をはなした。カリンはぐったりしたまま動かない。意味がわか

らない。壁が完全に消滅する。観客たちがぎょっとしたように静まり返ってしまう。

カルラが顔面蒼白になって「あ、あの」と小さく呟いた。

「何が……どうなっているのですか……？」

「逐一説明するのも面倒でありますな。しかしここまで天舞祭でお相手させていただいたご縁もありますので簡潔にお伝えしましょう――私は強さを求めているのです」

「わ、わけがわからない！　これはお前がやったのか⁉」

「いかにも」

ずょん。何かが切り替わる気配がした。

猛烈な既視感。この感覚は何度か味わったことがある――そうだ。あれは天照楽土主催のパーティーが開かれたとき、初めてフーヤオと出会ったとき、あるいは桜翠宮でみんなをボコボコにされたとき、
いつの間にかフーヤオが目の前にいた。

殺意に満ち溢れた大きな瞳に見据えられて私は石のように動けなくなってしまう。

「強さを求めることは芸術に似ている。圧倒的な力というものは時として人間に感動をもたらすものだ――そうは思わないか？」

「何を……」

「私は〝逆さ月〟フーヤオ・メテオライト。魔核を手に入れて【孤紅の恤】を超える者。死

ぬ覚悟はできているか？　テラコマリ・ガンデスブラッド」

驚愕してしまった。

逆さ月。そんなものを冗談で名乗るとは思えなかった。

フーヤオが一歩近づいてくる。

「死ぬ覚悟はできているかと聞いている」

「し――死ぬ覚悟なんて」

そこで私は周囲の目を気にした。気にしてしまった。この時点ではフーヤオの主義なんて少しも理解できていなかったし、公衆の面前である以上、また公式な戦争の最中である以上、いつもの癖で虚勢を張ってしまうのは無理からぬことだった。私は叫んでいた。

「――死ぬ覚悟ならとうに完了している！　私はムルナイト帝国とカルラの夢を背負った最強の七紅天だからな！　まあ私を殺そうと思ったら命がいくつあっても足りないだろうけど、」

緩慢な動きで刀が降ってきた。

カルラが悲鳴混じりに私の名を呼んだ。しかし私は動くことができなかった。吹き荒れる殺意の嵐に身が竦んで声を発することさえできなかった。

刃が滑り落ちるようにして私の身体を舐めていった。

まるで噴水のように血が噴き出すのを他人事のように眺めていた。

――え？　なんだこれ。なんでこんなことに、全身から力が抜けていった。数秒だけ遅れて想像を絶する激痛に見舞われた。

私は立っていることもできずに草の上に倒れ込んでしまった。そうして悲鳴をあげながらのたうち回った。全身が痙攣する。思考がまとまらない。視界が暗くなっていく。痛い、痛い、痛い――どうやら胸の辺りを刀で切り裂かれてしまったらしい、

そして、

自分のお腹から内臓らしきものが飛び出ているのを見た。

「う、あ、ぁぁ――、なに、これ、」

「コマリさんっ!!」

★

「コマリさんっ!!」

カルラは倒れ伏したコマリに近寄った。

肩から胸の辺りまでを斬り裂かれた彼女は苦悶(くもん)の表情を浮かべて震えていた。血が止まらない。血どころか飛び出てはいけないものまで飛び出してしまっている。カルラは唖然(あぜん)としてコマリを見つめる。痛い、痛いと譫言(うわごと)のように呟く様子がカルラの平常心を壊していく。

「……ん？　どうして烈核解放(れっかくかいほう)を発動しないんだ？　お前の力はこの程度ではないだろう」

フーヤオが刀を握りしめながらこちらを見下ろしている。

カルラは恐怖と怒りに突き動かされて非道のテロリストを睨み上げた。

「あなたは!! いったい何なのですか!? どうしてコマリさんにこんなことを!!」

「殺すために決まっている。ちなみにこの刀は神具《莫夜刀》。これを使わなければテラコマリを殺すことなど不可能だと思ったのだが……これはどういうことだ?」

「し、神具……?」

カルラは奈落の底に突き落とされたような気分になった。

神具。治らない傷。お祖母様と一緒。だけどコマリの場合は傷の程度が違う。

カルラは青くなってコマリの身体を見下ろした。

こんなもの――魔核の力なしで、どうやったら治るというのだ?

「避ける気配がなかった。いや、むしろ無抵抗ですらあった。まるで戦いのことなど何も知らない素人であるかのようだ。お前は本当にテラコマリ・ガンデスブラッドか? それとも私を油断させようとしているのか?」

「わ……わけがわかりません……あなたは何をしているのですか……?」

「言っただろう。私は〝逆さ月〟フーヤオ・メテオライト。レイゲツ・カリンの味方をしていたのはこいつを大神に就任させて魔核の情報を引き出すためだ」

「………‼」

フーヤオが着物をめくって素肌を見せる。彼女の胸元にはどこかで見たことがある紋章が刻まれていた。あれは昨今世間を騒がせているテロリスト集団〝逆さ月〟の構成員であることを示すエンブレムに違いなかった。

聡明なカルラはすべてを理解してしまった。

この狐少女は最初から天照楽土の魔核を狙っていたのだ。カリンに接近したのは彼女を大神に擁立することで魔核の正体をつかむため。あるいは傀儡の大神を立てて天照楽土を裏から支配するため。いや——当のカリンを害して天舞祭を台無しにしてしまったことから察するに、この少女の目的は魔核そのものだったのだろう。先ほど「魔核を手に入れて【孤紅の恤】を超える」と言っていたので間違いはない。——「【孤紅の恤】を超える」？　この少女は何を言っているんだ？　コマリのことを狙っているのか？　わけがわからない、

「——私は強さを求めているんだ。テラコマリ・ガンデスブラッドの烈核解放はおそらく六国でも一、二を争う強力なもの。それをこの手で打ち破ったとき、私は真の意味で世界最強に至ることができるだろう」

「そ、そんなことのために、あなたは、コマリさんを殺そうとしたのですか……⁉」

「これは挨拶程度のものだよ。私の素の実力では【孤紅の恤】を破るのは難しい。だから魔核を求めていた。魔核は持ち主に無限の力を与えるという——私の上司はこれを研究利用せんと企んでいるが、そういう回りくどいのは嫌いなんだ。私が手に入れて上手に使ってやるさ」

腕の中のコマリが虚ろな瞳で見上げてくる。

あまりの絶望で気がどうにかなりそうだった。

すべて自分のせいなのだ。

自分がコマリを天舞祭なんかに誘ってしまったから――

「――ふん。烈核解放とは〝信念〟がなければ効果を発揮しない。お前にはまだやり遂げるべき目標もないということか。ならばまずは当初の目標を達成するとしよう」

フーヤオがきょろきょろと辺りを見渡している。

そうだ。助けを呼ぼう――そう思ってカルラは背後を振り返る。自陣で行われている戦闘は未だに続いていた。どうして先ほどのように空間魔法で駆けつけてくれないのだろう。もしかしてカオステル・コントが戦死してしまったのだろうか。誰か。誰か。はやく――

「おや」

離れた場所で様子をうかがっていた新聞記者にフーヤオが気づいた。

記者――蒼玉種のメルカ・ティアーノと猫耳少女である。どうやら混戦を抜けてこちら側まで辿り着いていたらしい。

ずょん。またしても何かが切り替わるような気配がした。

「――おやおやおや！　これはこれは六国大戦で大活躍なされた新聞記者のお二方ではありませぬか！　それが噂のカメラ《電影箱》ですかな？」

「え、えっと。その……はい！　わたくし六国新聞のメルカ・ティアーノと申します！　フーヤオ・メテオライトさんですよね？　これは、その、えっと、」

「そこの猫耳さん！　ちょっと《電影箱》をこちらに向けてくだされ！」

「ひいいいいいいいいいっ⁉」

猫耳少女が腰を抜かしてその場に座り込んでしまう。フーヤオは「困りましたなあ」と肩を竦めながらカメラをぐいっ！　と引っ張り上げて、

「――聞こえますか‼　天照楽土の皆様‼　そして六国の皆様‼」

悪魔のような宣言を世界に向けて発信した。

★

その声は六国の各都市に響き渡った。

それまで天舞祭の展開に熱狂していた民衆は――特に東都の和魂種たちは青ざめてスクリーンに移り出された光景に目を奪われていた。

『――こんにちは！　私はテロリスト集団〝逆さ月〟のフーヤオ・メテオライトです！』

誰もが度肝（どぎも）を抜かれてその無邪気な笑みを見つめていた。

それは蕎麦（そば）屋で昼餉（ひるげ）の蕎麦を食っていたロネ・コルネリウスも例外ではなかった。天舞祭の

中継映像にいきなり〝逆さ月〟を名乗る少女が出てきたのだから当然だ。しかもその少女がテラコマリ・ガンデスブラッドを殺害したというのだから黙っているわけにはいかなかった。

「おいアマツ！　なんだあれは⁉　私は何も聞いてないぞ！」

「俺も聞いていない」

コルネリウスはぎょっとした。アマツが珍しく動揺していたように見えたからだ。

てっきりこの男の仕込みかと思ったのに――

「じゃあ、あれはおひい様が差し向けた刺客か何かか？」

「違う。おひい様はこういうことはしない。これはトリフォンの仕業だ」

トリフォン。アマツとコルネリウス以外の〝朔月〟だった。

大通りは困惑した人々によって大騒ぎである。「逆さ月だって？」「あれはレイゲツ家の狐じゃないのか」『なんでカリン様が血まみれなんだ』「いや……それよりもコマリン閣下が」「わけがわからない」――波紋のように動揺が広がっていく。

そうしてフーヤオは爆弾のような一言を投下した。

『私はこれから天照楽土の魔核を奪おうと思います‼』

誰もが言葉を失った。フーヤオはあくどい笑みを浮かべながら高らかに続けた。

『はい？　魔核がどこにあるかわからないだろう？　いえいえご心配なく！　私はレイゲツ・カリン様にお聞きして魔核のありかを突き止めました！　魔核は東都にあるそうです！』

和魂種たちの顔が青ざめていく。無理もない——彼女の主人だったはずのレイゲツ・カリンがスクリーンの端っこでズタボロにされているのだ。

『これから私はそちらに向かいたいと思います！　ああ大神に助けを求めても無駄でございますよ——大神は数日前のパーティーで私が殺害しましたので！　ここ数日の大神は私が化けた姿でございました！　残念!!』

動揺は恐怖へと変わっていく。

『天照楽土の皆様にはお悔やみを申し上げます。魔核がなくなったら生き返ることもできなくなってしまいますからねえ——しかしそれが人間本来の在り方というものです！　何も心配する必要はございません!!　死こそ生ける者の本懐なのですから！　というわけで——』

ずょん。

何かが切り替わる気配がした。

『——滅びの時間だ、和魂種よ』

ブツン。

スクリーンの映像が急に途切れた。おそらく《電影箱》のほうに何かがあったのだろう。しかしそんなことはどうでもよかった。

東都は空前絶後の大騒ぎに発展していた。

恐怖に震える者。あれは嘘だと強がる者。魔核を守れと立ち上がる者。桜翠宮に向かって走っていく者――誰もが降って湧いたような悲劇に右往左往していた。

フーヤオ・メテオライト。

レイゲツ・カリンとテラコマリ・ガンデスブラッドを下した謎のテロリスト。

「――おいアマツ。フーヤオ・メテオライトなんて聞いたことがないぞ。あんなやつうちにいたのか？　それとも新入りか？」

「しばらく前からいただろう。だが――少しこれは想定外だな」

「はあ？　なんだよそれ。私たちはこれからどうしたらいいんだ？」

コルネリウスは困り果てて隣のアマツのほうを振り返った。

しかし彼の姿は消えていた。

食いかけの蕎麦が残されているだけだった。

どうやら自発的に活動を始めたらしい。

少しだけ安心してしまった。あいつが手を打つのならば何も問題はない。問題はないはずである――しかしコルネリウスは胸騒ぎ(むなさわ)を禁じ得なかった。

ただの勘である。あの狐少女からは〝神殺しの邪悪〟とよく似た異質な気配が感じられたのだ。一瞬のことだったので勘違いかもしれないけれど。

★

フーヤオ・メテオライトは【転移】か何かで姿を消してしまった。

しかし危難が去ったわけではなかった。

コマリはぐったりとしたまま倒れ伏している。血がとめどなく溢れている。カルラがどれだけ手を尽くしても回復は絶望的に思えた。なぜなら——魔核の効果が及んでいる気配がないから。これは神具によってつけられた傷だから。

「コマリさん……コマリさん……」

カルラは名前を呼ぶことしかできなかった。

彼女の身体がどんどん冷たくなっていく。死の瞬間が刻一刻と迫ってくる。なんでこんなに時が経つのはもはやいのだろう。時間なんて止まってしまえばいいのに——

そのとき、観客たちの視線を感じた。

「カルラ様」『カルラ様！』——人々がこちらに向かって声を投げかけている。

「カルラ様！　天照楽土を救ってください！」「あなただけが頼りです！」「テロリストなんかやっつけてください！」——それは哀願にも近い必死の訴えだった。声は空気を響かせながら徐々に広がっていく。やがて戦場を包み込んでしまうほどの声援に発展する。

「カルラ様！」『カルラ様！』『カルラ様！』『カルラ様！』——

「や……やめて……」

しかしそれはカルラにとっては呪いにも等しい重圧だった。

思わず耳を塞いでしまった。

自分に力はない。最初から将軍なんてやるべきじゃなかったんだ。こんな思いをするくらいなら、いっそのことお兄様みたいに家出をしてしまえばよかった——

「コマリさん。私は……どうしたら……」

思えば自分の人生はなんと悲劇に満ち溢れていることだろう。

将軍を強制させられ、何度も死ぬ思いをして、夢を壊され、天舞祭に参加させられ——そうしてコマリと出会って「やりたいことをやる勇気」をもらって、祖母と和解して、心からわかりあえる友達ができたと思ったのに、その友達の命が失われようとしている。

こんな不条理があっていいはずがない——そんなふうに嘆いていたとき、

「……カルラ」

コマリが小さく唇を動かした。

掠れるような声がしぼりだされた。

「カルラ。無理しなくていい」

「コマリさんこそ……しゃべらなくても……」

「私がなんとかするから。したくないことは、しなくていいから」

「…………っ!!」

自分はもう駄目だと思った。

涙が溢れて溢れて止まらなかった。

死ぬ間際になってまで人を心配するやつがあるかと思う。「私がなんとかする」だって？

致命傷を負った今のお前に何ができるというのだ。そうだ——この少女は自分のことなんてどうでもいいと思っているのだ。最後の最後までカルラの夢を応援してくれているのだ。こんなに真摯に向き合ってくれた人間が今までいただろうか。

少しだけ勇気がもらえた。

——私は、いったい何を根拠に「自分は弱い」などとほざいていたのだろう。

この子の気持ちに報いたい。この子にひどいことをしたやつが許せない。天照楽土を食い物にしようとしているやつが許せない。お祖母様の敵を討ちたい。

アマツは〝士〟の一族だ。

どんなに才能がなくても戦うべきときには戦わなければならないのだ。

いつまでも嘘を吐いている場合では、ない。

そのときだった。

しゃん、と鈴の音がした。

いつの間にか右手首につけていたはずの鈴が——従兄から手渡された《時習鈴》が外れて地面に転がっている。紐が千切れていたのだ。

かつてお兄様が言っていたことを思い出す。

――お前は本当は力を持っているんだ。自分の使命を自覚したとき鈴は外れるようになっている。まあ引っ張ったら普通に外れるけど。

引っ張った覚えはない。これは使命を自覚したということなのか。

意味がわからない。でもわかる気がする。大切な人が無残に失われていく世界なんてまっぴらだ。こういう汚い世界は綺麗にしなくてはいけない。きれいな色に変えていかなければならない。それがカルラに与えられた使命だから。

「鈴を……」

鈴を拾わなければ。

拾わなければ。拾わなければ。あれがなくては――

その瞬間。カルラの身体に異変が起きた。

目が痛い。焼けるような痛みが走る。この感覚には覚えがあった。鈴を失ったときに生じる謎の疼痛。耐えきれなくなったカルラはそのまま気を失いそうになって、寸前で堪えた。

コマリがつらい思いをしているのに自分が倒れるわけにはいかなかった。

にわかに心の内からすさまじい灼熱が沸き上がってくる。

それはカルラの心に眠っていた力そのものだった。

おそらく生まれたときから心の内にあったのに束縛されていた力。自分ではどうすることもできなかった、嵐のように猛々しく、大海のように莫とした印象を抱かせる力。

カルラは今になって理解した。すぐそこに転がっている鈴は〝烈核解放〟を封じるためのものだったのだ。覺明お兄様はすべてを理解してあの神具を授けてくれたのだろう。

烈核解放とは心が具現化する現象だ。ゆえに何かに対する熱意を持たなければ上手くコントロールできないのだとお祖母様が言っていた気がする。

これなら――これなら、コマリを、

「――コマリ様ッ!!」

不意に誰かが駆け寄ってくる気配がした。

遠くで戦っていたはずの仲間たちだった。気づけばカリン隊の連中は一人残らず駆逐されて綺麗になっていた。そこにいたのは――全身傷だらけのこはるとヴィルヘイズ、サクナ・メモワール。あまり負傷した様子のないプロヘリヤとリオーナ。コマリ隊の面々の姿は見受けられなかった。戦いで命を落としてしまったのだろうか。

「コマリさんっ！　しっかりしてくださいっ！」

サクナが慌てて回復魔法を発動させる。しかしまったく効果は見られなかった。コマリはぐったりとしたまま動かない。傷が治る気配がない。

「な、なんで……？」

「……神具でやられたからです」

その場の誰もが驚愕したように目を見開いた。ヴィルヘイズが「そんな……」と希望を失ったように呟いた。血だらけになったコマリに近寄って「コマリ様、コマリ様」と涙を流しながら名前を呼ぶ。だが彼女が目覚めることはなかった。

傷が重すぎるのだ。もはや意識もないのだろう。

ヴィルヘイズが顔を青くして嘆いていた。

「私が……駆けつけていればよかった。そうすれば、こんなことには……ごめんなさい、ごめんなさい、専属メイド失格です……コマリ様なら無事だろう、そう思って、いたのですが、」

「大丈夫ですヴィルヘイズさん」

カルラは気遣うように彼女の肩に手を置いた。

確かにコマリは重篤だ。普通にしていたら時間の経過とともに命の灯火が消えてしまうだろう——だけどカルラには普通ではない力がある。世界を変えるための異能がある。

両目が熱かった。おそらく傍から見ればカルラの瞳は真っ赤に輝いていることだろう。

人々の注目を浴びながらコマリのほうに右手をかざす。

そうして力を発動した。

《——烈核解放・【逆巻の玉響】——》

無色透明の魔力がゆっくりと彼女の身体を包み込んでいく。

周囲の人間が息を呑む気配がした。コマリの傷が——もはや塞がらないだろうと思われていた大きな傷が——みるみる回復していったのである。まるで時間が巻き戻るかのように。

そう、【逆巻の玉響】はあらゆるモノを巻き戻す異能。

自らの意志力によって対象に時間を分け与える利他の妙技。

祖母のために——国のために——友人のために力を尽くしたいという強烈な願いから派生した震天動地の奇跡。

やがて——

パチリとコマリが目を開いた。

「コマリ様っ‼」

ヴィルヘイズやサクナ・メモワールが感極まったようにコマリに抱き着いた。当の本人はわけがわからないといった様子で目を白黒させている。それはそうだろう。彼女はつい先ほどまで死の淵に立っていたのだから。

「あ、あれ？　私は……生きているのか？」

「はい。コマリさんは無事なのです」

カルラは彼女の腕を引っ張って立つ手助けをした。

傷は嘘のように消えている。切り裂かれた軍服すら元通りになっている。とはいえ記憶までは巻き戻らないらしい。彼女は自分がフーヤオに殺されかけたことを覚えているのだ。

「ああコマリ様よかった本当によかったもう絶対に離しませんからね」――ヴィルヘイズが泣きながらコマリに抱き着いている。カルラは己の力を確かめるように手をにぎにぎしてみた。

この力があれば悪逆なテロリストに対抗することができるかもしれない。

「――おい。そこで寝転がっているやつも助けてやったらどうだ」

プロヘリヤが不機嫌そうに口を開いた。

カルラは彼女が視線で示す先を見やる。そこにはボロボロになって倒れ伏しているカルラの対抗馬――レイゲツ・カリンがいた。

ゆっくりとカリンのもとへ近寄る。

彼女はまだ生きていた。生きているどころか意識を取り戻してすらいた。

こちらに気づいたらしい。カリンは涙を流しながら言葉を紡いでいった。

「カルラ……私は、」

「私は……どうすることもできなかった。お前に嫉妬するばかりで……フーヤオのことに気が回らず……こんなことになってしまった……」

「じっとしていてください。私が治して差し上げます」

【逆巻の玉響】を発動する。カリンの傷がみるみるうちに消失していく。彼女は「すまない、すまない」と嗚咽を漏らしながら何度も謝罪をしていた。

やがて完全に傷が癒えると、まっすぐカルラの顔を見つめて言った。

「……お前は強いな。戦闘の才能はないかもしれないが、心が強い。私とは大違いだ」

「カリンさんもお強いですよ。私なんかでは敵（かな）いっこありません」

「ふ」カリンは自嘲気味に微笑んだ。「……私はようやく悟ったよ。お前やガンデスブラッド殿は強い心を持っている。あのフーヤオも方向性は邪悪だが、強烈な野望を持っている。どれだけ才能があっても、どれだけ努力をしても、何かを成し遂げようとする心がなくては世界を変えられないんだ。……どうして、私はお前のような心の持ち方をできなかったのかな」

「カリンさんも頑張っていたじゃないですか。天照楽土のために」

「あれは自分のためだ。自分の地位を守ろうと躍起になっていただけなんだ」

「わかりません。私とあなたの違いが」

「私にはわかるさ。私は大神の器じゃない。大神に相応しいのは、カルラ、お前のほうだ」

「カリンさん……」

「今の私にはフーヤオを止めることはできない。――頼む。天照楽土を救ってくれ」

カリンの瞳からすぅっと何かが抜け落ちていった。

この人はこんなに純粋な表情もできるのか――カルラは少しだけ驚いた。

そのとき、客席のほうから大きな声援が波となって押し寄せてきた。

誰もがカルラのことを応援していた。テロリストを倒してくれ――魔核を守ってくれ――天照楽土を救ってくれ――そこかしこから英雄を待望する声が聞こえる。戦場はいつの間にかカルラのために用意されたステージのようになっていた。

五剣帝はやりたくない。大神もやりたくない。今まで吐いてきた弱音はすべて本心だった。

しかし心の奥底では理解していたのだ――たぶん私以外にできる人はいないのだろう、と。

国主として国を率いていくこと、それがアマツ・カルラの宿命なのだろう、と。

だって自分には不思議な力があるからだ。祖母はそれを見抜いていたのだ。だからこそあれほどカルラが大神になることを強要していたのだ。

今までは自信がなかった。だけど今はもう違う。自分の夢を自覚して――多くの人に支えられて、ようやく奮い立つことができた。痛いのは嫌だけれど。戦いなんて嫌だけれど。

それでも今日だけは頑張ってみよう。みんなのために。

「――コマリさん、」

カルラは意を決して声をかける。

ヴィルヘイズやサクナ・メモワールにもみくちゃにされていたコマリが振り返った。

彼女は微笑みを浮かべてこちらに近寄ってくる。

「カルラ、すごいな。お前のおかげで私の傷が治ったって聞いたよ」

「これはコマリさんのおかげです。コマリさんがいたから私は気づくことができました」

「気づく？　……でも、カルラにこんな力があったなんてびっくりだ。お前は私よりもはるかに才能のある人間だったんだな。……ごめん、私と比べられたくはないだろうけど……」

「そんなことはありません。コマリさんにも才能はありますよ——いいえ。才能ではなく〝強い心〟があるのです」

「え……？」

この少女は自分に力があることを理解していないのだ。

最強でありながら最弱であると思い込み最強であるかのように振る舞う——なんと荒唐無稽(こうとうむけい)な話であろうか。それがテラコマリ・ガンデスブラッドの魅力であることは確かだが、そろそろ気づかせてあげるのも彼女のためなのかもしれなかった。

「コマリさん。私と一緒に戦ってくれませんか？」

「それはもちろん。でも私には力が……」

「血を吸ってください。ネリアさんの時もそうしましたよね」

カルラは腕を差し出してそう言った。遠巻きに眺めているプロヘリヤやリオーナは頭上にハテナマークを浮かべていた。しかしヴィルヘイズには状況が理解できたらしい。

「お待ちください。コマリ様の烈核解放は不用意に発動させるべきものではありません。そもそも発動させるなら私の血を飲んでいただきますのでアマツ殿は引っ込んでいてください」

「そうですよ！　でも純粋な吸血鬼の血よりも蒼玉の血が混じっていたほうが【孤紅の恤】の見栄えがよくなると思いますので吸うなら私の血を吸ってください」

「お前ら何の話をしてるんだ？」

「コマリさんの話です。あなたは以前から不思議に思っていたことはありませんか。なぜ周りの人がこれだけ自分を持ち上げてくれるのだろう？　なぜ世間はこれほど〝殺戮の覇者〟テラコマリ・ガンデスブラッドの偉業を讃えるのだろう？——火のないところに煙は立ちません。あなたは本当にすごい心を持っているのですよ。真の意味で私と同じなのです」

カルラはゆっくりとコマリに近づいていく。

ヴィルヘイズとサクナ・メモワールが騒ぎ立てている。しかし何かを察したらしいプロヘリヤとリオーナによって羽交い絞めにされていた。それまで呆然と突っ立っていた新聞記者のメルカが「漏らしてる場合じゃないわよティオぉ!!　カメラ回しなさいっ！」と怒声をあげている。コマリは未だにおろおろするばかりで明確な答えを出さなかった。

「私だけでは力不足なのです。だからコマリさんに協力してほしい」

「血を吸ったら何か変わるの？　確かに……前にネリアの血を吸ったときにもおかしな感じはしたけど……」

「私を信じてください。あなたは世界の誰よりも澄んだ心を持っているのです。そしてその綺麗な心は大地を穿ち星をも動かす力となる」

「そんなこと言われても困るんだけど……」

「仕方ありませんね。血を吸ってくれたら小説を出版してあげますよ」

「!?」

コマリの目が輝いた。しかしすぐにぶんぶんと首を振る。

観客たちは固唾を飲んで成り行きを見守っている。おそらく《電影箱》の向こう側にいる世界中の人々も待ち望んでいるはずである――テラコマリ・ガンデスブラッドの真骨頂を。

「……わかったよ、カルラ」

限りなく純粋な眼差しがカルラにぶつけられた。

しばらく互いを見つめ合う。

なんてきれいな瞳だろう――カルラは場違いにもそう思った。

やがてコマリは何かを悟ったようにゆっくりと目を閉じた。

「小説につられたわけじゃない。でもカルラのことなら信じてみようと思う」

笑みがこぼれる。

「ありがとうございます」

「血を吸うだけだからな。正直血は苦手だけど……吸っていいんだな？」

「はい。お願いします――え、？」

コマリがゆっくりと近づいてきたかと思ったら――いきなりぎゅっと抱きしめられた。

わけがわからなかった。温もりが伝わってくる。鼓動の音さえ聞こえてくる。カルラは顔を真っ赤にして「はわわわわわコマリさん何を⁉」と狼狽した。視界の向こうでヴィルヘイズたちが絶叫していた。しかし――コマリは周りのことなど意にも介さずゆっくりと口を開き、

ちょっとだけ背伸びをして、

かぷ、

カルラの首筋に歯を立てた。

思考が停止した。ちくりとした痛みが走る。コマリの舌がぺろりと血を舐めとっていくのが感じられる。むず痒いような快感。吸血鬼はこうやって血を吸うのか。しかしこれは、

「あ、あの——コマリさん、」

耐えきれなくなって声をあげたとき、

異変は突如として起こった。

視界が膨大な魔力に埋め尽くされて——時の流れが加速した。

★

東都は恐慌状態にあった。

突如として現れたテロリストに国が引っくり返されようとしている。

魔核のありかなど誰も知らなかった。しかしテロリスト——フーヤオ・メテオライトはレイゲツ・カリンを拷問することでその所在を引き出したのだという。

天照楽土の人々は色を失って魔核の捜索に乗り出した。護(まも)るべき対象を知っておかなければ

どうにもならないからである。

しかし魔核に詳しいはずの大神は桜翠宮から忽然と姿を消していた。

さらに先代大神の天津神耶はテロリストによって昏睡状態。先々代は今年の七月に亡くなっている。政府の上層部はその他のアマツ&レイゲツ関係者を尋ねたが空振りに終わる。

誰も知らないのだ。魔核の正体を。

「広範囲に布陣してテロリストを待ち受けるしかない」

東都の防衛を担っている残りの五剣帝たちはそう決意して軍を展開した。しかし相手がどんな異能を使ってくるかもわからない状況ではそれほど意味がないように思われた。

敵にはこちらの弱点が見えるのに、こちらはこちらの弱点が見えない。

人々は絶望していた。このまま和魂種は滅びてしまうのだろうかと。

だが――

不意に死んでいたはずのスクリーンに映像が映し出された。

どうやら六国新聞のカメラが回復したらしい。そこで民衆が目にしたものは、アマツ・カルラの血を吸うテラコマリ・ガンデスブラッドの姿だった。

わけがわからなかった。

こんなときに何をやっているのか――そう憤慨する者もいた。

しかし変化は劇的だった。

『ご覧ください全国の皆さん！　六国大戦のときと同じです！　テラコマリ・ガンデスブラッド閣下がついに戦う覚悟をお決めになられたようです！――』

記者の声が東都に反響している。

ほどなくして、核領域のほうで翠色(みどりいろ)の魔力が爆発した。

ごうっ！――と、すさまじい突風が戦場を吹き抜けていった。

どこからともなく季節外れの桜吹雪(ふぶき)が舞い始める。周囲の草木が急速に成長を始めて色とりどりの花を開かせる。かと思えば、いたるところに放置されていた軍の武器が急速に錆(さ)びてぽろぽろと崩れ去っていく。風化していく。

その場の誰もが絶句して尋常(じんじょう)ならざる光景を眺めていた。

翠色の魔力が嵐のように吹き荒れる中、そのど真ん中に少女は立っている。

テラコマリ・ガンデスブラッド。

いつものように表情は虚ろだが――その双眸(そうぼう)だけは紅色に爛々(らんらん)と輝いていた。

「コマリさん？　これは……」

カルラは驚きに目を見開いて彼女の前に立った。

強烈な殺意で空気が震えている。

和魂種はあまり特徴らしい特徴を持たないが、〝時間〟に関しては鋭敏な感性を発揮する種族であるらしい。花鳥風月を支配するのではなく自然の流れに身を任せようという風流な心を是とする者たち。それが彼女の姿にも表れているのかもしれなかった。

コマリが軽く手を振った。

すさまじい勢いで魔力がほとばしった。世界の時間が加速する。人々が悲鳴をあげてその場に蹲っている間に、草原は一面の花畑に様変わりしていた。

現の光景とは思えなかった。

誰もが感嘆してその美しい花園に見惚れていた。

「す、すごい……！　すごいですガンデスブラッド閣下！」

新聞記者がいつものように感激して飛び跳ねている。

千年に一度と謳われる至高の烈核解放・【孤紅の恤】。和魂の血によって実現された奇跡の異能は、森羅万象の時間を加速させる百花繚乱の究極奥義。

舞い散る花弁を一身に浴びながらコマリはゆっくりと近づいてくる。

ドギマギしているカルラの手をそっと握る。桜翠の吸血姫、テラコマリ・ガンデスブラッドは、まさしく花のように可憐な微笑を浮かべて語りかけるのだった。

「――かるら。ゆめをとりもどそう」

★

強さを求めることは芸術に似ている。

かつてフーヤオ・メテオライトの故郷を焼いた張本人――ユーリン・ガンデスブラッドは圧倒的な力でもってすべてを奪っていった。

よくある話だった。弱者が強者に蹂躙される普遍的な節理。

だからこそフーヤオは強さを求めなければならない。

誰からも恐怖され誰からも畏敬される孤高の存在にならなければならない。

そうしなければ心の安寧を得ることができない。

「――ここだな」

東都に忍び込んだフーヤオはそのままアマツ本家を目指した。

魔核は当代の大神の自宅――つまりアマツかレイゲツいずれかの本家で管理されるしきたりらしい。今の大神はアマツ家の出身。魔核はこの屋敷の中に保管されているはずだった。

無遠慮に引き戸を開いて建物に侵入する。一度アマツ・カルラの祖母を襲撃するときに訪れたことがあるので迷いはなかった。東都のあちこちではテロリストの襲来に備えて人々が大騒ぎをしている。ご苦労なことだな――酷薄な笑みを浮かべながら廊下を進んでいく。

曲がり角でばったり人に出くわした。

割烹着姿の少女。おそらくアマツ家で働く女中か何かであろう。

彼女は反射的な様子で「申し訳ございません」と頭を下げて――そうして目の前にいる人間の顔を認めるや、悲鳴をあげてその場に座り込んでしまうのだった。

「ひ、いいいいい!? テロリスト!?」

「そうだ。私がテロリストのフーヤオ・メテオライトだ」

少女は口をぱくぱくさせるばかりで動かない。恐怖のあまり腰が抜けているらしかった。

フーヤオはゆっくりと刀を抜く。目撃者は始末しなければならないのだ――

「自分の不運を呪うんだな。――さあ死ぬ覚悟はできているか?」

「お、お許しください。私は、私は、死にたくありません、」

「…………、」

それは心からの懇願に思われた。口から出任せではない――油断を誘って襲いかかる気配もない――少女は本気で死にたくないと思っているのだ。

「死にたくないのか?」

「申し訳ありません。申し訳ありません……」

少女は我を失って謝る機械と化していた。

――ならば。ならば仕方がない。

フーヤオは無言で刀を鞘に納めた。そうして床板をぎしぎし鳴らしながら彼女の横を通り過ぎていく。にわかに背後から困惑気味の視線が突き刺さった。

命拾いをしたのだからもっと喜べばいいのに。

この世には命の重みを知らない人間が多すぎるのだ。

死ぬ覚悟がないやつを殺すのは己の人生への冒瀆である。かつてフーヤオの故郷を襲った非道な連中と同じに成り下がってしまう。だからフーヤオはどんな相手に対しても「覚悟はあるか」と問いかける。ヨハン・ヘルダースを殺さなかったのも。アマツ・カルラの祖母にとどめを刺さなかったのも。すべて己の矜持に従ったまでのことだ。

「ここか」

フーヤオはいくつかの部屋を素通りして客間に足を踏み入れた。きょろきょろと辺りを観察する。上司からもらった情報によれば、魔核とは魔力の根源でありながら魔力の反応が一切ないのだという。逆さ月のような敵対者に見つからないようカモフラージュされているのだ。一見ただのガラクタであっても侮ってはいけなかった。

フーヤオはついに見つけた。

それは客間の隅に鎮座していた。

古の名工・干柿衛門の作といわれる時価百億円の秘宝。

いや、ともすれば百億という価値をつけることすらおこがましい至高の大秘宝。

少しヒビが入っているように見えるのは気のせいに違いない。

「――私の糧となってもらうぞ。天照楽土の魔核よ」

これさえ手中に収めてしまえば世界最強へ至ることは難しくない――わずかな期待を胸に抱きながらフーヤオはゆっくりと手を伸ばして、そして、

「何をやっている？」

「ッ⁉」

禍々しい気配を感じて咄嗟に振り返った。

いつの間にか襖のところに和装の男が立っていた。フーヤオはその顔に見覚えがあった。上司から「注意しろ」と言われていた人物――逆さ月の幹部〝朔月〟のひとり。

「不法侵入は犯罪だぜ。親から教わっていないのか？」

ずょん、

「――おやおや！　これはこれはアマツ・カクメイ様ではありませんか！　ここに魔核がありますぞ。逆さ月としては是非とも手に入れておきたいものでありますなあ！」

「そうだな。逆さ月だったら魔核は手に入れなくちゃだよな。……で、お前が見つけた魔核というのはその壺のことか？」

「いかにも。〝神殺しの邪悪〟に報告せねばなりませぬな」

フーヤオはゆっくりと魔力を練る。この男は明らかに待ち伏せをしていた。六国新聞の中継を見たときから準備をしていたのだろう――だがそれでいいのだ。

障害が大きければ大きいほど目的を達成したときの感動はすさまじいものとなる。

そのためにフーヤオはわざわざ「これから東都に行く」などと宣言したのだから。

「――ふん。そう警戒するな」

「はい？　私は仲良くできればと思っていますけれど？」

「まあそうだな。同じ組織だからな。仲良くしていくのが最善なのだが――人はそれぞれ主義主張というものを持っている。どうやったって相容れない相手はいるものなんだ」

　そう言いながら天津覺明がまじまじとこちらを観察してくる。

　おかしい。攻撃してくる気配がない。それとも既に何かの魔法を発動させているのか？

――不審に思いながらもフーヤオは刀の柄に手をかける。ふと天津覺明が何かに気づいたように顔をあげた。視線が天井に向けられる。

「俺の出る幕などなかったか」

「……あなたは私を止めに来たのでは？」

「いやいや。特等席で見物をするために来たのだ」

「見物……？」

「それとトリフォンがどんな動物を飼っているのか気になってな。まあ必要とあらば止めるつもりでいたことは確かだ。しかし杞憂だったらしい。その程度では二つの烈核解放を相手に太刀打ちできるはずもない」

　そう言って天津覺明は踵を返した。

フーヤオはわずかな苛立ちを覚えて「お待ちくだされ」と声をかける。

「どういう意味ですかな。そもそもあなたは何故ここに」

「この時間の行く末を見定めるために」

「わけがわかりませぬ！　あなたは寝ぼけておられるのですかな！」

「そうかもしれん」

くくく――と天津覺明は笑う。

そのまま客間を立ち去ろうとして、しかしふと思い出したように立ち止まり、

「ああ、そういえば。カリンのやつは最後の最後で根性を見せたようだな」

「……何を仰っているのでしょうか？」

「拷問をするときはもっと慎重に行いたまえ。お前はカリンに騙されているんだよ――そんなちんけな壺が天照楽土の魔核のはずないだろう？」

「――!?」

衝撃の事実に脳を揺さぶられたその瞬間。

激甚な魔力の気配を感じた。

ひらひらと紅色の花弁が舞い降りてくる。あまりにも美しかったので束の間意識を奪われてしまった。なんてきれいな色をしているのだろう。フーヤオは何気なくその紅色をつかみとろうとして――

直後、耳を破壊するような轟音とともに天井が落ちてきた。

フーヤオは驚愕に目を見開いて回避行動をとる。間に合わない。屋根や柱が破壊されて重力のままに落ちてくる。まるで隕石でも振ってきたかのような——いや違う。

あれは、巨大な樹木だ。

★

アマツ本家の上空に二人の少女が浮いている。

ひとりは翠緑の魔力を身にまとった吸血姫——テラコマリ・ガンデスブラッド。もうひとりは彼女に抱き着くようにしながら目を丸くしている和風将軍——アマツ・カルラだった。

「わ、私のおうちがあああああぁぁぁぁ——!?!?!?」

「だいじょうぶ。あとでたてれば」

「そういう問題ですか!?」

カルラはツッコミを入れながら眼下の光景を見つめた。

アマツ本家の屋敷にはコマリが投擲した超巨大な樹が深々と突き刺さっていた。屋根も柱もすべて破壊されて見る影もなかった。彼女曰く「あそこにてきがいる」とのことだが——何もここまでしなくてもいいではないか。

辺りは翠の魔力と舞い散る桜吹雪によってこの世のものとは思えぬ光景になっている。

東都の人々は熱狂して「コマリン！」「コマリン！」などと叫んでいる。

『ご覧くださいっ！　ガンデスブラッド閣下の放った大木がテロリストを粉々に打ち砕きました！　さすがとしか言いようがありません！　閣下はこのまま天照楽土も救ってしまうのでしょうか⁉　絶対に目が離せない戦いが始まろうとしていますっ‼』

地上では新聞記者のメルカが熱意にあふれた実況をしていた。それに呼応するかのごとく民衆が雄叫びをあげていた。どこもかしこもお祭り騒ぎの天手古舞。

もはや天舞祭も何もあったものではない。

そうだ、とカルラは思い直す。

コマリの言う通りなのだ。家なんて後で直せばいい。

今はテロリストを倒して天照楽土を守ることが重要なのだから。

カルラは瓦礫の山と化したアマツ本家を見下ろす。

普通の人間があんな一撃を食らえばひとたまりもないだろうが――

そのとき、
倒れた大木の隙間から、流星のように飛翔してくる狐少女の姿が見えた。

★

この世界には二つの力があるとフーヤオは考える。

一つは純粋な腕っぷしの強さ。これは才能や努力によって身につく力のことである。世の中の人間の大多数はこの見せかけの強さを求めて奔走する。

これに対するのが心の強さ。何かを成し遂げたいという強い思いから生じる意志の力。これに代表されるのが烈核解放である。この力を持っている者はどんな逆境にあっても挫けることのない鋼のメンタルを持ち合わせていることが多い。

このうち特に重要なのは後者である。

心の強さは烈核解放の強さ。烈核解放の強さは心の強さ。

世界最高の烈核解放と謳われる【孤紅の恤】。

自分が死に臨んだ際にも他者のことを慮るような途方もない優しさ――精神力。

彼女こそが〝神殺しの邪悪〟と並ぶ最強の吸血鬼に他ならない。

そう。テラコマリ・ガンデスブラッドを打ち倒したとき、フーヤオは、名実ともに世界最強へと至ることができるはずなのだった。

「――死ね。テラコマリ」

人々が悲鳴をあげた。

フーヤオが瓦礫の中から立ち上がったことで恐怖が伝播していた。

そんな弱者どもに思考を割いている余裕はなかった。

浮遊魔法を駆使しながら高速でテラコマリに向かって飛翔する。

辺りは桜吹雪によって浮世離れした光景になっていた。

逆さ月が所有する『烈核釈義』には【孤紅の恤】について詳しく書かれていない。判明しているのは吸血した対象の種族に応じて力の性質が変わること。

吸血種なら爆発的な魔力。

蒼玉種なら氷の如く硬い肉体。

翦劉種ならあらゆる刀剣を操る力。

今回はアマツ・カルラの血を吸ったに違いない。ひらひらと舞い散る花弁はいったい何を意味しているのだろう。わからない。わからないのなら――

「斬って確かめてやろう！」

全身に力を込める。刀身に魔力を乗せる。眼前にはテラコマリが無表情で浮いている。そのまま青空を彩る桜色をすべて薙ぎ払うような気迫でもって渾身の横薙ぎを繰り出して――

「⁉」

刀がそれ以上動かなかった。

いつの間にかテラコマリの背後から伸びてきた植物の蔓のようなモノが切っ先を拘束していたのである。植物を操る烈核解放なのか？――そんなふうに普段からの癖で分析をしている

うちにテラコマリの拳がとん、とフーヤオの胸を叩き、
その瞬間、フーヤオの身体はすさまじい速度で地面に落下した。

「ぐッ――ああああああああッ⁉」

わけがわからなかった。

殴られた箇所がおそろしいほどの痛みを訴えている。想像を絶する衝撃。いやこんなものは想定済みだ――【孤紅の恤】ならこの程度のこと、
がしゃあああん‼　とフーヤオの身体がお面売りの屋台に墜落して派手な音を立てた。

人々が悲鳴をあげながら逃げていく。

巻き込まれた人間が下敷きになって二、三人死んでいた。

そんなことはどうでもよかった。ひらひらと降ってくる紅色の花弁を睨みつけながらフーヤオはゆっくりと立ち上がる。魔核を手に入れる前に勝負になってしまったのは誤算だったが
――だからといって打ち勝てぬ道理はない。

やつは余裕綽々といった態度で宙に浮いている。

フーヤオは口の端を吊り上げる。久々に血沸き肉躍る戦いが始まろうとしていた。

そうだ――自分は強すぎたのだ。今まで誰もフーヤオ・メテオライトに敵わなかった。これほどの痛みを味わったのはいつ以来だろうか。

「――く、はは、ははははははは！　やってくれるじゃないかテラコマリ‼」

「ころすぞ」

すさまじい殺気がほとばしった。

瞬時にその場を離脱しようとした。

しかし何かに足を絡められて転倒してしまう。

石畳の隙間から急成長してきた植物の茎が足首を縛りつけている。

ぞっとした。

フーヤオは剣を握って植物を切断していく。しかし植物が伸びていく速度が速すぎてどうにもならなかった。咄嗟の判断で火炎魔法を発動。すべてを燃やし尽くしたフーヤオは剣を構えながら数歩だけ後退して、

眼前に無数の鋭利な枝が迫ってきているのを目撃する。

「な――んだこれはッ⁉」

刀を可能な限りの速度で振り回して枝を打ち落としていく。

打ち落としながら思考を巡らせる。テラコマリの烈核解放は各種族の特徴を色濃く反映したものとなる。今回のこれは和魂種の血によって実現したものだろう――ならばその種族の特徴を保有しているはずだ。和魂種。和。自然。時間、

「ぐッ⁉」

気づけば枝が脇腹を掠めて血が飛び散っていた。

痛い。しかしこの痛みこそが敵を殺すための原動力となる。

テラコマリとアマツ・カルラは泰然自若とした様子で前方に突っ立っている。

不意にテラコマリが小石をぽん、と投げた。

次の瞬間——投げられた小石が音のような速度でフーヤオの肩を打ち抜いていた。

激痛が弾ける。わけもわからず背後に吹っ飛ばされていく。

吹っ飛ばされた先では巨大な樹木が成長していた。見上げるばかりの大木——おそらく銀杏の木であろう——は齢を重ねるばかりでなく瞬く間に枯死を迎えた。自重に耐えきれなくなった幹がみしみしと嫌な音を立ててボキリとへし折れる。

そうしてフーヤオは理解した。

時間だ。あいつは時間を加速させているのだ。

それも局地的に時間を操作する桁違いの異能。彼女の小さな拳がフーヤオを軽々と吹き飛ばしたのは〝殴る〟という動作を加速させたため。彼女が目にもとまらぬ速度で石を放り投げることができたのは〝投げる〟という動作を加速させたため。

こんなもの——どうやって対処すれば、

そう思ったときにはすでに遅かった。

巨大な銀杏の木が重力加速度を無視してそのまま降ってきた。あまりの速度だったので完全に避けきることはできなかった。でたらめな勢いで東都に降り注いだ巨木は——ズドドドド

ドドドドド!!　と無数の建築物を破壊しながら大通りに横たわった。

「ぐ――ああああ、ぁぁぁあああ、このッ――!!」

銀杏と地面に尻尾をすりつぶされてお尻の辺りに激痛がほとばしった。

動けない。逃げられない。他の人間たちはきゃあきゃあ叫びながら逃げているのに――自分は尻尾を下敷きにされて逃げられない。逃げる――？　何を考えているんだ。私は最強の座を目指す孤高の狐だ。これしきのことで弱音を吐くわけには、

「ふーやお。かるらにあやまれ」

死神の声を聞いた気がした。

ひらひらと舞い散る紅色の花弁の中にその少女は立っていた。翠色の魔力と濃密な殺気が周囲に充満している。この場にいるだけで精神力を根こそぎ持っていかれそうなほどの存在感。

いつの間にか東都は翠溢れる自然の世界に変貌を遂げていた。

草花がそこかしこに生い茂っている。破壊された家屋の瓦礫の隙間からにょきにょきと多種多様な樹木が群立している。フーヤオの鼻先を白いチョウが飛んでいった。

「おまえは。わるいことをした」

「悪いことだと――？」

フーヤオの周囲に刺々しい木々が生えてくる。鋭利な枝がこちらに向けられている。絶体絶命のピンチである――しかしフーヤオは諦めていなかった。

「笑わせるな。私が何をしたというのだ」

「かるらのゆめを、ばかにした」

こいつは何を言っているのだろう。

全人類の夢が等しく叶うわけがないのだ。

幸福の裏側には常に不幸が潜んでいる。誰かが夢を叶えれば、それによって夢を諦めざるを得なくなる人間が出てくるのは子供でもわかる理屈であろうに。

フーヤオは歯軋りをして叫んだ。

「私がお前に濡れ衣を着せたことを恨んでいるのか⁉　私が風前亭を燃やしたことを恨んでいるのか⁉　私が先代大神を殺そうとしたことを恨んでいるのか⁉——だからどうした‼」

刀を握り直す。心は冷静に——しかし言葉は強く鮮やかに。

「他人の夢など知ったことではない！　私は私の夢を追い求めているだけだ！　私は——誰よりも強くなって見返してやるんだ！　この腐った世界を変えてやるんだ！　そして——私の故郷をぐちゃぐちゃに壊したユーリン・ガンデスブラッドに一矢報いてやるんだ！」

一瞬——、
テラコマリの動きが停止した。

その隙を逃すフーヤオではなかった。

刀を逆手に持って己の尻尾に突き刺した。鮮血が飛び散り激痛が脳髄を揺さぶる。歯をくいしばってこらえる。切断された尻尾には目もくれずにフーヤオは駆け出していた。

テラコマリは完全に虚を突かれたような顔をしていた。

やつに〝速度〟の概念はない。しかし精神の動きまでを加速させることはできないようだった。ならば動揺しているうちに仕留めてしまえばいい。

初級光撃魔法・【魔弾】を発動。

ただの牽制である。しかしテラコマリの回避動作が少しだけ遅れた。

ぴんっ、

魔力の弾丸が彼女の頬を掠めて鮮血がほとばしる。

フーヤオは内心で笑う。テラコマリの心が乱れるニオイがした。

上級加速魔法・【疾風迅雷】を発動。すべての魔力を速度に変換して次の一撃に命をかける。

全身に風を感じながら緑色の大地を駆け抜ける。テラコマリの阿呆面がすぐそこにあった。

このまま一刀のもとに斬り伏せてくれよう——そう思って刀を振り上げた瞬間、

目に映るものすべてが切り替わった。

「——え、？」

いつの間にか銀杏の木に挟まれて動けなくなっている自分に気づく。

思考に空白ができる。意味がわからない。いつの間にか切断したはずの尻尾も元通りになっている――まるで数秒前の自分に巻き戻ったかのごとく、

「時間を戻させていただきました」

フーヤオは驚愕して声の主を見上げた。

アマツ・カルラが立っていた。その両目は紅色に輝いていた。

烈核解放――そうだった。

この少女も尋常ならざる心を持った英雄だったのだ。

フーヤオは咄嗟に刀を振るってアマツ・カルラに斬りかかった。しかし横から飛んできた木の枝に刃を砕かれ思わず柄を手放してしまった。

「このッ……！」

刀に向かって死に物狂いで手を伸ばす。しかし突如として激痛が走った。

いつの間にかテラコマリに手の甲を踏みつけられていたのだ。

憐れむような紅色の視線がフーヤオを見下ろしていた。

心の内で何かが弾ける音がした。

「……こんなにも、こんなにも……お前は強いのか。私は強くなるために頑張ってきた……世界最強に至るという夢のために頑張ってきた……それを、お前は、こんなにも簡単に踏みにじるのか。人の夢を、蟻でも潰(つぶ)すかのように……」

「こっちのせりふだ」

「ッ――、」

紅色の花弁がひらひらと散っている。

フーヤオはしばし呆けてその光景を眺めていた。

カルラがしゃがみ込んで視線を合わせてきた。彼女もテラコマリと同じように憐れみのこもった目でフーヤオを見つめてきた。それがどうしようもなく気に食わなかった。

「あなたにも事情があったのかもしれません。しかし天照楽土に対してあなたが行ったことを許すわけにはいかない」

「……――、」

「だから覚悟をしてください。あなたには罰を受けていただく必要があります」

「それはわたしがやる」

カルラを押しのけてテラコマリがそう言った。

おぞましい殺気で強制的に意識を覚醒させられる。こんなところで死ぬわけにはいかなかった。どんな手を尽くしてでも生き延びなければならない。最強への階梯を駆け上がるためにはこんなところで死ぬわけにはいかない。――そうだ。私にはまだ手がある。

フーヤオは咄嗟に烈核解放を発動させた。

もともと戦闘用の能力ではない。

しかし時と場合によっては絶大な効果をもたらす空前絶後の変身能力。

ぼふん！　と煙が辺りに充満した。

一瞬にしてフーヤオの姿が青髪のメイドに変わっていた。

テラコマリが大事にしているヴィルヘイズとかいう吸血鬼だ。

この姿を利用すればテラコマリは躊躇するかもしれない——そう考えたフーヤオはヴィルヘイズの立ち居振る舞いを記憶の底から引っ張り出してくると、精一杯の猫撫で声を作って哀願するのだった。

「コマリ様。考え直してください。私を殺したら——」

「おまえはヴィルじゃない」

当たり前のことだった。

作戦は失敗に終わった。

翠色の魔力が拡散していく。時が加速していく。

間もなく東都を覆いつくさんばかりの巨大な桜の木が生えてきた。葉が芽吹き——花を咲かせ——やがて寿命を迎えた桜は大気を軋ませながら傾いていく。

ゆっくりと、ゆっくりと死の塊が降ってくる。

桜吹雪を全身に浴びながら、フーヤオは動くこともできずにその光景を眺めていた。

※

六国新聞　10月22日　朝刊

『東都騒乱　天舞祭の勝者はアマツ・カルラ氏

【東都――メルカ・ティアーノ、ティオ・フラット】天照楽土の次期大神を決める選挙・天舞祭が21日に事実上の終結を見た。レイゲツ・カリン五剣帝大将軍が立候補の辞退を表明したことにより、アマツ・カルラ五剣帝大将軍の勝利が確実となった。……（中略）……天舞祭終盤は驚きの展開を見せた。レイゲツ将軍の懐刀フーヤオ・メテオライトは自らがテロリスト集団〝逆さ月〟の構成員であると表明。魔核の正体をレイゲツ将軍から引き出し東都へ襲撃を仕掛けた。これに対してアマツ将軍とテラコマリ・ガンデスブラッド七紅天大将軍が追撃を敢行。東都の一部を樹海に変貌させるとともにフーヤオ・メテオライトを討滅した。……（中略）……ちなみにアマツ将軍をとりまく悪評はほとんど嘘八百である。何故なら唯一のソースが東都新聞なる情報テロリストによる恥知らずな虚偽報道だから。皆様におかれましてはジャーナリズムを騙る悪党に欺かれぬようお気をつけいただけますと幸いです。』

〇 えぴろーぐ

東都はコマリの烈核解放によって時間を進められてしまった。

あちこちに草花が生い茂る、本当の意味での〝花の京〟。

天仙郷の詩人は「国破れて山河在り」と吟じたらしい。確かにこの自然溢れる風景からは寂れた雰囲気を感じてしまうが、しかし人々は特に憂える様子もなく日々を営んでいた。

何故ならテロリストが去ってしまったから。

新しい大神が決まり――天照楽土を襲う不埒者が退治されてしまったから。

東都の景色はカルラの烈核解放を使えば元に戻るかもしれない。しかし無闇に力を使う気はなかった。【逆巻の玉響】には不明な部分がまだ多い。何かの代償がある可能性も否定できないので大規模な使用は控えておくことにした。

だが必要とあらばいくらでも使おう。

大切な人を救うためならば代償など惜しみはしない。

「――お祖母様。目が覚めたのですね」

カルラは目に涙を浮かべて己の祖母に微笑みかけた。

祖母は驚きに目を見開いていた。自分の身体を見下ろし、辺りを見渡し、最後にカルラの顔を見つめて――すべてを悟ったように溜息を吐いた。

東都の病院。祖母が収容されている部屋である。

カルラは未だに目が覚めない祖母に対して【逆巻の玉響】を発動させたのだ。戻す先は祖母が襲われる直前。コマリと一緒に花火を見たあの夜だ。時間が巻き戻るにつれて彼女の容態はみるみる回復していき、やがて何事もなかったかのように目を覚ました。

「烈核解放を使ったのか」

「はい。お祖母様が回復しなくて。心配だったので……」

「ほっときゃ回復したよ。私は〝地獄風車〟と呼ばれていたんだぞ」

「そうですね……でもよかったです。お祖母様が無事で」

カルラは泣きそうになってしまった。というか泣いていた。医者が言うには、あのまま放置しておけば祖母は帰らぬ人になっていたという。本当によかった。

カルラは安堵の溜息を吐きながら祖母の前に腰を下ろした。

ギロリと横目で睨まれた。相変わらず刃物のように鋭い視線だった。

「……だいたい事の次第はわかった。お前は自分の役目を自覚したんだね」

「いえ。自覚したというほどのことではありませんが。頑張ってみようかなって思っただけです。あの……それよりもお祖母様、大丈夫ですか？　本当にどこも痛くない？」

カルラは祖母の身体をぺたぺたと触って確かめた。彼女は五月蠅そうにしながらもされるがままになっていた――しかし五月蠅すぎたのかもしれない。いきなり祖母は「しつこい！」と怒鳴ってカルラを引き離すのだった。一時はどうなることかと思ったが、こうしてピンピンしているのを見るに、もう心配はいらないようだった。

祖母はこれまでの経緯を説明するよう求めてきた。カルラは彼女の望み通りに教えてやることにした。カリン陣営のフーヤオ・メテオライトが逆さ月の一員だったこと。テラコマリ・ガンデスブラッドと協力して戦ったこと。烈核解放を発動させてテロリストを退けたこと――祖母はときおり相槌を打ちながら黙って聞いていた。

やがて説明を聞き終えると、いきなりカルラの腕をむにゅっとつかみ、

「……お前、少し逞しくなったね」

「た、たくましい？　それは誉め言葉なのでしょうか……」

「ああ。腕や脚が太くなった気がする。菓子ばかり食ってるからじゃないか」

「ひゃあああ⁉　揉まないでくださいっ！」

反射的に飛び上がって距離を取る。祖母は「冗談だよ」とからから笑っていた。この人が冗談を言うなんて思ってもいなかった。幼い頃のトラウマのせいで腕を引き千切られるのではないかと戦々恐々とするカルラであった。

「ま、まったくもう。私はこれでも色々と気を遣っているのですからね」

「悪かったな。――だが、お前が強くなったというのは本当だ」

カルラは驚いて祖母の顔を見る。予想外に穏やかな顔をしていた。

「あ、あの。身体は大丈夫そうですけれど、頭のほうは大丈夫でしょうか。いえ！　べつに変な意味ではなくて、時間遡行のせいで精神的なダメージがある可能性も……」

「私の話はいいよ。もう治ったんだから。それよりも私はお前が烈核解放を使えるようになったことが驚きだ。いや驚くまでもないか――大神のやつは最初からこうなると確信していたようだしね」

「はあ……よくわかりませんけれど」

「烈核解放は心の力だ。使いこなせるようになったのなら誇っていい。それはすなわち、お前の中で、ある種の覚悟が決まったことを意味している」

祖母はカルラから視線を外してそう言った。

勇気を振り絞るようにギュッと拳を握りしめた。覚悟なら決まった。コマリに応援され、一緒に天舞祭に臨み、テロリストと戦う中で、自分のやるべきことがハッキリと見えてきた。

カルラは祖母の横顔を見つめてこう言った。

「私は――お菓子屋さんになります」

「そうかい」

「――――ただ、」

立ち上がる。決意のこもった瞳(ひとみ)で祖母を見下ろす。

「私は大神もやるつもりです。カリンさんにも託されました。テロリストから国を救ってくれと。たぶん私なんかには荷が重い仕事だと思います。途中で投げ出すかもしれません。それでも頑張ってみたいのです。皆さんが期待してくれているので」

祖母は「はあ」と溜息を吐いて、

「覚悟が決まったのなら私はもう何も言わない。自分のやりたいようにやるがよい」

「お祖母様らしくもありませんね。『菓子屋なんてやめて一本に絞れ!』って仰(おっしゃ)るかと思っていましたのに……」

「べつに私はお前を強制するつもりはなかったんだよ。菓子屋をやりたいならやればいいと最初から思っていたしな」

「は?」

青天の霹靂(へきれき)だった。いったい自分は何を言われたのか。

「ただお前には覚悟がなかった。菓子屋をやりたいと言いながらも国のことを憂えていた。そういう気持ちでは後で絶対に後悔することになる。私がお前に『大神をやれ』と再三にわたって言ったのは、お前が後悔しないようにするためだ。……いや、お前にとってはこれが強制だったのかもしれないね」

「え。だって。私が大神にならないと国が滅亡するって……」

「お前にやる気がないのなら私がなんとかするつもりだったんだ」

カルラは呆れて閉口してしまった。

おそらく祖母はずっとカルラの気持ちを試していたのだろう。生半可な覚悟で挑むのならやめてしまえと――最初からそう言っていたのだ。あの日、コマリと一緒に祖母と戦った日、この人がカルラのことを認めてくれたのは、カルラが是が非でも夢を掴み取りたいという覚悟を見せつけたからに他ならなかったのだ。

なんてわかりにくい。そんなだから色々な人に勘違いされてしまうのだ。

しかしカルラは確かに祖母の気遣いを理解した。この人はこの人なりにカルラの気持ちを尊重していてくれたのだ。

「……ありがとうございます。お祖母様」

「ふん。せいぜい頑張りな」

「はい。風前亭も大神も頑張ります。自信はありませんけど……」

「この国を狙っている連中はいくらでもいるんだ。フーヤオ・メテオライトとかいう小娘だけじゃない。お前はそういうやつらと戦っていく覚悟があるのかえ?」

「そう言われるとないような……」

「そこは嘘でも『ある』って言っとくもんだろうが!!」

「はいあります!　ありますから怒らないでくださいっ!」

やっぱりこの人怖い。カルラは祖母の恐ろしさを再認識した。

「……まあ、ちと頼りないが、民草からは人気があるようだし、お前なら十二分にやっていけるだろうよ。鬼道衆をはじめとして助けてくれるやつはたくさんいる」

「お祖母様を頼ってもいいですか？」

「どうしようもなくなったときだけだ」

「ありがとうございます」ふとそこでカルラは思い出し、「……今の大神様にも色々とお話を聞いておきましょうか。引継ぎとか色々あるでしょうし……あの。そういえば大神様ってどこにいらっしゃるのでしょうか？　しばらくお顔を見ていない気がするのですが」

祖母が少しだけ顔色を変えた。

しかしそれは気のせいだったかもしれない。世に名高い豪放磊落な地獄風車が、一瞬のこととはいえ、あれほど悲しそうな表情を見せるとは思えなかったからだ。

「……あいつは役目を果たしたんだ」

「はい？」

「いずれ話す。まあそのうち会えるだろうさ。――それよりも大神になるってことは魔核の管理者になるってことだ。ちょうどいい機会だし渡しておこう」

「はい⁉」

わけがわからなかった。

目が点になっているカルラを無視して祖母は徐に立ち上がる。病室の壁際に設置してある箪笥に近寄る。下から三段目の引き出しを引いて——中から見覚えのある物体を取り出した。

鈴である。

かつてカルラが従兄から授かったプレゼント。

しかし一つはカルラの右腕にちゃんとついている。まったく同じものが二つ存在していた。

「え？　それって、あの……？　意味がわからないのですが……？」

「まずはお前のそれについて説明しよう」祖母はカルラの右手の鈴を指差して言った。「実はお前には小さい頃から烈核解放の片鱗が宿っていたんだ。だが制御できていなかった。まだ意志が弱かったんだろうな。何かの拍子で時間を巻き戻されたりしたら大事だから、それで力を封印させていたんだよ」

「えっと……これはお兄様からもらったものなんですけど……」

「覚明のやつはそれを見越して贈ったんだ。……とはいえ、今は烈核解放を封印する機能が壊れちまっているように見える。膨大な魔力にあてられて馬鹿になったようだね」

腕を振ってみる。しゃん——涼やかな音色が和室に響いた。

これにそんな秘密があったとは驚きである。お兄様からもらった大切なモノ程度の認識しかなかったのに。……というか、自分が昔から烈核解放を持っていて、それに気づいていなかったことにも驚きである。これでは本当にあの吸血姫と同じ境遇ではないか。

混乱が収まらぬうちに祖母はもう一つの鈴を差し出してきた。

「で、こっちが魔核だ」

「は？」

「天照楽土の魔核。正式名称は《時習鈴》という。お前がつけてたほうの鈴も《時習鈴》というがな。まあようするに――お前のそれは魔核のフェイクの意味もあったんだ」

「いやいやいやいやいや⁉ 意味がわかりませんっ！ ほ、本当にそれが魔核なんですか⁉」

「そうだ。天照楽土の命みたいなものだ」

「…………………」

祖母は冗談を言う性質ではない。いやさっき冗談言ったような気がするけど。とにかく――言われてみれば確かに不思議な力が感じられるような気がしなくもない。

大神になるということは即ち魔核の管理者になるということ。

こんなもの受け取れるか‼――と絶叫したいのは山々だったが、絶叫して鈴の受け取り拒否をしたら、それはあらゆる人間に対する裏切り行為になるだろう。

だから、これは自分が責任を持って守らなければならないのだ。

カルラは魔核――《時習鈴》を左手につけてみる。

しゃん、と美しい音色が鼓膜を震わせた。

こんなものを受け取っても困る。困るけれど「困った」などとは言っていられないのだ。

大神の仕事は想像もつかないほど大変だろうけれど、まあお菓子屋さんの副業と思ってほどほどに頑張ればいい。重苦しいプレッシャーも能天気に跳ね除けることができるのがカルラの美点なのである――とカルラ自身は思っている。

「……ようやくやる気になったようだな。お前を説得するまで長かったよ」

「説得されたわけではありませんよ。私は自分で考えてこの道を選んだのですから。まあ途中で辞めるかもしれませんけれど」

「じゃあその時はまた説得してやるよ。説得に失敗したら殺害だね」

「四つくらい段階をすっ飛ばしてませんか⁉」

祖母は再び「冗談だよ」と笑って言った。

おそらく冗談ではないのだろう。カルラは苦笑いをしながら左手の鈴を見下ろした。

いずれにせよ天舞祭はこれで終わり。当初の予定とは少し変わってしまったが、カルラは祖母と和解し、大神となり、そしてお菓子屋さんを続けていく勇気を獲得した。

この結末をもたらしてくれたのは言うまでもない。

あの宇宙最強の吸血姫なのだった。

――ちゃんとお礼を言いに行かなくちゃ。

☆

「コマリ様。今回ばかりは認めますよね」

「…………」

「新聞にも載ってますよ。コマリ様が桜吹雪をバックに大暴れしている写真が」

「…………」

「そもそも覚えているはずですよね？　アマツ殿の血を吸うまでのことを。ちなみに私はコマリ様がアマツ殿の首筋に歯を立てた瞬間怒りが爆発して憤死しそうになったのですがそれはさておき、コマリ様が血を吸ったことによって状況が一変したことは確かです。こればかりは納得していただけるかと思いますが」

「…………………………」

病院。ベッドの上。私はなぜかメイドに言葉攻めされていた。

毎度毎度のことであるが目が覚めたら見知らぬ天井を見上げていたわけである。なんとなく予想はしていたことなのだが、どうやら私はカルラの血を吸った瞬間に失神してしまったらしい。夢想楽園でネリアの血を吸ったときと同じ現象と思われる。

ただ――今回は何かが違う気がするのだ。

いやもちろん私が天照楽土の東都を自然溢れるネイチャーランドに変えてしまったことなど信じられないのだが、私の身に何かが起きたということは確からしい。

脳裏にこびりついている光景がある。

ひらひらと舞う桜の花弁。渦巻く翠色の魔力。

カルラの血を吸ってから、ずっとそんな夢を見ていた気がするのだ。

「……頭ごなしに否定しないところを見ると何か心当たりがあるようですね」

「いや心当たりなんてない。夢を見ただけだ」

「烈核解放を発動するごとに意識がクリアになっていくのでしょうか？　それとも烈核解放の性質が変わった？　あるいは成長した？　コマリ様の心が強くなったとか――？」

ヴィルがブツブツと何かを呟きながら考え込んでいる。

冷静に考えてみれば血を吸った瞬間に気絶する吸血鬼なんて馬鹿げている気がする。確かに血は嫌いだけどさすがに気を失うなんてことあるか？　あまりにも貧弱すぎないか？　これはちょっと検証してみたほうがいいかもしれないな。

「ヴィル。血を吸わせてくれないか」

「駄目です」

「な、なんでだよー⁉　サクナには吸わせてたのに！」

「駄目なものは駄目なんです。私がここまで拒否していることが何よりの証拠ですよ。コマリ様は血を吸うと烈核解放を発動してバーサーカーになるのです」

「それを確かめるために吸うんだよっ！　ちょっとくらいいいだろぉ！」

「だから駄目なんですって――ちょっ、こら、やめてくださいっ！」

ヴィルの腕に噛みつこうとしたところでオデコに手を当てられて止められてしまった。おかげさまで舐めることしかできなかった。あとちょっとだったのに……！

と悔しい思いに陥ったが、すぐに頭が冷えた。

何をやっているんだ私は。これでは変態みたいではないか。

「コマリ様の唾液がついてしまいました。これはどうしたらいいのでしょうか」

「ふ、拭け！　おいこら舐めようとするな！　過去最大級に気持ち悪いぞっ！」

「仕方ないですね……」

ヴィルは不承不承といった感じで腕を拭った。私は恥ずかしくなってしまった。確かに私が血を吸ったらどうなるのかは確認したいところではあるが、現時点ではそれよりも優先するべきことがあるのだ。

あの日以来――天照楽土がフーヤオに侵略されそうになった日以来、私はずっと病院に放り込まれていた。いつもの「全身の魔力がごっそり抜け落ちる現象」のせいである（これも血を吸ったことに関係しているんじゃないかと思い始めている）。とにかく私は外に出られていないのだ。つまりカルラとは会えていない。プロヘリヤやリオーナからは「列核解放見事！」「次の戦争では負けないからね！」みたいな見舞いの手紙が届いていたけど。

あの和風少女はどうしているのだろうか。新聞には天舞祭で優勝したカルラが次の大神になると書いてあったが――六国新聞だしな。あまり信用しすぎるのもよくない。

「なあヴィル。カルラは大丈夫なのかな」

「大神と風前亭を両立すると言ってましたね。どっちが副業なんでしょうか」

「それも気になるな。国のトップが副業だったらちょっと笑っちゃうよ」

「そうですね。ちょうど本人が来たので聞いてみるのがいいかと」

「へ――？」

そのとき、コンコンと部屋をノックする音が聞こえた。

ヴィルが「どうぞ」と勝手に入室の許可を出す。ツッコミを入れる前に病室の扉がするすると開いていき、久方ぶりに見る和風少女が姿を現した。

アマツ・カルラ。私の唯一の理解者である。

「――コマリさん、だいたい三日ぶりですね。調子はいかがですか？」

「カルラ！　お前こそ大丈夫なのか」

「はい。息災です」

カルラは涼やかな微笑みを浮かべて近づいてくる。

そして「これはお見舞いの品です」と言って風前亭の紙袋を差し出してきた。

「……あれ？　お店は燃えちゃったんだよな」

「はい。でも厨房があれば簡単なものは作れますから」

さすがはプロである。さっそく中身を取り出してみると葛饅頭の包みが姿を現した。私がカルラのお祖母さんの口に突っ込んだやつだ。甘くて美味しいんだよな、これ。

「食べていいの？」

「どうぞ」

「ありがとう！」

包みを剝がして饅頭にかぶりつく。やっぱり美味しい。カルラのお菓子は世界一だ――そんなふうにゴキゲンな気分でいると、ふと、ヴィルが何かを思い出したように腕を組んで、

「――アマツ殿。お祖母様は大丈夫なのですか。【逆巻の玉響】があれば心配はいらないかと思いますが」

「心配はいりませんよ。私の烈核解放で傷を受ける前に時間を戻してしまいました。今では嘘みたいにぴんぴんしています。毎日のように怒鳴られて困っていますが」

「そうなのか⁉　お祖母さん治ったのか……よかった……」

私は饅頭をもぐもぐしながら脱帽してしまった。

カルラには時間を巻き戻す能力があったのだ。私がフーヤオに斬られた際にもこの力を使って治してくれた。私のようなダメダメ吸血鬼とは大違いである。

「あとで会いに行きたいな。ちゃんと挨拶してないし」

「あ、そういえば。お祖母様の壺にヒビを入れたのってコマリさんですよね？」

ぎくりとした。

誤魔化すべきかどうか迷ったが――迷っていること自体が不誠実なのだった。

私は饅頭を持ったまま頭を下げていた。

「ご、ごめん！　悪気はなかったんだ！　具体的に言うとあれが割れたのはヴィルのせいなんだけど部下の失態は上司の失態だっていうし！　本当にごめん……なんでもするから許してくれないか……？」

「い、いえ。そんなに重く受け止める必要はありませんよ。――こはる」

「はい」

いきなり病室に黒装束の忍者が影のように現れた。

カルラの第一の部下こはるである。登場の仕方だけでもびっくりなのに彼女が抱えている巨大な物体を見て私は二度びっくりしてしまった。

それは――私が壊したことになっている壺だったのだ。

こはるが「どうぞ」と言って壺を渡してくる。

ヒビが消えていた。まるで新品のようにピカピカである。

「これって……もしかして、」

「アマツ本家を治すときに一緒に治ってしまったのです。お祖母様が記念に差し上げると言っていました。いやまあそんなモノをもらっても嬉しくないでしょうが……仲直りの印ということで受け取っていただけると幸いです」

「つ、壺ぉおおお…………‼」

私は感激していた。べつに壺が欲しかったわけじゃない。お祖母さんに許してもらえたことが嬉しかったのだ。これで私はもう罪悪感に悩まされることがないのだ。夜な夜な壺に押し潰される悪夢にうなされることもないのだ。まあお祖母様にはきちんと謝罪する予定だけど。

「よかったですね。その壺は椅子として利用しましょう」

「利用しないよっ！　これは私の部屋に飾るんだ！　壺〜壺〜♪」

私は清々しい気分で壺を撫でた。なんだか陶磁器のよさがわかってきた気がするぞ。さすが干柿衛門。百億円の壺は美しさが違うなあ…………ん？　ちょっと待てよ？　百億円？　百億円もする壺を私がもらっちゃっていいのか？——そんなふうに悪寒を感じたとき、

不意にカルラが深々と頭を下げてこう言った。

「コマリさん。このたびは、本当にありがとうございました」

「え？　どうした？」

「コマリさんのおかげで私は夢を叶えることができたのです。まあ大神になるつもりはありませんでしたけど……家の事情から解放されて風前亭を続けることができました。すべてコマリさんが私を応援してくれたからこそです」

「………」

私は本当に何をした覚えもない。すべてカルラが自分の意志で成し遂げたことなのだ。しかし、それをいくら言ったところで彼女が納得することはないのだろう。

カルラは謙虚な子だから。

「私は大神としてはあんまり上手くやっていけないかもしれません。だって副業ですから。本業のお菓子屋さんを疎かにするわけにはいきませんし」

「そっちが本業だったのか。カルラは大物だな」

「はい。だから……その。たぶん私は色々と行き詰まると思います。色々な人に迷惑をかけると思います。そのときは、またコマリさんのことを頼ってしまうかもしれません。こんなことを聞くのは大神失格なのかもしれませんが、その、……コマリさんのことを頼ってしまっていいでしょうか？　これからも私に付き合っていただけるでしょうか？」

カルラはもじもじしながらそう言った。

彼女には自信がないのだろう。もともと大神になるつもりなどなかったのだから。

私ごときにできることなんてほとんどないのかもしれない。でも――この少女が必要としてくれているのなら協力は惜しまない。

だってカルラは私の友達だから。理解者だから。

力を合わせていくのがお互いにとって幸せなのだから。

「もちろん」

私は彼女の手を握って精一杯の微笑みを浮かべた。

「私のできることなら何でもするよ。困ったことがあったらいつでも呼んでくれ。あ、困ったことがなくても呼んでいいよ。いつでも遊びに行くから」

「ありがとうございます……！」

カルラは目を潤ませて微笑んでいた。しばらく何も言わずに見つめ合っていたが――ふとカルラが咳払い（せきばら）いをして居住まいを正した。何事かと思って彼女の顔を見つめる。

「私ばかりが夢を叶えていてはズルいですよね」

「え？」

「天舞祭で私は優勝しました。これはコマリさんのおかげです。だから――当初の約束通り、私はコマリさんの夢を叶えて差し上げたいと思っています」

「え⁉」

「コマリさんの小説を出版しましょう。きっと色々な人があなたの物語に感動してくださると思いますよ」

カルラは笑みを深めてそう言った。

窓から吹き込んできた秋風が彼女の髪を揺らしていた。

しゃん、と鈴の音が響き渡る。

こうして私たちは協力して夢を叶えることに成功した。おそらく一人だったらどうにもならなかっただろう。これは私がいて——カルラがいて——さらに多くの仲間たちがいて達成された奇跡のような現実なのだった。

これから天照楽土がどうなっていくのかはわからない。

でも、今だけは幸せを噛みしめていよう。夢が叶った興奮を味わっておくとしよう。だって私の小説が本になるんだぞ。本屋さんとかで販売されるようになるんだぞ。とりあえず文章を練り直そう。本にするんだったら正しい言葉を使わないといけないだろうしな——そんなふうに胸をときめかせながら私はカルラの笑顔を見つめるのだった。

「コマリ様！　ベッドの上で飛び跳ねたらいけませんっ！」

「これが飛び跳ねずにいられるかってんだー‼　やったああああああ‼　ようやく私は小説家になれるんだぁ——————っ‼」

「売れるとは限りませんけどね」

「そんなことはどうでもいいんだよっ‼」

しばらく私は喜びを隠そうともせずに大はしゃぎするのだった。

六国の秋は深まるばかり。間もなく冬が訪れようとしていた。

（おわり）

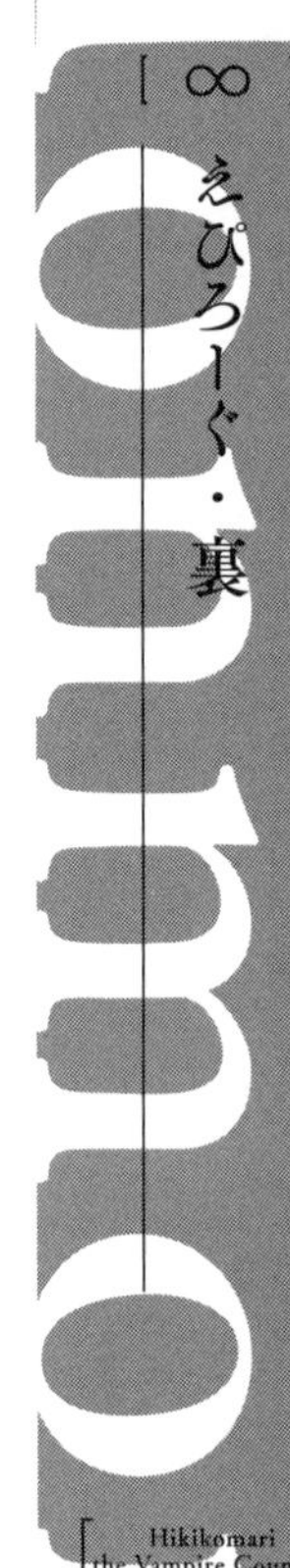

[∞　えぴろーぐ・裏]

「お気をつけくださいネリア様！　あの吸血鬼はテラコマリ以上に危険ですので」

「大丈夫よ。アルカとムルナイトは同盟国なんだから」

「そうだとしても警戒は怠（おこた）るべきではありません。たぶんヤツは翦劉（せんりゅう）のことなんてエビフライの尻尾（しっぽ）程度にしか考えてないんですよ。隙（すき）を見せたら取って食われてしまいますよ！」

「はいはい……」

心配性なメイドの頭を撫（な）でてから控室を出る。

核領域のとある都市。

しばしば各国の要人が密（ひそ）かに会談をするときに用いられる古城である。アルカ王国大統領ネリア・カニンガムは、吸血鬼の案内役に導かれて長大な廊下を進んでいく。

先日大統領府に一通の書簡が届けられたのだ。差出人はムルナイト帝国皇帝。

曰（いわ）く――「面白（おもしろ）いものを見せてやるから見たければ来い」。

いかにも胡散臭（うさんくさ）い招待状である。しかし先生と肩を並べたという今上（きんじょう）皇帝のお誘いとあっては無視するわけにもいかない。ネリアは山積みとなった大統領の仕事を部下たちに放り出してアルカ王国を飛び出した。副大統領からクレームが飛んできているが後ほど機嫌を取っておけばよいだろう。

「こちらです」

案内役の吸血鬼は一礼をして去っていった。

そこは古城の中庭だった。

青々とした芝生。そのど真ん中にお洒落なテーブルと椅子が設えられていた。朝の日差しを受けながら悠々とティーカップに口をつけているのは——ムルナイト帝国皇帝カレン・エルヴェシアスである。彼女はこちらに気づくと「おおっ！」と声をあげて微笑んだ。

「よく来たなネリア。わざわざ呼び出してすまなかった。まあ大した用じゃないのでお茶でも飲みながらゆっくりしてくれたまえ。さあさあ」

あまりにフレンドリーだったので少しだけ困惑してしまった。

とりあえず業務用の笑みを張りつけて挨拶をしておく。

「ご招待いただきありがとうございます。エルヴェシアス陛下とお話できることを楽しみにしていました。ともに六国の将来について語り合いましょう」

「堅苦しいな。朕はきみがこーんなに小さかった頃から知っているんだぞ。いやあ大きくなったなあ。綺麗になったなあ。六国大戦ではコマリと一緒に大暴れしていたな。朕はちょっとだけウルっとしてしまったぞ。まさかユーリンの教え子がこんなに立派になるなんて」

「はあ」

ネリアは考えることをやめた。

この人に慇懃な挨拶など不要なのだろう。国家同士の堅苦しい社交辞令みたいなものは一切合切抜きにした無礼講。これが夭仙郷とか白極連邦相手だったらこうはならない。

そこでネリアは皇帝の対面に腰かけている人物に目をやった。

東方に特有の着物に身を包んだ貴人である。何より目を引くのは素顔を隠すようにして張りつけられた巨大なお札であろう。彼女は――天照楽土の大神は、先日パーティー会場で見かけたときのごとく、口元に優美な微笑みを浮かべて嫋やかに座していた。

「こんにちは」

いきなり挨拶をされた。

背筋がピンと伸びてしまった。

「こ、こんにちは」

「はいこんにちは。どうぞお掛けください。急かすようで申し訳ありませんが、ちょっとだけ時間が押していますので」

促されるままにネリアは椅子に腰かけた。

右に皇帝。左に大神。状況がよくわからなかった。皇帝からもらった書簡には「大神も参加する」とだけしか書かれていなかったのだ。いったい何の話をするのだろう。この三国で同盟を結ぶとか？　あるいはテロリスト対策の話し合い？――そんなふうに頭を回転させていると皇帝が「さて」とティーカップを置いて口火を切った。

「ネリアも来たことだ。さっそく本題に入ろうじゃないか。とはいっても身構えることはないぞ。これから何か作戦を練るとかそういうわけではない。大神から天照楽土と天舞祭に関してちょっとした連絡事項があるそうだ」

「天照楽土？　どういうことですか。何故アルカの長である私に」

「きみが次代を担うリーダーの一人だからだろう。まあ朕も事情がよくわからないのだが――大神よ。詳しく説明してくれないか」

ネリアは大神のほうを見た。お札の奥の瞳がこちらを見つめている。

「――ではご説明いたしましょう。ネリアさんには言っていませんでしたが本日の会談は私が企画したものです。ちょっとしたご報告を差し上げようかと思いまして」

「報告ですか」

「はい。……先日天照楽土で天舞祭が行われました。ネリアさんは実際に現地にいたわけではないので詳しいことはご存じでないかと思いますが、事の顚末についてはお聞き及びのことでしょう？」

「天舞祭自体はテロリストのせいで滅茶苦茶になってましたよね。カルラとコマリが協力して逆さ月の刺客を打ち破ったので事なきを得たようですが」

「そう。そしてカルラは民衆から絶大な支持を得ることに成功した。天舞祭はめちゃくちゃでしたが勝利者はカルラで確定です。誰もが彼女こそ次期大神に相応しいと思っています。そして——それが私の願っていたことだったのです」

つまり大神はアマツ・カルラを贔屓していたということか。

確かにレイゲツ・カリンには大神の地位は重すぎるような気はするが。

そこでネリアは少し不穏なものを感じた。そういえば——天舞祭の開催期間中、フーヤオ・メテオライトは大神に成り代わって権力をほしいままにしていたという。

「少しお聞きしたいことがあるのですが」

ネリアはじっと大神を見つめ、

「東都がテロリストに蹂躙されている間、あなたはどこへ行っていたのですか？　聞いた話によれば行方不明になっていたそうですが。まさか天照楽土の大神ともあろうお方がテロリストに玉座を追われたわけではありませんよね」

「フーヤオ・メテオライトさんが私を襲撃したのは本当ですよ。あれはパーティーのとき、天舞祭の開催が宣言された直後のことだったでしょうか。まったく喧嘩っ早い狐さんです——まあそれはともかく。私は敢えて〝やられたフリ〟をして公の場から姿を消しました」

わけがわからない。

「そうしてフーヤオは私に成り代わって大神の権力を揮った。つまりレイゲツ・カリン陣営が有利になるように動いていたのですね。これは想定済みのことでした」

「何を言っているんですか？　あなたはテロリストを野放しにしていたと……？」

「こいつが言っていることは本当だぞネリア。朕はあのパーティー会場でフーヤオ・メテオライトを監視するよう頼まれていた。実際にやつは会場の裏側に大神を呼び出して襲撃したのだ。朕がそれをきちんと目撃している」

ということは。最初からこの二人はあの狐が敵だということに気づいていたのか。

しかし何故そんなことをする必要があるのだろう？　フーヤオがもたらしたものは破壊と混乱以外にありはしない。多くの人が恐怖し、傷つき、死に至った。コマリやカルラが烈核解放を発動させたので被害は最小限に抑えられたが――

いや。待て。まさかこの人は、

「烈核解放とは心の力。決意のない人間に宿ることはない。あのまま祖母から強要されるばかりではどうにもならなかった。カルラには決定的な試練が必要だったのです」

絶句した。大神は――カルラに使命感を持たせるためだけにフーヤオを泳がせていたのだ。

だがそれは一か八かの賭けのようにも思える。何かの歯車が狂えば天照楽土はテロリストによってぐちゃぐちゃにされていたかもしれないのだ。

「あなたは。そこまでしてカルラを大神にしたかったのですか」

「はい。カリンさんでは天照楽土が滅びてしまいますから。これは決定事項なのです」

「決定事項？　まるで未来予知でもしたかのような言い方ですね」

「未来予知ではありませんよ。私は実際に見てきたのです」

そう言って大神は己の顔を覆っている札に手をかけた。

ぺりっ
安っぽい音とともに札が剝がれる。彼女の指から離れた札が秋風に乗ってどこかへ飛んでいく。そうしてネリアは驚くべきものを見た。皇帝ですら少し驚いたような表情をしていた。

札の下に隠された大神の素顔は――

アマツ・カルラにそっくりだったのだ。

「え？　カルラ……？　どうして、」

「私は二年後の未来からやってきたアマツ・カルラです」

声もなかった。姉か何かなのではないかと思った。

しかし大神の顔形はカルラによく似ている。似ているというよりも――カルラをそのまま成長させたかのような顔をしていた。カルラそのものとしか思えなかった。よくよく考えてみれば声も似ている。立ち居振る舞いも似ている。ということは本当に、

「私の烈核解放は【逆巻の玉響】。ネリアさんもご存じでしょうが、平たく言えば時間を巻き戻す異能です。二年後の未来から自分以外の時間を戻しました。十二年ほど。そして今から十年前のこの世界へやってきたのです」

「何のために……」

「六国のためです」

大神は、二十七歳のアマツ・カルラは、懐かしむように訥々と語り始めた。

「私が生きた時間ではレイゲツ・カリンが大神となっていました。私は天舞祭で勝ち抜くことができなかったのですね。コマリさんの力を借りておきながら、最後の最後で『大神になりたくない』と駄々を捏ねて辞退してしまいました。しかしそれは最悪の選択だったのです。カリンさんは君主の器ではなかった。フーヤオ・メテオライトをはじめとしたテロリストたちに国家の中枢を乗っ取られ、魔核を破壊され、天照楽土はまたたく間に滅んでしまったのです。逆さ月の手に落ちた天照楽土はやがて他国に宣戦布告を繰り返しました。こうして泥沼のような戦争が幕を開けるのです。もちろんルールも何もありはしない純粋な殺し合いです。神具を用いることは当たり前。他国の魔核を狙うのも当たり前。そこかしこに死体がうずたかく積み上げられ、いたるところに真っ赤な血の海ができました。そうして私の大切な人も次々に命を落としていったのです。これを見て私は痛感しました。お菓子屋さんをやっている場合ではないと。自分こそが大神になるべきだったのだと。自分には隠された力が——烈核解放の素質が備わっていたのに何をやっていたんだと。私の【逆巻の玉響】が目覚めたのは戦争によって世界がぐちゃぐちゃになった後でした。何もかもが遅かった。だから時間を巻き戻したのです。まだ何も始まっていないはずの時代——まだカルラに物心がつく前の時代に」

ネリアは黙って聞いていた。

ふと気づく。大神の身体から魔力が抜けているような気がする。

「私は祖母に事情を話しました。このままでは国が滅びてしまうぞ——と。祖母はすぐに私の話を理解してくれました。大神の座を天舞祭ナシで私に譲り渡し、滅亡回避のための政策を打ち出すようにと言ってくれたのです。そうして私は世界平和のための布石をたくさん打つことにしました。一方で祖母はこの時代のカルラの教育を始めたのです。それまでの放任主義とは打って変わって厳しい教育です。何故なら彼女を大神に相応しい人間にしなければならなかったから。〝士〟としての自覚を持たせなければならなかったから。——しかし運命とは非常に手の焼けるものでして。カルラは私と同じように菓子職人になるという夢を持ってしまったのですね。それが必然なのか——あるいはそれだけカルラの意志が強かったのか。祖母があれほどカルラに対して厳しくなったのは国家滅亡への憂いが強まっていたからなのでしょう。私はカルラを勝たせるために十年前からあの手この手を尽くしてきました。レイゲツ家の力を削ったり。逆さ月に間諜を送り込んだり。最近でいえば——カルラをムルナイト帝国に使者として送り込み、テラコマリ・ガンデスブラッドと接触を持たせたり。本当はもっと前から二人を友人関係にしておきたかったのですが……これも運命なのか必然なのかわかりませんが、なかなか機会に恵まれませんでした。コマリさんが長年引きこもっていたことはこの時代に来てから初めて知りましたので。——ああちなみに、この時代のカルラは大神が自分自身であることを今でも知りませんよ。自分に特別な力があると知れば、楽観的になって色々と手を抜くに決まっていますから。それでは真の烈核解放を獲得することはできません。だから祖母にも私の正体は内緒にするようにと言い含めてありました。——とにかく、このようにして、カルラが大神になれるよう、私はあれこれ策を巡らせてきたのです。そしてその策は結実しました。カルラは私よりもはやい時点で烈核解放をコントロールできるようになり、天舞祭で優勝して大神の地位を獲得しました。それもカリンさんに負けを認めさせるという理想的な形で。ああそうそう。私がカルラに強制的に大神の座を譲ったのではカリンさんが納得しませんからね。滅亡の危機が消えることはありません」

大神の身体が透けているような気がする。

身体から抜け落ちた魔力が彼女の周りでぽわぽわと輝いている。

「長かった。本当に長かった。これで私の策はすべて完了しました。カルラを大神にすることだけではありません。この時代は——私が青春を過ごした時代に比べると、自慢ではありませんが、私のおかげで遥かに平和になっているのですよ。……だって、六国大戦が終わってもアルカが滅亡せずに済んでいるのですから」

ぞっとした。大神は微笑みを浮かべながら言葉を続けた。

「あとは六国が一丸となってテロリストを打ち倒すだけ。ただそれだけのことなのです。後のことは頼みましたよ皆さん。私にはもう時間が残されていませんから」

「お前……それは烈核解放の代償か」

「はい。【逆巻の玉響】は型破りの異能。時間を戻すという強大な力を得るかわりに自らの魂を差し出さなければならないのです」

「規格外だな。ともすれば【孤紅の恤】にも匹敵するかもしれん」

「この時代のカルラは既に五回も【逆巻の玉響】を使用しています。巻き戻す時間の長さにもよりますが、あまり使いすぎると私のようになってしまうでしょう。魂には限りがありますから。――カルラには『みだりに使用しないように』と伝えておいてくださいね。一応私もお手紙を残しておきましたけど」

皇帝は「なるほどな」と苦い顔をした。

「壺や家屋に使ったのは痛手としか思えんな。ところで朕には気になることがある。お前のその能力は今のアマツ・カルラと同一のものなのか？　カルラの力は部分的に時間を巻き戻す能力ではないのか？　そうだとしたらこの時代に二人のカルラが存在しているのは――」

「烈核解放は成長するものですよ。能力の細部がいつまでも一定とは限りませんから。コマリさんのあれだってそうでしょう？」

「ふむ……」

皇帝は顎に手を当てて黙り込んでしまった。

しかしネリアにはカルラの能力の詳細についてあれこれ考えている余裕はなかった。

大神はすでに半透明になっていた。身体を構成する要素が魔力に変換されて宙に溶けていくのだ。まるで幻が消えるかのように――まるで天に昇っていくかのように。

ネリアは我知らず立ち上がった。

この人の語ったことが真実だとするならば。いったいアマツ・カルラの人生とは何だったのだろう。この時代のカルラのように夢を叶えられたわけではない。平和な生活を送れたわけでもない。戦乱に巻き込まれ、親しい人を喪って、烈核解放を発動させて十二年前に遡行した。そこから十年間、大神として天照楽土が滅びないように手を打ってきた。

「あんたは、」ネリアは口を開いた。「あんたは――それでよかったの?」

「はい。世界を変えることができたので。満足です」

大神は消え入りそうな笑みを浮かべていた。

「それに、確かにこの十年は大変な日々でしたけれど、もう会えなくなってしまった人たちに会えたのは嬉しかったですから。それだけで報われたような思いがしました」

「それは……そうかもしれないけれど」

「どうかお友達を大切になさってくださいね。そうして力を合わせて巨悪に立ち向かってください。ああ――それとコマリさんのことはちゃんと見ておくように。あの吸血姫は私の時代ではいなくなってしまった人ですから」

――それではごきげんよう。

最後の言葉は風に攫(さら)われてほとんど聞こえなかった。

大神の姿はそのまま空気に溶けて消えてしまった。後に残されたのは彼女の身体から溢(あふ)れた魔力のみ。しかしそのわずかな輝きも時間が経(た)つにつれて見えなくなってしまった。

ネリアと皇帝はしばらく無言のまま大神がいたところを見つめていた。

痛い。あらゆる部位が痛い。身体のあちこちがズキズキいっている。

それでも助かったことの喜びを噛みしめよう。本来ならば死んでいたはずなのだ——あれだけの一撃を食らって生きていられるほうが奇跡的なのだ。

「——ふ。ふふふ。私は手加減をされたのか。憎たらしいやつだ」

東都の路地裏。

狐の耳と尻尾を持った少女——フーヤオ・メテオライトは、人目から隠れるようにして地面に座り込んでいる。全身は傷にまみれていた。魔核の効果で回復する気配はない。当たり前のことである。フーヤオの故郷は天照楽土ではなくラペリコ王国なのだから。

かといって今から獣人の王国に行こうとは思えなかった。

これは敗北だ。相手の実力を見誤ったことに端を発する決定的な敗北。痛みは次の勝利への糧となる。努力をするための糧となる。今はこの心地よい疼痛を堪能しておこう——そう思ってフーヤオはゆっくりと目を閉じる。

テラコマリ・ガンデスブラッド。

かつてフーヤオの故郷を滅ぼしたユーリン・ガンデスブラッドの娘。あの吸血鬼に個人的な恨みはこれまでなかった。親の罪が子供にまで引き継がれるなど荒唐無稽な話だからだ。しかし——今では恨み骨髄といった思いである。

何故ならボコボコにされたから。

負けたままではいられないから。

舐められたままでは気持ちが収まらないから。

「待っていろテラコマリ。次こそは私が化かし殺してやるからな――」

「おや。こんなところにいたのですか」

不意に声が聞こえた。

振り返る。路地の暗がりに男が立っていた。

思わず舌打ちをしてしまった。それは蒼玉種の男だった。フーヤオの上司にして逆さ月の幹部〝朔月〟のひとり、トリフォンである。彼は呆れたような顔をしながら近づいてきた。

「困りますね。怪我をしたのなら言ってくれないと。あなたの身にもしものことがあったらどうするのですか」

フーヤオは再び舌打ちをしてそっぽを向いた。トリフォンの命令を無視しておきながら失敗したのだ。どうにもばつが悪かった。ばつが悪いで済む問題ではないのかもしれない。逆さ月は失敗した者には容赦がないと評判だからだ。

「おやおや。放っておいたら化膿してしまいますよ。天照楽土支部へ行きましょう」

「ふん――今更何を言っている？　お前は私を殺しに来たんだろう」

フーヤオは立ち上がって刀の柄に手を添えた。

しかしトリフォンは「まさか」と手を振って笑うのだ。

「優秀な人材を切って捨てていたら組織は崩れていくものですよ。一回失敗した程度では評価に影響はありません。まあ敢えて叱るとしたら――もうちょっと定期連絡を寄越してほしかったですけどね」

「…………」

「いずれにせよあなたの安全は保障されています。おひい様がフーヤオを処分するといっても私が直訴して止めましょう。あの方はお優しいので心配いらないでしょうが」

「逆さ月って甘すぎないか？」

「おひい様は甘いですね。もちろん私も部下には甘い。天津覺明も冷酷そうに見えるが根っこの部分は甘っちょろい。あとロネ・コルネリウスは色々と脇が甘い」

「甘々じゃねえか」

アットホームで明るいテロ集団。それが逆さ月なのだと〝神殺しの邪悪〟が言っていた気がする。それはともかく――組織にフーヤオを処分する気がないというのなら好都合である。しばらく逆さ月の一員として活動しながらテラコマリを殺すための準備をしようではないか。

トリフォンはどこからともなく取り出した消毒液をフーヤオにぶっかけていく。しみる。痛い。こいつには人の心というものがないのか。そんなに雑にかけるんじゃない――色々と文句を言いたくなったが我慢して黙っておく。

「フーヤオの故郷はラペリコ王国でしたね。帰郷すればすぐに治るのでしょうが、我々は逆さ月ですから。魔核に頼ると部下に示しがつきません」

「ふん――痛みは人を成長させるのだ。今までも怪我をしたらすぐに核領域を飛び出して回復を止めてきた。私の人生において魔核のお世話になったことは一度もない」

「有り得ませんね。子供の頃の擦り傷とかは知らないうちに治されていたはずですよ」

「それこそ有り得ない。私が魔核に登録されたのはたった数年前のことだ。〝神殺しの邪悪〟に拾われたとき、『念のため血を捧げておけ』と言われてラペリコの魔泉に血を投げ込んだ」

「ん？」

「私の故郷はラペリコのド田舎でな。村人の誰一人として魔核なんてものを知らなかった。たぶん政府の管轄外みたいな村だったんだと思う。今はもうなくなってしまったけど」

「…………珍しいこともあるものですね」

トリフォンが興味深そうに呟いた。

しかしすぐに話題を変える。

「ところで、おひい様がフーヤオの働きぶりを褒めていましたよ」

「どこに褒める要素があるんだ。結局魔核が何なのかわからなかっただろ」

「それはそうですが、テラコマリ・ガンデスブラッドの新たなる一面を見られたのがとても嬉しかったそうで。あと東都の街並みをけっこう破壊しましたよね。しばらくは都市としての機能が麻痺するんじゃないでしょうか。これも功績に数えられるそうです」

「なんだそりゃ……意味ないだろこんなの。ほとんどテラコマリがやったことだし」

「そのきっかけを作ったのはフーヤオです。自分の手柄になっているのですから素直に喜んでおきましょうよ。——で、その功績を讃(たた)えてあなたを四人目の朔月に任命するそうです」

消毒が終わった。フーヤオは痛みを堪(こら)えながら立ち上がる。

魔核とは邪悪なものだ。死への恐れを忘れた人々はどんどん愚かになっていく。痛みや恐怖を原動力として進化することを忘れてしまう。神殺しの邪悪が毛嫌いするのがわかるような気がする。

「——朔月だって？　私はそんなものに興味はないぞ」

「興味があるかないかの問題ではありません。あなたはすでに朔月なのですから」

「関係ないな。まったくもって関係ない」

トリフォンはにこりと笑った。

いつものようにろくでもないことを考えているのだろう。こいつの悪辣(あくらつ)な思考はあまり好きではないが、逆さ月という組織のバックアップを受けられるのなら従うのも悪くはない。

不意にトリフォンが「どうぞ」と饅頭(まんじゅう)を差し出してきた。

思わず彼の顔を見上げる。

「何の真似(まね)だ」

「賄(まかな)いです」

「……ふん」

とりあえず奪い取る。そのままかじってみる。

甘かった。美味しかった。確かにトリフォンは甘いのかもしれなかった。他の朔月だったら部下に馴れ馴れしく食べ物を与えたりはしない——はずである。

「それはアマツ・カルラが作ったお菓子ですよ。風前亭の」

「まあ悪くはないな」

「ええ悪くありません。おひい様も喜ぶと思うので有り金はたいて店に並んでいるものを全部購入してきました。総額およそ三十万円」

「馬鹿じゃないのか？」

「馬鹿ではありません。これはアマツ・カルラに対する精一杯のエールですよ。彼女は自らの夢のために……そして国家のために奮闘した。おそらく大神と菓子職人を並行してやっていくつもりなのでしょう。なんとも輝かしいことですね。そしてこの輝かしい未来をもたらしたのはテラコマリ・ガンデスブラッドに他なりません」

目の前の男の気配が少し変わった気がした。

紅色の瞳にきらりと殺意が宿る。

「彼女は邪魔だ」

「私が仕留めよう」

トリフォンが溜息を吐いた。

「……あなたは変身能力を持っているくせに直接的すぎるのです。もう少し姑息な手を使ってもいいと思うのですがね」

今回だってかなり姑息な手を使ったのだがな――とフーヤオは思う。

トリフォンは懐から一枚の写真を取り出した。

それをこちらに見せびらかしながら邪悪な笑みを浮かべる。

「ガンデスブラッド本人は強すぎる。ゆえに周りから攻め落としてゆけばいいのです。まずはこの少女を狙うのが最善かと思われますが。――どう思いますか？　フーヤオ」

「…………………、」

なるほど。

なるほどなるほど。

確かにこれならテラコマリ・ガンデスブラッドを陥れることができるかもしれない。あの最強の吸血鬼に土をつけてやることができるかもしれない。

ずょん。

「――まことに名案でありますな！　やつの絶望する顔が目に浮かぶようであります！　そ

れではさっそく準備をいたしましょう！　なぁに憂慮することはありませぬ。必ずやこのフーヤオ・メテオライトが成し遂げてみせましょうぞ！」

フーヤオは笑った。トリフォンも笑っていた。

かくしてテロリストたちは粛々と行動を始めるのであった。

天照楽土は吸血姫によって救われた。

しかし、今度は彼女自身に危険が及ぶ番だった。

蒼玉の男が持つ写真にはひとりの少女が写っている。

テラコマリ・ガンデスブラッドの腹心にして彼女の最大の弱点。

青い髪のメイド——ヴィルヘイズ。

あとがき

こんにちは。小林湖底です。

『ひきこまり吸血姫の悶々4』をお手に取ってくださり誠にありがとうございます。

今回のテーマは夢とか時間でしょうか？　いずれにせよ主人公が危険なイベントに巻き込まれてイヤイヤ言いながらも結局は頑張ることになるお話でした。いつもとそんなに変わりません。カルラとコマリが限られた時間の中で夢とどう向き合っていくのかをお楽しみいただければ幸いです。

最近時間の流れがめちゃくちゃ速くて困っています。目が覚めたと思ったらいつの間にか日が暮れているんです。何もしていないのに。コロナ関連で自宅待機が増えたことも関係しているのでしょうか？　とにかくこのままだと『気づいたら締切がヤバくなっていた』という事態に陥りそうなので毎日計画を立ててコツコツやっていきたいと思います（宣言）。まずくなったらこの後書きを読み返して「そういえばこんな宣言したな……」と思い出して頑張りたいと思います。すみません。後書きに記すべきネタが思いつかなかったのです。

ひきこまりもこれで四冊目です。

だんだんキャラクターも増えて賑やかになってきました。コマリさんも色々な戦いを経験して成長しています。敵サイドの面々もそろそろ本気を出してくる頃合いでしょう。次巻以降も是非是非お付き合いいただけると嬉しいです（最近ページ数がいたずらに増えてきているのでもう少し物理的にコンパクトにならないかと試行錯誤しているところです）。

遅ればせながら謝辞を。

イラスト担当のりいちゅ様、毎回多くのキャラクターを可愛くかっこよく描いてくださり本当にありがとうございます。装丁担当の柊 椋様、今回もひきこまりの魅力を鮮やかに引き出してくださり感謝の念に堪えません。担当編集の杉浦よてん様、原稿遅れてすみません。そして読者の皆様、この本をお手に取ってくださり感謝感激雨あられです。ひきこまりがあるのは皆様のおかげです。

また次回お会いしましょう。

小林湖底

ファンレター、作品の
ご感想をお待ちしています

〈あて先〉

〒106－0032
東京都港区六本木2－4－5
SBクリエイティブ（株）
ＧＡ文庫編集部 気付

「小林湖底先生」係
「りいちゅ先生」係

本書に関するご意見・ご感想は
右の QR コードよりお寄せください。

※アクセスの際や登録時に発生する通信費等はご負担ください。

https://ga.sbcr.jp/

ひきこまり吸血姫の悶々4

発　行	2021年1月31日	初版第一刷発行
	2023年9月15日	第五刷発行
著　者	小林湖底	
発行人	小川　淳	

発行所　SBクリエイティブ株式会社
〒106－0032
東京都港区六本木2－4－5
電話　03－5549－1201
03－5549－1167（編集）

装　丁　柊椋（I.S.W DESIGNING）

印刷・製本　中央精版印刷株式会社

ISBN978-4-8156-0890-3

Printed in Japan　　GA文庫